contos
de fadas
japoneses

contos
de fadas
japoneses

Tradução
Raphaela Ikeuchi

Reunidos por
Yei Theodora Ozaki

Contos de fadas japoneses
Copyright © 2023 by Novo Século Editora Ltda.

Editor: Luiz Vasconcelos
Gerente editorial: Letícia Teófilo
Assistentes editoriais: Fernanda Felix e Gabrielly Saraiva
Projeto gráfico e diagramação: Mayra de Freitas
Preparação: Ana C. Moura
Revisão: Marina Montrezol
Arte de capa: Paula Monise
Composição de capa: Fernanda Felix

Texto de acordo com as normas do Novo Acordo Ortográfico da Língua Portuguesa (1990), em vigor desde 1º de janeiro de 2009.

Dados Internacionais de Catalogação na Publicação (CIP)
Angélica Ilacqua CRB-8/7057

Ozaki, Yei Theodora

Contos de fadas japoneses / Yei Theodora Ozaki ; tradução de Raphaela Ikeuchi. -- Barueri, SP : Novo Século Editora, 2023.

224 p.

ISBN 978-65-5561-551-7
Título original: Japanese Fairy Tales

1. Literatura japonesa 2. Contos I. Título II. Ikeuchi, Raphaela

23-1134   CDD 895.6

Índices para catálogo sistemático:

1. Literatura japonesa 2. Contos

Para Eleanor Marion-Crawford.

Dedico este livro a ti e à bela amizade infantil que me proporcionaste nos dias que passamos à beira do mar meridional, quando costumavas ouvir com deleite sincero estes contos de um Japão tão distante. Que eles agora te façam lembrar meu amor e recordação eternos.

Y. T. O.
Tóquio, 1908.

Prefácio

Esta coletânea de contos japoneses é o resultado de uma sugestão indiretamente feita a mim pelo sr. Andrew Lang. Eles foram traduzidos a partir da versão moderna, escrita por Sadanami Sanjin. Estas histórias não foram traduzidas literalmente e, embora a história japonesa e todas as suas expressões peculiares tenham sido preservadas de maneira fidedigna, foram contadas mais com o intuito de despertar o interesse de jovens leitores do Ocidente do que de estudiosos do folclore.

Agradeço ao sr. Y. Yasuoka, à sra. Fusa Okamoto, ao meu irmão Nobumori Ozaki, ao dr. Yoshihiro Takaki e à sra. Kameko Yamao, que me ajudaram com as traduções.

A história que nomeei "A história do homem que não queria morrer" foi retirada de um livrinho escrito há cem anos por um tal de Shinsui Tamenaga. O original se chama "Chosei Furo" ou "Longevidade". "O cortador de bambu e a criança da lua" foi retirado do clássico "Taketori Monogatari" e não é considerado pelos japoneses como um conto, apesar de realmente pertencer a esse tipo de literatura.

Ao contar estas histórias em inglês, fiz conforme meu gosto, acrescentando toques de cor ou descrições locais que pareciam necessários ou me agradassem e, em um ou dois casos, acrescentei um ocorrido de outra versão. Em todas as oportunidades, entre os meus amigos, tanto os jovens quanto os velhos, ingleses ou americanos, sempre encontrei ouvintes ansiosos pelas belas lendas e contos do Japão e, ao contá-los, também descobri que ainda eram desconhecidos para a maioria, o que me encorajou a escrevê-los para as crianças do Ocidente.

Y. T. O.
Tóquio, 1908.

*Senhor saco
de arroz*

Há muito, muito tempo, viveu no Japão um valente guerreiro conhecido por todos como Tawara Toda, ou "Senhor Saco de Arroz". Seu verdadeiro nome era Fujiwara Hidesato, e há uma história muito interessante de como ele acabou trocando de nome.

Um dia, ele partiu em busca de aventuras, já que tinha a disposição de um guerreiro e não suportava ficar ocioso. Portanto, pegou duas espadas, um enorme arco, muito maior que ele mesmo e, colocando a aljava nas costas, partiu. Não havia ido muito longe quando chegou à ponte de Seta-no-Karashi, que atravessava uma das pontas do belo Lago Biwa. Logo que pôs os pés na ponte, viu no meio do caminho um monstruoso dragão-serpente deitado. Seu corpo era tão grande que parecia o tronco de um enorme pinheiro e ocupava a largura inteira da ponte. Uma das garras estava apoiada na balaustrada de um lado da ponte, enquanto a cauda estava em cima da outra. O monstro parecia estar adormecido e, conforme respirava, fogo e fumaça saíam de suas narinas.

A princípio, foi inevitável que Hidesato se sentisse assustado, ao ver aquele terrível réptil no meio do caminho, pois assim precisaria dar meia-volta ou passar direto por cima do corpo do monstro. Hidesato era um homem valente, porém, deixando de lado todo o medo, avançou. Cra, cra! Ele pisou no corpo enrolado do dragão e, sem sequer olhar para trás, seguiu caminho.

Tinha dado apenas alguns passos, quando ouviu alguém o chamando por trás. Ao virar-se, ficou muito surpreso ao ver que o dragão monstro desaparecera por completo e que, no lugar, encontrava-se um homem de aparência estranha, curvando-se de maneira bastante cerimoniosa em direção ao solo. Seu cabelo ruivo se espalhava sobre os ombros. Usava uma coroa em formato de cabeça de dragão, e sua roupa cor do verde--mar tinha estampa de conchas. Hidesato soube imediatamente que não se tratava de um mero mortal e se indagou muito sobre a estranha ocorrência. Onde tinha ido parar o dragão em tão pouco tempo? Ou será que tinha se transformado naquele homem? O que aquilo tudo queria dizer? Enquanto aqueles pensamentos lhe passavam pela mente, foi até o homem, na ponte, e lhe dirigiu a palavra:

— Foi o senhor que me chamou agora há pouco?

— Sim, fui eu – respondeu o homem. – Tenho algo sério a te pedir. Achas que pode fazê-lo para mim?

— Se estiver ao meu alcance, eu o farei – respondeu Hidesato –, mas primeiro me diz: quem és?

— Sou o Rei Dragão do Lago, e o meu lar fica nestas águas, bem debaixo da ponte.

— E o que o senhor quer de mim? – disse Hidesato.

— Quero que mates o meu inimigo mortal, a centopeia, que vive na montanha mais além. – E o Rei Dragão apontou para o cume de uma montanha, na margem oposta do lago. – Vivo há anos neste lago e tenho uma família grande, com muitos filhos e netos. Já há algum tempo, vivemos com medo, pois uma centopeia monstruosa descobriu o nosso lar e, noite após noite, ela vem e leva alguém da minha família. Sinto-me incapaz de salvá-los. Se continuar assim, não só perderei os meus filhos, como também me tornarei vítima do monstro. Estou, portanto, muito infeliz e, ao tomar medidas drásticas, decidi pedir por ajuda de um ser humano. Para tanto, por muitos dias aguardei nesta ponte, sob a forma do terrível dragão-serpente que viste, na esperança de que algum homem valente aparecesse. Mas todos aqueles que vinham para cá, assim que me viam, ficavam aterrorizados e fugiam o mais rápido que podiam. O senhor é o primeiro homem que foi capaz de olhar para mim sem medo, e foi então que eu soube imediatamente que eras de muita coragem. Peço-te para ter compaixão por mim. Não me ajudarias a matar a minha inimiga, a centopeia?

Hidesato sentiu bastante pena do Rei Dragão, ao ouvir aquela história, e prometeu de imediato fazer o que pudesse para ajudá-lo. O guerreiro perguntou onde a centopeia vivia, para que pudesse atacar a criatura de uma vez. O Rei Dragão respondeu que a morada da criatura ficava na montanha Mikami, mas que ela vinha todas as noites, em uma determinada hora, ao palácio do lago, então seria melhor esperar até lá. Desse modo, Hidesato foi levado até o palácio do Rei Dragão, debaixo da ponte. Por mais estranho que pareça, enquanto o guerreiro seguia o anfitrião, as águas se abriram para lhes permitir a passagem, e sua roupa nem sequer se molhou. Hidesato nunca tinha visto nada tão belo quanto aquele palácio de mármore branco abaixo do lago. Sempre tinha ouvido falar do palácio do Rei do Mar no fundo do oceano, onde todos os criados e vassalos eram peixes de água salgada, mas ali estava uma edificação magnífica, bem no coração do Lago Biwa. Os graciosos peixes dourados, as carpas vermelhas e as trutas prateadas serviram o Rei Dragão e seu convidado.

Hidesato ficou maravilhado com o banquete. Os pratos eram de folhas e flores de lótus cristalizadas, e os *hashis* eram feitos do mais raro ébano. Logo que se sentaram, as portas de correr se abriram, e dez belos peixes-dourados dançarinos apareceram. Bem atrás deles, vieram as carpas vermelhas instrumentistas, tocando *koto* e *shamisen*[1]. Assim, as horas se passaram até a meia-noite, e a linda música e dança fizeram com que eles se esquecessem da centopeia. O Rei Dragão estava prestes a oferecer ao guerreiro uma taça de vinho fresco, quando o palácio foi subitamente sacudido por um ruído estrondoso, como se um poderoso exército tivesse começado a marchar não muito longe dali.

Tanto Hidesato quanto o anfitrião se levantaram e correram até a varanda. Na montanha em frente, o guerreiro viu duas grandes bolas de fogo incandescentes se aproximando cada vez mais. O Rei Dragão ficou tremendo de medo ao lado do guerreiro.

— A centopeia! A centopeia! Aquelas duas bolas de fogo são os olhos dela. Ela está vindo atrás de suas vítimas! Agora é a hora de matá-la.

Hidesato olhou para onde o anfitrião apontava, e, na luz tênue da noite estrelada, por trás das duas bolas de fogo, viu o corpo comprido de uma enorme centopeia serpenteando as montanhas, e a luz nas suas

---

1 Instrumentos de corda tradicionais no Japão (N. T.).

centenas de pés brilhava como muitas lanternas distantes que se moviam lentamente em direção à margem.

Hidesato não demonstrou nenhum sinal de medo e tentou acalmar o Rei Dragão.

— Não tenhas medo, pois matarei a centopeia. Basta trazer o meu arco e as flechas.

O Rei Dragão fez o que lhe foi pedido, e o guerreiro percebeu que restavam apenas três flechas na aljava. Pegou o arco, encaixou uma flecha no entalhe, mirou com cuidado e disparou.

A flecha atingiu bem o meio da cabeça da centopeia, mas, em vez de perfurá-la, apenas resvalou nela e caiu no chão sem lhe causar nenhum dano.

Nem um pouco amedrontado, Hidesato pegou outra flecha, encaixou no entalhe do arco e a disparou. A flecha atingiu o alvo mais uma vez, acertando bem no meio da cabeça da centopeia, novamente apenas para resvalar nela e cair no chão. Ao que tudo parecia, as armas não faziam nem cócegas na criatura! Quando percebeu que nem mesmo as flechas do seu valente guerreiro eram capazes de matar aquele monstro, um desânimo caiu sobre o Rei Dragão e ele começou a tremer de medo.

O guerreiro viu que agora tinha apenas mais uma flecha na aljava e, caso ela falhasse, não conseguiria matar a centopeia. Ele olhou para além das águas. O enorme quilópode havia dado sete voltas na montanha com o seu corpo monstruoso e logo desceria para o lago. Os olhos de fogo brilhavam cada vez mais, e a luz de seus cem pés começou a refletir nas águas calmas do lago.

De repente, o guerreiro se lembrou de que havia ouvido falar que a saliva humana era letal para centopeias. Mas aquela não era uma centopeia comum. Era tão monstruosa que até mesmo pensar em tal criatura dava arrepios. Hidesato decidiu tentar uma última vez. Então, depois de pegar a última flecha e colocar a ponta na boca, encaixou o instrumento no entalhe do arco, mirou com cuidado mais uma vez e disparou.

Dessa vez, atingiu novamente a centopeia bem no meio da cabeça, mas, em vez de apenas resvalar sem lhe causar danos como antes, foi parar bem no meio do cérebro da criatura. Então, com um estremecimento convulsivo, o corpo serpentino parou de se movimentar, e a luz flamejante de seus grandes olhos e centenas de pés se escureceram, até ficar um brilho baço como o do pôr do sol de um dia tempestuoso, e depois se apagou no negrume. Uma grande escuridão agora se espalhava pelos céus, o trovão ribombou, o relâmpago fulminou, e o vento rugiu furioso. Parecia mesmo que o mundo estava acabando. O Rei Dragão, seus filhos e vassalos se agacharam todos em diferentes partes do palácio, morrendo de medo, pois a edificação fora seriamente comprometida. Finalmente, a noite terrível acabou, e o dia amanheceu lindo e claro. A centopeia tinha desaparecido da montanha.

Hidesato chamou, então, o Rei Dragão para sair com ele na varanda, pois a centopeia estava morta, e não havia mais o que temer.

Todos os moradores do palácio saíram alegres, e Hidesato apontou para o lago. Lá, jazia o corpo da centopeia morta, flutuando na água, que agora estava tingida de vermelho com o sangue da criatura.

A gratidão do Rei Dragão era inestimável. A família inteira veio e fez uma reverência profunda diante do guerreiro, chamando-o de salvador e guerreiro mais corajoso em todo o Japão.

Outro banquete foi preparado e era ainda mais suntuoso do que o primeiro. Todos os tipos de peixe foram preparados, de todas as maneiras imagináveis: crus, guisados, cozidos e assados. Tudo foi servido em bandejas de coral e em pratos de cristal, que foram dispostos diante de Hidesato. E o vinho era o melhor que ele já havia experimentado em toda a sua vida. Para complementar a beleza daquele momento, o sol estava irradiante, o lago brilhava como diamante líquido, e o palácio estava mil vezes mais belo durante o dia do que à noite.

O anfitrião tentou persuadi-lo a ficar por alguns dias, mas Hidesato insistiu em ir para casa, dizendo que já havia terminado o que tinha de fazer e que precisava voltar. O Rei Dragão e sua família lamentavam muito vê-lo partir tão cedo, mas, já que ele iria embora, imploraram para que aceitasse alguns pequenos presentes (era o que diziam), como prova de gratidão pelo fato de o guerreiro tê-los libertado, de uma vez por todas, de sua terrível inimiga, a centopeia.

Enquanto o guerreiro estava na varanda e se despedia, uma fila de peixes se transformou subitamente em uma comitiva de homens, todos com vestes cerimoniais e coroas de dragões na cabeça, para mostrar que eram servos do grande Rei Dragão. Os presentes que carregavam eram os seguintes:

Primeiro, um grande sino de bronze.
Segundo, um saco de arroz.
Terceiro, um rolo de seda.
Quarto, uma panela.
Quinto, um sino.

Hidesato não queria aceitar todos aqueles presentes, mas, como o Rei Dragão insistiu, não podia simplesmente recusar.

O próprio Rei Dragão acompanhou o guerreiro até a ponte e se despediu dele com muitas reverências e desejando bons votos, deixando que o cortejo de criados acompanhasse Hidesato até a sua casa com os presentes.

Tanto a família quanto os criados do guerreiro tinham ficado muito preocupados quando perceberam que ele não retornara na noite anterior, mas tinham constatado, por fim, que ele fora impedido de voltar pela violenta tempestade e se refugiara em algum lugar. Quando os criados que estavam de vigia, aguardando o seu retorno, o avistaram, avisaram a todos que ele estava chegando, e toda a família foi ao seu encontro, perguntando-se o que poderia significar aquela comitiva de homens que o seguia, portando presentes e faixas.

Assim que colocaram os presentes no chão, os vassalos do Rei Dragão desapareceram, e Hidesato contou tudo o que lhe havia acontecido.

Descobriu-se que os presentes que havia recebido do agradecido nobre tinham poderes mágicos. Apenas o sino era comum e, como Hidesato não tinha o que fazer com ele, deu-o de presente para um templo que ficava próximo dali, onde foi pendurado para que tocasse e anunciasse as horas do dia na vizinhança.

Já do único saco de arroz, por mais que muito fosse retirado dele, dia após dia, para as refeições do guerreiro e de toda sua família, nunca diminuía – seu suprimento era inesgotável.

O rolo de seda também nunca acabava, ainda que longos pedaços fossem cortados repetidas vezes para fazer novas mudas de roupas, a fim de que o guerreiro pudesse ir à corte durante o Ano-Novo.

Yei Theodora Ozaki

    A panela também era maravilhosa. Tudo o que era colocado nela, qualquer coisa que se desejasse, cozinhava muito bem e sem precisar de fogo – era realmente uma panela muito econômica.

    A fama da sorte de Hidesato se espalhou por todos os cantos e, como não precisava gastar dinheiro com arroz, seda ou cocção, tornou-se muito rico e próspero, passando a ser conhecido, portanto, como Senhor Saco de Arroz.

A pardaleja de língua cortada

Há muito, muito
tempo, viviam, no Japão,
um ancião e sua esposa. O
ancião era um sujeito bom,
generoso e muito esforçado,
mas sua esposa era uma típica
rabugenta, que estragava a felicidade da
casa com uma língua repressiva. Ela estava sempre resmungando sobre alguma coisa da manhã até à noite. O ancião já tinha parado de prestar atenção na irritação dela; ficava fora de casa na maior parte do dia, trabalhando nos campos e, como não tinha filhos, para poder se distrair quando voltava para casa, tinha uma pardaleja domesticada. Amava a avezinha como se filha sua fosse.

Quando voltava, à noite, depois de um dia duro de trabalho ao ar livre, seu único lazer era fazer carinho na pardaleja, conversar com ela e lhe ensinar pequenos truques, os quais a ave aprendia com bastante rapidez. O ancião abria a gaiola, deixava-a voar pelo aposento, e eles brincavam juntos. Depois, quando chegava a hora do jantar, ele sempre guardava um pouquinho da refeição para alimentar a avezinha.

Certa vez, o ancião foi cortar madeira na floresta, e a velha ficou em casa para lavar roupas. No dia anterior, ela preparara um pouco de goma, e agora, quando foi ver, já tinha acabado tudo. A tigela que estava cheia ontem agora estava bem vazia.

Enquanto se perguntava quem poderia ter usado ou roubado a goma, a pardaleja de estimação pousou e, ao fazer uma reverência com a cabeça emplumada – um truque que seu dono lhe havia ensinado –, o belo pássaro piou e disse:

contos de fadas japoneses

— Fui eu quem pegou a goma. Pensei que era comida colocada para mim naquela bacia e comi tudo. Se cometi um erro, imploro que me perdoes! Piu, piu, piu!

Dava para ver que a pardaleja era uma ave sincera, e a anciã deveria estar disposta a perdoá-la imediatamente, diante daquele pedido de perdão tão gentil. Mas não foi bem o que aconteceu.

A velha nunca havia gostado da pardaleja e com frequência brigava com o marido por ele manter o que ela chamava de pássaro imundo na casa, dizendo que a ave dava ainda mais trabalho para ela. Agora, a anciã estava muito feliz por ter algum motivo para reclamar do animal de estimação. Ela ralhou e até mesmo praguejou contra o pobre passarinho pelo mau comportamento e, não contente com aquelas palavras duras e insensíveis, em um acesso de raiva, pegou a pardaleja – que, durante todo aquele tempo, estava de asas abertas e cabeça curvada diante da velha, para demonstrar como estava arrependida –, buscou a tesoura e cortou a língua da pobre avezinha.

— Imagino que tenhas acabado com toda a minha goma com essa língua! Agora verás só o que é ficar sem ela!

E, com aquelas palavras terríveis, afugentou o pássaro, sem se importar nem um pouco com o que poderia acontecer com ele e sem sentir pena por seu sofrimento, pois ela era tão cruel!

A anciã, após ter afugentado a pardaleja, fez mais um pouco de pasta de arroz, resmungando o tempo todo pelo aborrecimento e, depois de engomar todas as peças de roupa, espalhou-as em tábuas para secar ao sol, em vez de passar a ferro, como fazem na Inglaterra.

O ancião voltou para casa à noite. Como de costume, no caminho de volta, ansiava pelo momento em que chegaria ao portão de casa e o animal de estimação viria voando em sua direção, piando para encontrá-lo, agitando as penas para demonstrar alegria e descansando, por fim, em seu ombro. Naquela noite, porém, o ancião ficou muito triste, pois não se via nem mesmo a sombra da sua amada pardaleja.

Apertou os passos, tirou as sandálias de palha rapidamente e subiu para a varanda. Nem assim a pardaleja apareceu. Agora ele tinha certeza de que sua mulher, em um dos acessos de raiva dela, havia trancado a pardaleja na gaiola. Assim, chamou-a e lhe disse, preocupado:

— Onde está Suzume-san (Senhorita Pardaleja)?

A princípio, a anciã fingiu não saber de nada e respondeu:

— Tua pardaleja? Não faço a menor ideia. Agora, pensando bem, não a vi durante toda a tarde. Não me surpreenderia se aquele pássaro ingrato tivesse voado e te deixado depois de todos os teus cuidados!

Entretanto, uma vez que o ancião não a deixava em paz e lhe perguntava repetidas vezes, insistindo que ela devia saber o que havia acontecido com o animal de estimação, a mulher enfim confessou tudo. Irritada, contou como a pardaleja havia comido toda a pasta de arroz que havia feito especialmente para engomar as roupas. Contou também que, quando a pardaleja confessara tudo o que havia feito, com muita raiva, pegou a tesoura e acabou cortando a língua da ave, expulsando-a em seguida e proibindo-a de voltar novamente para aquela casa.

Depois, a velha mostrou ao marido a língua da pardaleja, dizendo:

— Aqui está a língua cortada! Passarinho terrível! Por que comeu toda a minha goma?

— Como pudeste ser tão cruel? Ah! Como pudeste ser tão cruel? — era tudo que o ancião conseguia responder. Tinha um coração muito bom para punir a víbora da esposa, mas estava terrivelmente angustiado com o que havia acontecido com a pobre pardaleja. Que destino terrível para a minha pobre Suzume-san! Perder a língua! — dizia para si mesmo. — Ela não será mais capaz de piar e, com certeza, a dor de ter a língua cortada de um jeito tão violento deve tê-la deixado doente! Não há nada que possa ser feito?

O ancião se lamentou muito depois que a mulher mal-humorada foi dormir. Enquanto secava as lágrimas com a manga do roupão de algodão, uma ideia radiante o confortou: no dia seguinte, iria procurar pela pardaleja. Tendo decidido isso, enfim conseguiu dormir.

Na manhã seguinte, levantou-se cedo, assim que o dia raiou, e, tomando o café da manhã às pressas, partiu pelas colinas e pela floresta. Em cada touceira de bambus, parava para gritar:

— Onde, onde está a minha pardaleja de língua cortada? Onde, onde está a minha pardaleja de língua cortada?

Ele não parou nem uma vez para descansar durante a refeição do meio-dia e foi só bem à tardinha que se viu perto de uma grande floresta de bambu. Os bambuzais são o refúgio favorito dos pardais, e ali, com certeza, à beira da mata, viu a querida pardaleja esperando para recebê-lo. Mal podia acreditar no que seus olhos viam, e correu rápido ao encontro dela. A ave fez um meneio de cabeça e vários dos truques que seu dono havia lhe ensinado, para demonstrar sua felicidade em ver seu velho amigo novamente. É maravilhoso dizer que ela tinha voltado a falar como antes. O ancião falou para ela o quanto se lamentava pelo acontecido e perguntou da sua língua, indagando-se como ela poderia falar tão bem sem o órgão. Em seguida, a pardaleja abriu o bico e mostrou a ele que uma nova língua havia crescido no lugar da antiga e implorou para que ele não pensasse mais no passado, pois ela estava muito bem agora. Assim, o ancião soube que sua pardaleja era um ser encantado, e não um pássaro comum. Seria difícil descrever a alegria do velho naquele momento. Esqueceu-se de todos os problemas, esqueceu-se até mesmo de como estava cansado, pois havia encontrado sua pardaleja, que, em vez de estar doente e sem língua como temera e esperara encontrá-la, estava bem, feliz e com uma nova língua, sem sinal dos maus-tratos que recebera da esposa dele. E, além de tudo, a criatura era uma fada.

A pardaleja pediu para que ele a acompanhasse e, voando à frente, guiou-o até uma bela casa, bem no meio do bosque de bambu. Ele ficou absolutamente espantado quando entrou na casa e viu o quanto aquele lugar era belo. Era de madeira branquíssima, as esteiras de cor creme que substituíam os tapetes eram os melhores que já havia visto, e as almofadas que a pardaleja lhe trouxera para que pudesse se sentar eram feitas da melhor seda e do melhor crepe. Belos vasos e caixas de laca enfeitavam o tokonoma[2] em todos os aposentos.

A pardaleja guiou o ancião ao lugar de honra e, em seguida, tomando seu lugar a uma humilde distância, agradeceu-lhe com muitas reverências por toda a bondade que ele dedicara a ela por tantos anos.

Depois, a Senhora Pardaleja, como a chamaremos a partir de agora, apresentou toda a sua família para o ancião. Feito isso, suas filhas, trajadas com delicados vestidos de crepe, trouxeram um banquete de todos os tipos de comidas deliciosas em belas bandejas tradicionais, até que o ancião começou a pensar que devia estar sonhando. No meio do jantar, algumas

---

2   Uma alcova onde se exibem objetos preciosos (N. A.).

das filhas da pardaleja se apresentaram com uma dança maravilhosa, chamada "suzume-odori" ou a "Dança do Pardal", para entreter o convidado.

O velho nunca havia se deleitado tanto. As horas passaram voando naquele lugar magnífico, com todos aqueles pardais encantados que o serviam e dançavam diante dele.

Mas a noite chegou, e a escuridão o lembrou de que ele tinha um longo caminho de volta e devia se despedir para voltar. Agradeceu à generosa anfitriã pelo acolhimento esplêndido e implorou para que ela se esquecesse de tudo que sofrera nas mãos da velha esposa zangada dele. Disse à Senhora Pardaleja que era de grande alívio e felicidade para ele ver que ela estava em um lar tão bonito e saber que ela não precisava de nada. Foi sua preocupação em saber como ela estava e o que realmente lhe havia acontecido que o levou a procurá-la. Agora ele sabia que estava tudo bem e podia voltar para casa com o coração leve. Se ela precisasse dele para qualquer coisa, bastava procurá-lo, e ele viria imediatamente.

A Senhora Pardaleja implorou para que ele ficasse e descansasse por vários dias e aproveitasse novos ares, mas o ancião disse que precisava voltar para a velha esposa que provavelmente ficaria zangada se ele não voltasse no horário habitual – e para o trabalho. Portanto, por mais que quisesse, não podia aceitar o generoso convite. Mas, agora que sabia onde a Senhora Pardaleja morava, viria visitá-la quando tivesse tempo.

Quando a Senhora Pardaleja viu que não conseguiria convencer o ancião a ficar por mais tempo, deu ordens para alguns de seus criados, e eles logo trouxeram duas caixas: uma grande e uma pequena. As duas foram colocadas diante do ancião, e a Senhora Pardaleja pediu para ele escolher qualquer uma das duas que quisesse como presente, pois ela desejava presenteá-lo.

O homem não podia recusar aquele generoso presente e escolheu a caixa menor, dizendo:

– Estou muito velho e fraco agora para levar a caixa grande e pesada. Como a senhora está sendo tão gentil em dizer que posso escolher qualquer uma, escolherei a pequena, pois será mais fácil de carregar.

Os pardais então o ajudaram a colocar a caixa nas costas e o acompanharam até o portão para vê-lo partir, despedindo-se com muitas reverências e suplicando para que ele voltasse sempre que tivesse tempo.

Foi assim que o ancião e a pardaleja de estimação se separaram, muito felizes, sem que a ave demonstrasse qualquer rancor por toda a crueldade que sofrera nas mãos da velha esposa. Na verdade, ela só sentia pena do ancião, que tivera de aturar a mulher a vida inteira.

Quando o ancião chegou a casa, encontrou a esposa ainda mais irritada do que de costume, pois já era tarde da noite, e ela o esperava acordada havia muito tempo.

— Onde é que estiveste esse tempo todo? — perguntou ela, aos gritos. — Por que estás voltando tão tarde?

O ancião tentou acalmá-la, ao mostrar a caixa de presentes que havia trazido de volta consigo, e depois contou a ela o que havia acontecido e de como ele fora maravilhosamente recebido na casa da pardaleja.

— Agora, vamos ver o que tem na caixa — disse o ancião, sem dar tempo para que ela começasse a resmungar outra vez. — Ajuda-me a abri-la.

Os dois se sentaram diante da caixa e a abriram.

Para o completo espanto dele, encontraram a caixa repleta de moedas de ouro e prata e muitas outras coisas preciosas. As esteiras da cabaninha brilhavam bastante enquanto tiravam as coisas, uma a uma, e as colocavam no chão, manuseando-as repetidas vezes. O ancião ficou exultante ao ver as riquezas que agora lhe pertenciam. O presente da pardaleja ia muito além de suas expectativas e lhe permitiria deixar o trabalho e viver com tranquilidade e conforto pelo resto dos dias.

— Graças à minha boa pardaleja! Graças à minha boa pardaleja! — repetiu ele muitas vezes.

Mas a mulher, depois dos primeiros instantes de surpresa e contentamento, ao ver que o ouro e a prata tinham chegado ao fim, não conseguiu conter a ganância de sua natureza perversa. Começou então a repreender o ancião por não ter trazido a caixa grande de presentes, pois, inocente de coração, ele havia contado à esposa que havia recusado a caixa maior que os pardais tinham lhe oferecido, tendo preferido a menor, porque era leve e fácil de levar para casa.

— Velho tolo — disse ela. — Por que não trouxeste a caixa grande? Pensa no que perdemos. Poderíamos ter o dobro de prata e ouro. Com certeza és um velho estúpido! — gritou ela, indo para a cama, furiosa.

O ancião desejava não ter dito nada sobre a caixa grande, mas já era tarde. A velha mesquinha, não contente com a boa sorte que havia recaído sobre eles tão inesperadamente e que ela nem sequer merecia, tomou a decisão de conseguir mais, se possível.

Bem cedo, na manhã seguinte, ela se levantou e fez o ancião lhe descrever o caminho até a casa da pardaleja. Quando ele percebeu o que se passava na mente dela, tentou convencê-la a não ir, mas em vão. Ela não escutava nada do que ele dizia. É estranho pensar que a velha mulher não se sentia envergonhada de ir ver a pardaleja depois de ter tratado a ave de forma tão cruel, cortando-lhe a língua durante um acesso de raiva. Contudo, sua ganância em pegar a caixa grande a fez esquecer de todo o resto. Nem mesmo passou pela sua cabeça que os pardais pudessem estar zangados com ela – e de fato estavam – e poderiam puni-la pelo que havia feito.

Desde que a Senhora Pardaleja voltara para casa na triste situação em que a haviam encontrado pela primeira vez, chorando e sangrando pela boca, seus parentes e sua família inteira só conseguiam comentar sobre a crueldade da velha mulher.

– Como ela pôde punir tão severamente uma ofensa tão insignificante como a de comer um pouco da pasta de arroz por engano? – perguntavam-se. Todos amavam o ancião, que era muito generoso, bondoso e paciente, mesmo com todos os seus problemas, mas a velha, eles a odiavam e decidiram puni-la, se tivessem a chance, como ela merecia. Não tinham muito tempo para esperar.

Depois de ter caminhado por algumas horas, por fim a velha encontrou o bosque de bambus que tinha feito o marido descrever cuidadosamente. Agora, estava diante da floresta e gritava:

– Onde fica a casa da pardaleja de língua cortada? Onde fica a casa da pardaleja de língua cortada?

Por fim, viu o beiral da casa por entre a folhagem de bambu. Apressou-se até a porta e bateu forte.

Quando os criados disseram à Senhora Pardaleja que a velha dona estava na porta, pedindo para vê-la, a ave ficou um tanto surpresa pela visita inesperada, mesmo depois de tudo o que havia acontecido. E ela não se admirou nem um pouco com a ousadia da velha mulher em se aventurar a vir até sua casa. A Senhora Pardaleja, no entanto, era uma ave educada e, assim, saiu para cumprimentar a velha, lembrando-se de que ela já fora sua dona.

A velha, porém, não pretendia perder tempo com conversa fiada e foi direto ao ponto, sem um pingo de vergonha.

— Não precisas te preocupar em me receber como fizeste com o meu marido. Eu mesma vim pegar a caixa que ele estupidamente deixou para trás. Partirei logo se me deres a caixa grande; é tudo o que desejo!

A Senhora Pardaleja concordou de imediato e ordenou que os criados trouxessem a caixa grande. A velha a pegou com impaciência e a colocou nas costas. Sem sequer parar para agradecer à Senhora Pardaleja, começou a seguir o caminho de volta para casa.

A caixa era tão pesada que a anciã não conseguia andar rápido, muito menos correr, como gostaria de ter feito, tão ansiosa que estava para voltar a casa e ver o que havia na caixa. Porém, com frequência ela precisava parar para se sentar e descansar durante o trajeto.

Enquanto cambaleava sob a pesada carga, o desejo de abrir a caixa tornou-se grande demais para resistir. Ela não podia mais esperar, pois imaginava que aquela grande caixa estava cheia de ouro, prata e joias preciosas, assim como a pequena que o marido havia recebido.

Por fim, aquela velha gananciosa e egoísta colocou a caixa no chão, na beira da trilha, e a abriu com cuidado, na esperança de se deleitar com uma mina de riqueza. O que viu, porém, deixou-a tão assustada que quase desmaiou. Assim que levantou a tampa, inúmeros demônios de aparência medonha saltaram da caixa e a cercaram, como se quisessem matá-la. Nunca vira criaturas tão terríveis, nem mesmo em pesadelos, como as que a sua caixa tão cobiçada carregava. Um demônio com um enorme olho bem no meio da testa apareceu e a encarou. Monstros com bocas arreganhadas pareciam querer devorá-la. Uma enorme cobra se enrolou em volta dela e sibilou, e um grande sapo saltava e coaxava na sua direção.

A velha nunca tinha ficado tão assustada na vida e correu dali o mais rápido possível com suas pernas trêmulas, feliz por escapar com vida. Quando chegou a casa, prostrou-se no chão e, aos prantos, contou ao marido tudo o que havia acontecido com ela e como havia sido quase morta pelos demônios na caixa.

Depois começou a culpar a pardaleja, mas o ancião a interrompeu no mesmo instante e disse:

— Não culpes a pardaleja. Tu que acabaste recebendo o troco pela tua maldade. Só espero que isso possa te servir de lição no futuro!

A anciã nada mais disse e, a partir daquele dia, arrependeu-se dos modos rudes e cruéis. Aos poucos, tornou-se uma boa mulher, a ponto de o marido mal a reconhecer, parecia outra pessoa, e eles passaram os últimos dias juntos, felizes, livres de necessidades ou cuidados, usufruindo com cautela do tesouro que o ancião havia recebido de seu animal de estimação, a pardaleja de língua cortada.

*A história de
Urashima Taro,
o jovem pescador*

Há muito, muito tempo,
vivia na província de
Tango, na costa do Japão,
na pequena vila de pes-
cadores de Mizu-no-ye, um
jovem pescador que se chamava
Urashima Taro. Antes dele, seu pai já havia
sido pescador, e as habilidades paternas foram herda-
das em dobro pelo filho, pois Urashima era o pescador mais habilidoso
daquela região e conseguia pescar mais bonitos e pargos em um dia do
que os companheiros conseguiam em uma semana.

Mas, na pequena vila de pescadores, ele era mais conhecido por ter
um bom coração do que por ser um pescador inteligente. Nunca machucou
criatura alguma, fosse pequena, fosse grande, em toda a sua vida. Quando
era menino, os colegas sempre riam dele, pois nunca se juntava a eles
para importunar os animais. Pelo contrário, sempre tentava salvá-los
das brincadeiras cruéis.

Durante o lusco-fusco de um verão ameno, estava voltando para
casa no fim de um dia de pescaria, quando se deparou com um grupo
de crianças. Estavam todas gritando e berrando. Pareciam estar muito
empolgadas com alguma coisa e, ao ir até elas para ver o que estava acontecendo, viu que estavam atormentando uma tartaruga. Um dos meninos
a puxava para um lado, outro a puxava para outro lado, enquanto uma
terceira criança batia nela com um pedaço de pau e a quarta golpeava-lhe
o casco com uma pedra.

Urashima sentiu muita pena da pobre tartaruga e decidiu salvá-la.
Falou, então, com os meninos:

— Olhai aqui, meninos, estais tratando tão mal a tartaruga que logo ela morrerá!

Os garotos, que estavam todos naquela idade de criança que parece gostar de ser cruel com os animais, não prestaram atenção à leve bronca de Urashima, continuando a importunar a criatura do mesmo jeito que antes. Um dos garotos mais velhos respondeu:

— Quem se importa se ela vai viver ou morrer? Nós, não. Aqui, meninos. Vamos continuar, vamos continuar!

E começaram a maltratar a pobre tartaruga com uma crueldade ainda maior. Urashima esperou um pouco, ponderando qual seria a melhor maneira de lidar com os meninos. Tentaria convencê-los a entregar a tartaruga para ele, então sorriu e disse:

— Tenho certeza de que todos vós sois meninos bons e gentis! Por que não me entregais a tartaruga? Eu gostaria tanto de cuidar dela!

— Não. Não vamos te dar a tartaruga — disse um dos meninos. — Por que faríamos isso? Nós mesmos a pegamos.

— O que dizeis é verdade — disse Urashima —, mas não estou pedindo para que a deis para mim em troca de nada. Darei um pouco de dinheiro por ela, ou seja, o *Ojisan* (Tio) vai comprá-la. Que achais, meus jovens?

Segurou o dinheiro na direção deles, amarrado em um pedaço de barbante que passava pelo meio de um buraco no centro de cada moeda.

— Olhai, meninos. Podeis comprar qualquer coisa com este dinheiro. Podeis fazer muito mais coisas com ele do que com essa pobre tartaruga. Vede como são bons meninos ao me escutarem.

Os garotos não eram maus, afinal. Eram apenas travessos e, enquanto Urashima falava, foram conquistados pelo sorriso gentil e pelas palavras cuidadosas do rapaz e começaram a "partilhar de seu espírito", como dizem no Japão. Aos poucos, todos foram até ele, com o líder da turminha segurando a tartaruga em sua direção.

— Muito bem, *Ojisan*. Vamos dar a tartaruga em troca do dinheiro! — Urashima pegou a tartaruga e deu o dinheiro aos meninos, que, chamando uns aos outros, saíram correndo e logo já não podiam mais ser vistos.

Depois, Urashima alisou o casco da tartaruga, dizendo o seguinte:

— Ah, pobre criatura! Pobre criatura! Pronto, pronto! Estás segura agora! Dizem que a cegonha vive por mil anos, mas a tartaruga vive por dez mil.

Tens a vida mais longa do que qualquer outra criatura do mundo e estavas em grande perigo de perdê-la por causa daqueles meninos cruéis. Por sorte, eu estava passando por aqui e te salvei, por isso continuas viva. Agora te levarei logo de volta para tua casa, no mar. Não te deixes ser capturada de novo, pois pode não haver ninguém para te salvar da próxima vez!

Durante todo o tempo em que o pescador gentil estava falando, andava a passos rápidos até a costa, sobre as rochas. Então, pondo a tartaruga na água, viu o animal desaparecer e em seguida voltou para casa, pois estava cansado, e o sol já havia se posto.

Na manhã seguinte, Urashima saiu de barco, como de costume. O clima estava bom, e o mar e o céu estavam com um tom suave de azul, sob a delicada bruma de uma manhã de verão. Urashima entrou no barco e foi para o mar, sonhador, jogando a linha nas águas, como sempre fazia. Logo passou por outros barcos pesqueiros e os deixou para trás, até se perderem de vista, e seu barco continuou indo à deriva, cada vez mais para longe, sobre as águas azuis. De alguma forma, sem saber o porquê, naquela manhã se sentia excepcionalmente feliz e não podia deixar de desejar que, assim como a tartaruga que libertara no dia anterior, pudesse ter milhares de anos para viver, em vez de uma curta vida humana.

Em meio ao devaneio, assustou-se ao ouvir seu próprio nome ser chamado:

– Urashima, Urashima!

Claro como o badalar do sino e suave como a brisa de verão, o nome flutuava sobre o oceano.

Ele se levantou e olhou para todas as direções, pensando que um dos outros barcos o havia ultrapassado, mas, por mais que olhasse para a grande extensão de água, perto ou longe não havia sinal de barco, então a voz não poderia ter vindo de nenhum ser humano.

Assustado e se perguntando quem ou o que poderia tê-lo chamado de maneira tão clara, olhou para todas as direções à sua volta e percebeu que, sem que ele tivesse visto, uma tartaruga havia vindo ao lado do barco. Urashima viu com surpresa que era a mesma tartaruga que ele havia salvado no dia anterior.

– Ora, ora! É a Sra. Tartaruga – disse Urashima. – Foste tu que me chamaste agora há pouco?

A tartaruga concordou com a cabeça diversas vezes e disse:

— Sim, fui eu. Ontem, graças a ti (*o kage sama de*), a minha vida foi salva, e vim te dizer o quanto estou grata por tua bondade.

— É realmente muita gentileza tua — disse Urashima. — Vem para o barco. Eu te ofereceria um cigarro, mas, como és uma tartaruga, com certeza não fumas. — E o pescador riu da piada.

— Ha-ha-ha-ha! — riu a tartaruga. — *Saquê* é a minha bebida favorita, mas cigarro não me interessa.

— Realmente — disse Urashima. — É uma pena que eu não tenha saquê aqui no barco para te oferecer, mas sobe e seca as tuas costas ao sol, tartarugas adoram fazer isso.

— Já vistes Rin Jin, o palácio do Rei Dragão do Mar, Urashima?

O pescador negou com a cabeça e respondeu:

— Não. Ano após ano, o mar tem sido a minha casa, mas, embora eu sempre tenha ouvido falar do reino do Rei Dragão, que fica no fundo do mar, nunca consegui ver esse lugar maravilhoso. Deve ficar muito longe, se é que existe mesmo!

— É mesmo? Nunca viste o palácio do Rei Dragão? Então perdeste a chance de ver um dos mais belos lugares no universo inteiro. Fica bem longe, no fundo do mar, mas, se eu te levar até lá, não demoraremos para chegar ao local. Caso queiras ver a terra do Rei do Mar, serei o teu guia.

— Eu gostaria de ir, com certeza, e és muito gentil por pensar em me levar até lá, mas deves te lembrar de que sou apenas um mero mortal e não tenho a mesma força para nadar igual a ti, uma criatura do mar...

Antes que o pescador pudesse dizer algo mais, a tartaruga o interrompeu, dizendo:

— O quê? Mas não precisarás nadar. Se ficares nas minhas costas, posso te levar sem problema algum.

— Mas como é que vou ficar nas tuas costas se elas são pequenas?

— Pode parecer absurdo, mas garanto que poderás ficar nelas. Que tal experimentar agora mesmo? Vem e sobe nas minhas costas, e vê se é tão impossível quanto pensas!

Enquanto a tartaruga terminava de falar, Urashima olhou para o casco dela e, por mais estranho que parecesse, a criatura havia crescido tanto e de modo tão repentino que o homem poderia se sentar nas costas dela facilmente.

— Que curioso! – disse Urashima. – Então, Sra. Tartaruga, se me permites, subirei nas tuas costas. *Dokkoisho*[3]! – exclamou, enquanto dava um salto para subir na tartaruga.

A tartaruga, com o semblante impassível, como se aquele estranho procedimento fosse um acontecimento bastante comum, disse:

— Agora, vamos partir para o nosso passeio. – E, com aquelas palavras, saltou para o mar, com Urashima nas costas. A tartaruga mergulhou, descendo pelas águas. Durante um bom tempo, aqueles dois estranhos companheiros percorreram o mar. Urashima nunca se cansava nem sua roupa se molhava com a água. Finalmente, ao longe, surgiu um portão magnífico e, atrás do portão, o telhado longo e inclinado de um palácio no horizonte.

— Uau! – exclamou Urashima. – Aquele lá parece o portão de um enorme palácio! Sra. Tartaruga, podes me dizer que lugar é aquele que estamos vendo agora?

— Aquele é o grande portão do palácio de Rin Jin. O grande teto que estás vendo atrás do portão é o próprio palácio do Rei do Mar.

— Então finalmente chegamos ao reino do Rei do Mar e ao seu palácio.

— Sim, de fato – respondeu a tartaruga. – E não achas que chegamos bem rápido? – Enquanto falava, a tartaruga chegou ao lado do portão. – Aqui estamos. A partir daqui, deves ir a pé, por favor.

A tartaruga seguiu à frente e falou com o guardião:

— Este é Urashima Taro, do Japão. Tive a honra de trazê-lo como visitante a este reino. Por gentileza, mostre a ele o caminho.

O guardião, que era um peixe, imediatamente os guiou, passando pelo portão diante deles.

Os pargos, os linguados, as solhas, os chocos e todos os súditos do rei Dragão do Mar saíram no mesmo instante, curvando-se de maneira cortês para dar as boas-vindas ao estranho.

— Urashima-sama, Urashima-sama! Sê bem-vindo ao Palácio do Mar, a casa do Rei Dragão do Mar. És bem-vindo triplamente, já que vieste de um país tão distante. Quanto a tu, Sra. Tartaruga, somos muito gratos por todo o trabalho ao trazer Urashima para cá.

---

3 "Certo" (usado apenas por classes mais baixas) (N. A.).

Depois, dirigindo-se novamente a Urashima, disseram:

— Por favor, acompanha-nos. — E, dali, todos os peixes se tornaram guias dele.

Urashima, apenas um humilde e jovem pescador, não sabia como se portar em um palácio. Mas, por mais estranho que tudo fosse para ele, não se sentiu envergonhado ou constrangido e seguiu os gentis guias com bastante calma até o interior do palácio. Quando chegou aos portais, veio recebê-lo uma linda princesa acompanhada das criadas. Ela era mais bela do que qualquer ser humano e trajava roupas suntuosas nas cores vermelho e verde-claro, como a parte inferior de uma onda, e fios dourados brilhavam pelas dobras do seu vestido. Seu encantador cabelo preto se espalhava pelos ombros à maneira da filha de um rei há muitas centenas de anos e, quando falava, sua voz parecia música pela água. Urashima ficou perdido em pensamentos enquanto olhava para ela; não conseguia falar. Depois se lembrou de que precisava fazer uma reverência, mas, antes que pudesse fazê-lo, a princesa tomou sua mão e, guiando-o para um belo salão, até o lugar de honra, na outra extremidade, pediu para que ele se sentasse.

— Urashima Taro, é para mim um enorme prazer te receber no reino de meu pai — disse a princesa. — Ontem salvaste uma tartaruga, e fui te buscar para poder te prestar agradecimentos por ter salvado a minha vida, pois eu era a tartaruga. Agora, se for do teu agrado, podes viver aqui para sempre, na terra da juventude eterna, onde o verão nunca morre e a tristeza nunca surge. Serei tua noiva, se assim desejares, e depois viveremos juntos e felizes para sempre!

Enquanto Urashima escutava aquelas amáveis palavras e contemplava o rosto encantador da princesa, seu coração se encheu de admiração e alegria. Ele a respondeu, indagando-se se tudo aquilo não passava apenas de um sonho:

— Agradeço-te mil vezes pelas palavras tão gentis. Não há nada que eu deseje mais do que ter permissão para ficar aqui contigo, nesta bela terra, da qual ouvi falar tantas vezes, mas nunca tinha visto até hoje. Este é o lugar mais maravilhoso que já vi, é realmente indescritível.

Enquanto ele falava, um grupo de peixes apareceu, todos trajados com vestimentas cerimoniais. Um por um, em silêncio e a passos imponentes, entraram no salão carregando iguarias de peixe e alga, em bandejas de coral, com as quais não se pode nem sonhar, e aquele maravilhoso banquete foi servido aos noivos. O casamento foi festejado com um esplendor deslumbrante, e, no reino do Rei do Mar, houve grande alegria. Assim que o jovem par havia celebrado compromisso com a taça de vinho nupcial, brindando três vezes, tocou-se música e cantaram-se canções. Peixes de escamas prateadas e caudas douradas vieram através das ondas e dançaram. Urashima se divertiu com grande entusiasmo. Nunca em toda a sua vida havia se deparado com tamanho banquete.

Quando a celebração acabou, a princesa perguntou ao noivo se ele gostaria de caminhar pelo palácio e ver tudo o que havia para ser visto. Então, acompanhado pela noiva, a filha do rei do mar, foram mostradas ao pescador contente todas as maravilhas daquela terra encantada, onde a juventude e a alegria andavam juntas e não podiam ser alcançadas pelo tempo ou pela idade. O palácio era todo construído de coral e decorado com pérolas. As belezas e as maravilhas daquele lugar eram tão grandes que não havia como descrevê-las.

Mas, para Urashima, ainda mais magnífico do que o palácio era o jardim que o rodeava. Nele, era possível ver, ao mesmo tempo, o cenário das quatro diferentes estações. As belezas do verão e do inverno, da primavera e do outono eram exibidas de uma vez ao visitante maravilhado.

Primeiro, quando olhou para o leste, viu as ameixeiras e as cerejeiras, em plena floração, os rouxinóis, cantando nas alamedas cor-de-rosa, e as borboletas, voando de flor em flor.

Ao olhar para o sul, todas as árvores estavam verdes na plenitude do verão, e a cigarra diurna e o grilo noturno cantavam a plenos pulmões.

Ao olhar para o oeste, os bordos de outono pareciam estar em chamas como um céu durante o pôr do sol, e os crisântemos estavam perfeitos.

Ao olhar para o norte, a mudança fez Urashima se espantar, pois o chão, as árvores e os bambus estavam cobertos pela neve branca, e o lago estava congelado.

Todos os dias, surgiam novas alegrias e maravilhas para Urashima. Sua felicidade era tanta que se esquecera de tudo, até mesmo do lar que havia deixado para trás, dos pais e da própria terra. Passaram-se três dias sem que ele sequer pensasse em tudo o que deixara para trás. Finalmente, deu-se conta daquilo e se lembrou de quem era, de que não pertencia àquela terra maravilhosa ou ao Palácio do Rei do Mar, e disse a si mesmo:

— Minha nossa! Não posso ficar aqui para sempre, pois tenho pai e mãe idosos em casa. O que será que deve ter acontecido com eles durante esse tempo todo? Como devem ter ficado preocupados por todos esses dias que não voltei como de costume! Preciso voltar imediatamente, não posso ficar nem um dia a mais. – E, assim, começou a se preparar às pressas para a viagem.

Em seguida, foi até sua bela esposa, a princesa, e, fazendo uma reverência profunda diante dela, disse:

— Tenho sido realmente feliz ao teu lado por tanto tempo, Otohime Sama – era como ela se chamava –, e tens sido mais benevolente comigo do que posso expressar em palavras. Mas agora preciso dizer adeus, pois preciso voltar para os meus pais.

Otohime Sama começou a chorar e disse baixinho, com tristeza:

— O que te incomoda aqui, Urashima, o que te faz querer me deixar tão de repente? Para que tanta pressa? Fica comigo por apenas mais um dia!

Mas Urashima havia se lembrado dos pais e, no Japão, a responsabilidade de cuidar deles é mais forte que tudo, mais forte ainda do que o prazer ou o amor, e ele não seria persuadido. Apenas respondeu:

— Realmente preciso ir. Não penses que quero te deixar. Não é isso. Preciso ir e ver os meus velhos pais. Deixa-me ir por um dia e voltarei.

— Então, não há nada que possa ser feito – disse a princesa, muito triste. – Eu te mandarei de volta hoje para os teus pais e, em vez de tentar te manter comigo por mais um dia, eu te darei isto como prova do nosso amor. Por favor, leva-o contigo. – E ela levou para ele uma linda caixa de laca amarrada com um cordão de seda e borlas de seda vermelha.

Urashima já havia recebido tantas coisas da princesa que sentiu certo remorso em aceitar o presente e disse:

— Não me parece certo que eu aceite outro presente teu, depois de tantos favores que recebi de tuas mãos, mas, como é do teu desejo, eu o aceitarei.

Continuou em seguida:

— Diz para mim, o que há na caixa?

— Ela é um *tamate-bako* (caixa de joias) – respondeu a princesa – que contém algo muito precioso. Não deves abrir a caixa, não importa o que aconteça! Se a abrires, algo terrível acontecerá contigo! Promete-me que nunca abrirás a caixa!

Urashima prometeu que nunca, em hipótese alguma, abriria a caixa, não importava o que acontecesse.

Depois, despedindo-se de Otohime Sama, foi até a praia, acompanhado pela princesa e pelos criados dela, e ali encontrou uma enorme tartaruga que o aguardava.

Ele rapidamente subiu nas costas da criatura e foi levado para longe, acima do mar cintilante, em direção ao leste. Olhou para trás, a fim de acenar com a mão para a esposa, até que, por fim, não conseguia mais vê-la, e a terra do Rei do Mar e os telhados do magnífico palácio haviam desaparecido ao longe. Depois, com o rosto voltado ansiosamente para a própria terra, esperou as colinas azuis aparecerem no horizonte diante dele.

A tartaruga, enfim, levou-o até a baía que ele conhecia tão bem e até a costa de onde ele havia partido. Pisou na praia e olhou à sua volta, enquanto a tartaruga voltava para o reino do Rei do Mar.

Mas o que seria aquele estranho temor que se apoderou de Urashima enquanto estava parado e olhava ao redor? Por que encarava tanto as pessoas que passavam por ele e por que elas, por sua vez, paravam e olhavam de volta? O litoral continuava o mesmo e as colinas também. No entanto, as pessoas que viu passando tinham rostos muito diferentes daqueles que conhecia tão bem antes.

Perguntando-se sobre o que aquilo poderia significar, caminhou, a passos apressados, em direção à sua velha casa. Até mesmo ela parecia diferente, mas havia uma no mesmo lugar. Ele gritou, então:

– Pai, acabei de voltar! – Estava prestes a entrar, quando viu um estranho saindo de lá.

"Talvez os meus pais tenham se mudado enquanto estive ausente e tenham ido para algum outro lugar", pensou o pescador. Por alguma razão, começou a ficar ansioso, mas não sabia dizer por quê.

– Com licença – disse ao homem que o encarava –, mas, até alguns dias atrás, eu morava nesta casa. Meu nome é Urashima Taro. Para onde foram os meus pais, que aqui deixei?

Uma expressão bastante perplexa surgiu no rosto do homem, que, ainda encarando intensamente Urashima, disse:

— O quê? És Urashima Taro?

— Isso — disse o pescador —, sou Urashima Taro!

— Ha-ha! — O homem riu. — Não brinques desse jeito. É verdade que existiu um homem chamado Urashima Taro e que realmente morou nesta vila, mas essa é uma história de trezentos anos atrás. Não teria como ele estar vivo agora!

Quando Urashima ouviu aquelas estranhas palavras, ficou assustado e disse:

— Por favor, por favor! Não brinques assim comigo. Estou muito confuso. Eu realmente sou Urashima Taro e com certeza não vivi por trezentos anos. Até quatro ou cinco dias atrás, eu vivia neste lugar. Diz-me o que quero saber sem mais piadas, por favor.

Mas o semblante do homem ficou ainda mais sério e ele respondeu:

— Pode ser que sejas ou não sejas Urashima Taro, não sei. Mas o Urashima Taro de quem ouvi falar é um homem que viveu aqui há trezentos anos. Talvez tu sejas o espírito dele que veio visitar mais uma vez a tua velha casa?

— Por que estás zombando de mim? — disse Urashima. — Não sou um espírito! Sou um homem vivo. Não estás vendo os meus pés? — Com isso, bateu com os pés no chão, primeiro com um e depois com o outro, para mostrar ao homem (fantasmas japoneses não têm pés).

— Mas Urashima Taro viveu há trezentos anos, é tudo o que sei. Está escrito nas crônicas da vila — insistiu o homem, que não conseguia acreditar no que o pescador dizia.

Urashima ficou zonzo de tamanha perplexidade e confusão. Ficou parado, olhando em volta, terrivelmente confuso, e, realmente, tudo aparentava estar diferente do que ele se lembrava, antes de ter partido. Tomou conta dele um sentimento péssimo de que o que o homem lhe dissera talvez fosse verdade. Parecia estar em um sonho estranho. Os poucos dias que havia passado no palácio do Rei do Mar não tinham sido dias, afinal: tinham sido centenas de anos e, naquele ínterim, seus pais haviam morrido, assim como todo mundo que ele conhecia, e a vila tinha escrito a sua história. Não havia mais por que continuar ali. Precisava voltar para a linda esposa, além-mar.

Tomou o caminho de volta para a praia, levando na mão a caixa que a princesa tinha lhe dado. Mas qual era o caminho? Não conseguia encontrá-lo sozinho! De repente, lembrou-se da caixa, o *tamate-bako*.

– Quando me deu a caixa, a princesa me disse que eu nunca deveria abri-la, que ela continha algo muito precioso. Mas, agora que não tenho lar, agora que perdi tudo que era especial para mim e sinto tanta tristeza no coração, nessa situação, se eu abrir a caixa, certamente encontrarei algo que me ajudará, algo que me mostrará o caminho de volta para a minha linda princesa do mar. Não há mais nada que eu possa fazer agora. Isso mesmo. Vou abrir a caixa e olhar o que tem nela!

Então, seu coração aceitou aquele ato de desobediência e tentou se convencer de que estava fazendo a coisa certa ao quebrar a promessa.

Aos poucos, bem aos poucos, ele desamarrou o cordão de seda vermelha, devagar e com curiosidade, e levantou a tampa da caixa preciosa. E o que ele encontrou? Por mais estranho que pareça, apenas uma linda nuvenzinha roxa emergiu da caixa em três suaves tufos. Por um momento, ela cobriu o rosto dele e oscilou como se estivesse relutante em ir embora, depois flutuou para longe como vapor sobre o mar.

Urashima, que havia sido até aquele momento um jovem de 24 anos, forte e bonito, tornou-se repentinamente velho, muito, muito velho. Suas costas se arquearam com a idade, os cabelos ficaram brancos como a neve, o rosto ficou cheio de rugas e ele caiu morto na praia.

Pobre Urashima! Por causa de sua desobediência, nunca pôde voltar para o reino do Rei do Mar ou para a amável princesa do além-mar.

Por isso, crianças, nunca sejais desobedientes àqueles que são mais sábios do que vós, pois a desobediência é o início de todas as infelicidades e sofrimentos da vida.

*O camponês
e o texugo*

Há muito, muito tempo, um velho camponês e sua esposa viviam nas montanhas, longe de qualquer cidade. Seu único vizinho era um texugo malévolo. Esse texugo costumava sair todas as noites e correr para o campo do lavrador, acabando com os legumes e o arroz que o homem cultivava com tanto zelo. Com o tempo, o texugo ficou tão implacável nas maldades e fazia tanto estrago por toda parte na propriedade que o camponês de boa índole não conseguia mais suportar aquilo e decidiu dar um fim na criatura. Assim, dia após dia e noite após noite, ficava à espera, com um enorme porrete em mãos, ansioso para pegar o texugo, mas tudo em vão, então colocou armadilhas para o animal infesto.

O trabalho e a paciência do camponês foram enfim recompensados, pois, um belo dia, em uma de suas rondas, encontrou o texugo preso em um buraco que havia cavado para aquele fim. O homem ficou empolgado por ter capturado seu inimigo e o levou para casa, amarrado com firmeza em cordas. Quando chegou, disse à esposa:

— Finalmente peguei o texugo terrível. Fique de olho nele enquanto eu estiver trabalhando e não o deixe escapar, pois quero fazer uma sopa com ele.

Ao dizer aquilo, pendurou o texugo nas vigas do celeiro e saiu para trabalhar nos campos. O animal ficou muito aflito; não gostava nem um pouco da ideia de ser transformado em sopa naquela noite e pensou e pensou por um bom tempo, tentando elaborar algum plano para escapar daquele destino. Era difícil pensar com clareza naquela posição desconfortável, uma vez que havia sido pendurado de cabeça para baixo. Bem próximo a ele, na entrada do celeiro, olhando na direção dos campos verdes, das árvores e do agradável sol, estava a velha esposa do camponês, triturando cevada. Ela parecia cansada e velha. Seu rosto estava repleto de rugas e era marrom, assim como couro. Vez ou outra, parava para enxugar o suor que escorria pelo rosto.

— Minha cara senhora – disse o texugo astuto –, deves estar bastante cansada de fazer tanto trabalho pesado para tua idade. Por que não me deixas trabalhar em teu lugar? Meus braços são bem fortes e posso te substituir por um tempinho!

— Agradeço tua generosidade – disse a anciã –, mas não posso deixar que faças esse trabalho por mim, pois não posso te desamarrar, já que poderias escapar se eu assim o fizesse, e o meu marido ficaria muito bravo se voltasse para casa e descobrisse que tu te fostes.

Mas o texugo é um dos animais mais sorrateiros, então disse novamente, com voz tristonha e mansa:

— És muito cruel. Podes me desamarrar. Prometo que não tentarei fugir. Se estás com medo do teu marido, deixarei que me amarres novamente antes que ele volte, quando eu tiver terminado de triturar a cevada. Estou tão cansado e dolorido, amarrado desse jeito. Se me deixasses descer por alguns minutinhos, eu ficaria muito grato!

A anciã tinha boa índole, era simples e não pensava mal de ninguém, muito menos imaginava que o texugo a estava enganando apenas para fugir. Também sentiu pena do animal quando parou para olhá-lo. Ele parecia tão triste pendurado no teto pelas pernas, amarradas com tanta força que os nós da corda estavam cortando a sua pele. Então, com a pureza do seu coração e acreditando na promessa de que o animal não fugiria, desamarrou as cordas e o soltou.

A mulher deu a ele o pilão de madeira e pediu que fizesse o trabalho por um tempinho, enquanto ela ia descansar. O texugo pegou o pilão, mas, em vez de fazer o que lhe havia sido pedido, imediatamente pulou para cima da mulher e a derrubou com o pesado pedaço de madeira. Depois a matou, cortou-a em pedaços e fez uma sopa com ela, esperando em seguida o velho camponês voltar. O homem tinha trabalhado com afinco nos campos o dia todo e, durante a labuta, pensava com prazer que o seu trabalho não seria mais arruinado pelo texugo destruidor.

Ao cair da tarde, parou de trabalhar e voltou para casa. Estava muito cansado, mas a ideia de ter uma boa sopa quente de texugo para o jantar, esperando por ele, animava-o. A ideia de que o texugo poderia se libertar e se vingar da pobre velha nunca lhe havia passado pela cabeça.

Nesse meio-tempo, o texugo assumiu a forma da velha mulher e, assim que viu o camponês se aproximando, saiu para recebê-lo pela varanda da casinha, dizendo:

— Finalmente voltaste. Fiz a sopa de texugo e fiquei te esperando por um bom tempo.

O velho camponês tirou rapidamente as sandálias de palha e se sentou diante da pequena bandeja de jantar. O inocente homem nem sequer sonhava que não era sua esposa que agora o servia, e sim o texugo, e foi pedindo logo pela sopa. Em seguida, o animal repentinamente voltou à forma original e gritou:

— Seu velho devorador de esposas! Toma cuidado com os ossos na cozinha!

Rindo alto e com desdém, escapou da casa e fugiu para a toca nas colinas. O ancião foi deixado sozinho. Mal podia acreditar no que havia visto e ouvido. Depois, quando compreendeu toda a verdade, ficou tão assustado e horrorizado que desmaiou na mesma hora. Depois de um tempo, voltou a si e caiu aos prantos. Chorou amargamente, agitando-se de um lado para o outro, em sua desesperada dor. Parecia demasiado terrível para ser verdade que sua fiel esposa tivesse sido morta e cozida pelo texugo enquanto ele, o ancião, trabalhava calmamente nos campos, sem saber nada do que se passava em casa e felicitando-se por ter se livrado de uma vez por todas do animal malvado que tantas vezes tinha acabado com os seus campos. E ah!, o pensamento terrível: ele quase tomara a sopa que a criatura havia feito com a pobre mulher. "Ó céus, ó céus, ó céus!", lamentava-se.

Não muito longe dali, morava na mesma montanha um velho coelho, bondoso e gentil. Ele ouviu o ancião chorando e soluçando e imediatamente se prontificou a ver o que estava acontecendo e se havia algo que pudesse fazer para ajudar o vizinho. O ancião lhe contou o que havia ocorrido. Quando o coelho ouviu a história, ficou muito zangado com o texugo malvado e traiçoeiro e disse ao homem que podia contar com ele, pois iria vingar a morte da esposa. O camponês sentiu-se finalmente consolado e, enxugando as lágrimas, agradeceu ao coelho pela bondade em vir ter com ele durante aquele momento de infelicidade.

O coelho, ao perceber que o camponês estava ficando mais calmo, voltou para casa a fim de arquitetar um plano e punir o texugo.

No dia seguinte, o tempo estava bom, e o coelho saiu para procurar o texugo, que não se encontrava em parte alguma, nem na colina, nem nos campos. Assim, o coelho foi até a toca do texugo e lá o encontrou escondido, pois o animal estava com medo de dar as caras desde que fugira da casa do camponês. Temia a ira do velho homem, afinal.

O coelho o chamou:

— Por que estás trancafiado em casa em um dia tão bonito como hoje? Vem comigo para cortarmos capim nas colinas juntos.

O texugo, que não tinha dúvida alguma de que o coelho era seu amigo, concordou em acompanhá-lo, muito contente por poder escapar da vizinhança do camponês e do medo de acabar se encontrando com ele. O coelho foi na frente, e os dois percorreram vários quilômetros, até as colinas, onde o capim crescia em abundância e era delicioso. Ambos se puseram a trabalhar para cortar o máximo que pudessem levar para casa, a fim de armazená-lo como alimento de inverno. Quando cada um deles tinha cortado o quanto queria, amarraram tudo e depois partiram, para voltar para casa, cada um carregando o próprio feixe de capim nas costas. Dessa vez, o coelho fez o texugo ir primeiro.

Quando se afastaram um pouco, o coelho pegou uma pederneira e um pedaço de ferro e, riscando os dois objetos nas costas do texugo, enquanto ele caminhava à frente, ateou fogo ao seu feixe de capim. O texugo ouviu a pederneira sendo riscada e perguntou:

— Que barulho foi esse, "créc, créc"?

— Ah, não foi nada — respondeu o coelho. — Eu só falei "créc, créc", porque essa montanha se chama Montanha Crepitante.

O fogo logo se espalhou no feixe de capim seco, sobre as costas do texugo, que, ao ouvir a crepitação do capim que queimava, perguntou:

— O que é isso?

— Agora chegamos à Montanha em Chamas — respondeu o coelho.

Naquele momento, o feixe já havia se queimado quase por inteiro, e o fogo já havia chegado aos pelos das costas do texugo, que finalmente soube o que acontecera por causa do cheiro da fumaça do capim em chamas. Berrando de dor, o animal correu até a toca o mais rápido que pôde. O coelho o seguiu e o encontrou deitado na cama, gemendo de dor.

– Mas que azar o teu! – disse o coelho. – Não consigo imaginar como isso pode ter acontecido! Vou trazer uns remédios que vão ajudar a curar as tuas costas bem rápido!

O coelho foi embora feliz e sorridente ao pensar que o castigo do texugo já tinha se iniciado. Esperava que o animal morresse por causa das queimaduras, pois sentia que nada poderia ser pior para ele, que era o culpado de ter assassinado a pobre e indefesa mulher que nele havia confiado. Assim, o coelho foi para casa e fez um unguento, misturando um pouco de molho e de pimenta vermelha.

Levou essa mistura para o texugo, mas, antes de aplicá-la, disse que ela causaria muita dor e que era necessário aguentá-la com paciência, pois era um remédio maravilhoso para queimaduras e feridas do tipo. O texugo agradeceu e implorou para que ele lhe aplicasse a pomada sem demora. Nenhuma palavra poderia descrever, entretanto, a agonia do texugo assim que a pimenta vermelha fora espalhada por todas as suas costas feridas. Ele rolou para lá e para cá e uivou aos berros. O coelho, que apenas observava, sentiu que a esposa do camponês estava começando a ser vingada.

O texugo ficou acamado por mais ou menos um mês, mas, por fim, apesar da aplicação de pimenta vermelha, suas queimaduras cicatrizaram, e ele ficou bem. Quando o coelho viu que o animal estava ficando bem, pensou em outro plano com o qual poderia planejar a morte dele. Então, foi um dia fazer uma visita ao texugo para felicitá-lo pela recuperação.

Durante a conversa, o coelho disse que ia pescar e descreveu como era fazer isso quando o tempo estava firme e o mar calmo.

O texugo ouviu com prazer o relato do coelho sobre como passava o tempo e, esquecendo-se de todas as dores e mazelas que lhe afetaram naquele mês, pensou no quanto seria divertido se pudesse ir pescar também. Então, perguntou se o coelho poderia levá-lo da próxima vez que fosse pescar. Por ser justamente o que queria, o amigo do camponês concordou no mesmo instante.

Assim, o coelho foi para casa e construiu dois barcos, um de madeira e outro de barro. Por fim, quando estavam ambos terminados, ficou olhando para o seu trabalho, pensando que todo aquele esforço seria bem-recompensado caso seu plano fosse bem-sucedido e ele conseguisse matar o terrível texugo.

Finalmente chegou o dia em que o coelho fez os preparativos para ir à pescaria. Ele ficou com o barco de madeira e deu o de barro para o texugo. Este, que não entendia nada de barcos, ficou encantado com a nova embarcação e pensou no quanto o coelho tinha sido gentil em ter lhe dado uma. Eles entraram em seus respectivos barcos e partiram. Após terem percorrido uma certa distância da margem, o coelho sugeriu que testassem os barcos e vissem qual dos dois era mais rápido. O texugo caiu no conto do vigário, e ambos se puseram a remar o mais rápido que podiam, por um tempo. No meio da corrida, o terrível mamífero percebeu que seu barco estava se desfazendo, pois a água começara a amolecer o barro. Com muito medo, gritou para que o coelho o ajudasse, mas este respondeu que estava se vingando pelo assassinato da mulher e que aquela tinha sido a sua intenção o tempo todo. Estava feliz em pensar que o texugo finalmente estava recebendo o castigo que merecia por todos os crimes perversos e que deveria se afogar sem receber a ajuda de ninguém. Depois, ergueu o remo e, com ele, usando toda a sua força, bateu no texugo até que este caísse com o barro que se afundava e até que não pudesse mais ser visto.

Assim, o coelho havia enfim cumprido a promessa feita ao velho camponês. Deu a volta e remou em direção à margem. Tendo desembarcado e puxado o barco para a terra firme, apressou-se em voltar para contar ao ancião como o texugo, seu inimigo, havia sido morto.

O homem lhe agradeceu com lágrimas nos olhos. Disse que, até aquele momento, não tinha conseguido dormir à noite ou ficar tranquilo durante o dia, pensando em como a morte da esposa não estava vingada, mas que, daquele momento em diante, seria capaz de dormir e de comer como antes. Implorou para que o coelho ficasse com ele e compartilhasse a casa, e, a partir daquele dia, o animal foi morar com o velho camponês, e ambos viveram juntos como bons amigos até o fim de suas vidas.

O "shinansha"
ou a carruagem
que apontava
para o sul

A bússola, com a agulha
sempre apontando para
o norte, é um objeto bas-
tante comum, e, hoje em dia,
ninguém mais a acha notável,
embora deva ter sido uma maravilha
quando concebida pela primeira vez.

Há muito tempo, na China, houve uma invenção ainda mais magnífica chamada *shinansha*. Era um tipo de carruagem que levava a figura de um homem que apontava sempre para o sul. Não importava como a carruagem fosse colocada, a figura sempre girava e apontava para o sul.

Esse curioso instrumento foi inventado por Kotei, um dos três imperadores chineses da Era Mitológica. Kotei era o filho do imperador Yuhi. Antes de ele nascer, sua mãe tivera uma visão profética de que o filho seria um grande homem.

Em uma noite de verão, ela saiu para caminhar nos campos, em busca das frescas brisas que sopravam no fim do dia e para observar com prazer o céu estrelado. Enquanto observava a Estrela Polar, um fenômeno estranho aconteceu: a estrela disparou lampejos vívidos para todas as direções. Logo depois disso, o filho da mulher, Kotei, veio ao mundo.

Com o passar do tempo, Kotei atingiu a maioridade e sucedeu o pai, o imperador Yuhi. O início do seu reinado foi muito conturbado por causa de Shiyu. Esse rebelde queria se tornar rei, e muitas foram as batalhas que travou com esse fim. Shiyu era um mago perverso, sua cabeça era feita de ferro, e não havia quem pudesse derrotá-lo.

Por fim, Kotei declarou guerra contra o rebelde e liderou o próprio exército para a batalha. Os dois e seus respectivos exércitos se encontraram em uma planície chamada Takuroku. O imperador atacou destemidamente o inimigo, mas o mágico criou um denso nevoeiro sobre o campo de batalha e, enquanto o exército real vagueava confuso, tentando encontrar um caminho, Shiyu recuou com as tropas, rindo por ter enganado o exército real.

Não importava o quanto os soldados do imperador fossem fortes e corajosos: o rebelde, com sua magia, sempre conseguia escapar no final.

Kotei voltou para o palácio e refletiu profundamente sobre como poderia derrotar o mago, pois estava determinado a não se dar por vencido ainda. Depois de um bom tempo, inventou o *shinansha*, com a figura de um homem que sempre apontava para o sul, pois naquela época não havia bússolas. Com aquele instrumento que lhe mostrava o caminho, ele não precisava mais temer nevoeiros densos erguidos pelo mago para desorientar seus homens.

Então, Kotei novamente declarou guerra contra Shiyu. Colocou o *shinansha* à frente de seu próprio exército e liderou o caminho para o campo de batalha.

A batalha começou de verdade. O rebelde estava sendo desbaratado pelas tropas reais quando recorreu à magia de novo e, ao dizer algumas palavras estranhas em voz alta, imediatamente um denso nevoeiro baixou sobre o campo de batalha.

Daquela vez, porém, nenhum soldado se incomodou com o nevoeiro. Ninguém estava confuso. Kotei, ao apontar para o *shinansha*, conseguia se localizar e guiou o exército sem um erro sequer. Perseguiu de perto o exército inimigo e fez todos recuarem até que chegassem a um enorme rio. Aquele rio que Kotei e seus homens haviam encontrado estava inundado pelas cheias, tornando a travessia impossível.

Shiyu, ao usar os poderes mágicos, rapidamente atravessou com seu exército e se trancou em sua fortaleza, na margem oposta.

Quando Kotei descobriu que a sua marcha fora refreada, ficou extremamente frustrado, pois estava quase alcançando o rebelde quando o rio o deteve.

Não podia fazer nada, já que naquela época não havia barcos. Dessa forma, o imperador deu ordens para que sua tenda fosse armada no lugar mais agradável possível que o local propiciava.

Certo dia, ele saiu da tenda e, depois de ter caminhado por um tempo, encontrou uma lagoa. Ali se sentou na margem e se perdeu em pensamentos.

Era outono. As árvores que cresciam ao redor da beira d'água estavam perdendo as folhas, as quais flutuavam aqui e ali na superfície da lagoa. Aos poucos, Kotei começou a prestar atenção em uma aranha na beira d'água. O pequeno aracnídeo estava tentando subir em algumas das folhas flutuantes que estavam próximas, até que finalmente conseguiu e logo estava boiando sobre a água até a outra margem.

Aquele pequeno acontecimento fez com que o imperador pensasse em tentar fazer algo que pudesse carregar a si mesmo e aos seus homens sobre o rio, da mesma forma que a folha levava a aranha. Assim se pôs a trabalhar e persistiu até inventar o primeiro barco. Quando viu que teve êxito com a invenção, colocou todos os seus homens para fazer mais barcos e não demorou muito para que houvesse muitos deles, o suficiente para o exército todo.

Kotei pôde finalmente levar seu exército pelo rio e atacou o quartel-general de Shiyu. Teve uma vitória gloriosa e conseguiu dar fim à guerra que havia causado tantos problemas ao seu país por tanto tempo.

Aquele bom e sábio imperador não descansou até ter assegurado a paz e a prosperidade em toda a sua terra. Era adorado pelos súditos, que passaram a desfrutar a felicidade da paz por muitos e muitos anos sob o seu governo. Dedicou boa parte do tempo inventando coisas que seriam benéficas para o povo e foi bem-sucedido em muitas delas, além do barco e do *shinansha* que sempre apontava para o sul.

Ele reinou por cerca de cem anos, até que um dia, enquanto olhava para cima, o céu ficou vermelho subitamente e algo brilhante feito ouro veio em direção à terra. Conforme se aproximava, Kotei viu que era um enorme dragão. Este se aproximou e fez uma reverência diante do imperador. A imperatriz e os cortesãos ficaram tão assustados que fugiram aos gritos.

O imperador, no entanto, apenas sorriu e falou para que parassem:
— Não tenhais medo. Este é um mensageiro dos Céus. O meu tempo aqui acabou! — Ele então subiu no dragão, que começou a se elevar em direção ao céu.

Quando a imperatriz e os cortesãos viram aquilo, todos gritaram juntos:

– Espera! Queremos ir também. – E todos correram e se agarraram à barba do dragão, tentando montar nele.

Mas era impossível que tantas pessoas fossem levadas pelo dragão. Vários deles se penduraram à sua barba, mas, quando tentaram subir nas costas, os pelos foram arrancados, e eles caíram no chão.

Enquanto isso, a imperatriz e alguns dos cortesãos conseguiram se sentar em segurança nas costas da criatura. O dragão voou tão alto nos céus que em pouco tempo aqueles do palácio que haviam sido deixados para trás, frustrados, não podiam mais ver os que tinham partido.

Depois de algum tempo, um arco e uma flecha caíram na terra, no pátio do palácio. Foram reconhecidos como tendo pertencido ao imperador Kotei. Os cortesãos os recolheram cuidadosamente e os preservaram como relíquias sagradas no palácio.

As aventuras de Kintaro, o menino de ouro

Há muito, muito tempo, vivia em Quioto um valente soldado chamado Kintoki, que se apaixonou por uma bela mulher e se casou com ela. Não muito tempo depois disso, pela malícia de alguns dos seus amigos, ele caiu em desgraça na corte e foi afastado de lá. Esse infortúnio o atormentou tanto que ele, por um bom tempo, não conseguiu superar o afastamento e acabou morrendo, deixando para trás a bela e jovem esposa, que deveria enfrentar o mundo sozinha. Temendo os inimigos do marido, ela fugiu para as Montanhas Ashigara assim que Kintoki havia morrido, e lá, nas florestas solitárias, aonde ninguém ia, a não ser lenhadores, ela deu à luz um menininho. A ele deu o nome de Kintaro, o menino de ouro. O mais impressionante dessa criança era a sua grande força, a qual ia aumentando cada vez mais conforme crescia, de tal forma que, quando tinha oito anos de idade, já era capaz de cortar árvores tão rapidamente quanto os lenhadores. Então, a mãe o presenteou com um grande machado, e ele costumava ir à floresta para ajudar os lenhadores, que chamavam o menino de "Criança Prodígio" e a mãe dele de "A Velha Ama das Montanhas", pois desconheciam o seu passado de nobreza. Kintaro também tinha como passatempo favorito destruir rochas e pedras. Pode-se imaginar como ele era forte!

Bem diferente de outros garotos, Kintaro cresceu sozinho na floresta da montanha e, como não tinha companheiros, fez amizade com todos os animais e aprendeu a compreendê-los e a falar a estranha língua deles. Em diferentes níveis, todos se tornaram bastante dóceis e viam Kintaro como um mestre que os usava como servos e mensageiros. Seus vassalos mais especiais eram a ursa, o cervo, o macaco e a lebre.

contos de fadas japoneses

A ursa frequentemente trazia os filhotes para que Kintaro pudesse brincar com eles e, quando voltava para levá-los para casa, Kintaro montava nas costas dela e ia até a caverna onde habitavam. O menino também gostava muito do cervo e sempre abraçava o pescoço do animal para mostrar que os longos chifres da criatura não o assustavam. Os dois se divertiam muito juntos.

Certo dia, como sempre, Kintaro subiu pelas montanhas, acompanhado da ursa, do cervo, do macaco e da lebre. Depois de caminharem durante algum tempo, subindo e descendo por vales e por estradas acidentadas, subitamente se depararam com uma planície larga e coberta de relva, cheia de belas flores selvagens.

Ali de fato era um bom lugar, onde todos podiam brincar juntos. O cervo esfregou os chifres em uma árvore por prazer, o macaco coçou as costas, a lebre alisou as longas orelhas, e a ursa grunhiu de satisfação.

Kintaro disse, então:

— Este é um lugar ótimo para uma boa brincadeira. Que me dizeis de uma partida de luta livre?

A ursa, a maior e a mais velha, respondeu pelos outros:

— Vai ser muito divertido. Eu sou o animal mais forte, então farei o tablado para os lutadores. — E assim se pôs a trabalhar, com vontade de cavar a terra e dar forma a ela.

— Está bem — disse Kintaro. — Eu ficarei assistindo a todos lutarem uns contra os outros. Darei um prêmio àquele que ganhar cada rodada.

— Que divertido! Vamos todos tentar ganhar o prêmio — disse a ursa.

O cervo, o macaco e a lebre foram ajudar a ursa a erguer o tablado em que todos lutariam. Quando estava pronto, Kintaro gritou:

— Agora, começai todos! O macaco e a lebre devem abrir os jogos, e o cervo deve ser árbitro. Senhor Cervo, deves ser o árbitro!

— He, he! — respondeu o cervo. — Serei o árbitro. Senhor Macaco e senhora Lebre, se os dois estiverem prontos, por favor, tomem seus lugares no tablado.

Então o macaco e a lebre saltaram agilmente para o tablado de luta livre. O cervo, na posição de árbitro, ficou entre os dois e gritou:

— Costas vermelhas! Costas vermelhas! — disse isso para o macaco- -japonês, que tem as costas vermelhas. — Estás pronto?

Depois se dirigiu à lebre:
— Orelhas compridas! Orelhas compridas! Estás pronta?
Os pequenos lutadores se encararam enquanto o cervo levantava uma folha como sinal. Quando ele deixou a folha cair, o macaco e a lebre correram um em direção ao outro, gritando "*Yoisho, yoisho!*"[4].

Enquanto o macaco e a lebre lutavam, o cervo gritava de maneira encorajadora ou chamava a atenção de cada um deles enquanto se empurravam para perto da borda do tablado e corriam o risco de cair.
— Costas vermelhas! Costas vermelhas! Mantém a tua posição – gritava o cervo.
— Orelhas compridas! Orelhas compridas! Sê forte, sê forte, e não deixes que o macaco acabe contigo – grunhia a ursa.

Dessa forma, o macaco e a lebre, encorajados pelos amigos, esforçaram-se ao máximo para vencer um ao outro. A lebre, por fim, venceu. O macaco pareceu tropeçar, e a lebre lhe deu um bom empurrão e o fez voar do tablado com um salto.

O pobre macaco se sentou, massageando as costas, com cara de desapontado, enquanto gritava de raiva:
— Ai, ai! Minhas costas estão doendo, minhas costas estão doendo!
Ao ver o macaco naquela situação, caído no chão, o cervo levantou a folha e disse:
— Esta rodada acabou. A lebre ganhou.
Kintaro, então, abriu a marmita e, tirando dela um bolinho de arroz, deu-o para a lebre, dizendo:
— Aqui está o teu prêmio. Fizeste mesmo por merecer!

O macaco se levantou, parecendo muito zangado e, como dizem no Japão, "seu estômago ficou embrulhado", pois achava que a luta não havia sido justa. Então, disse a Kintaro e aos outros que estavam ali:
— A luta não foi justa. Meu pé escorregou, e eu acabei caindo. Por favor, dai-me uma outra chance e deixai a lebre lutar comigo por outra rodada.

---

[4] É um tipo de expressão, grito de guerra ou de encorajamento muito utilizado em artes marciais e apresentações artísticas, como a música tradicional japonesa e o teatro kabuki. Não existe uma tradução exata para o português (N. T.).

Então, com o consentimento de Kintaro, a lebre e o macaco começaram a lutar novamente. Todavia, como todos sabem, o macaco é um animal astuto por natureza, e ele decidiu se aproveitar da lebre daquela vez, caso fosse possível. Para tanto, pensou que o melhor e o mais seguro a se fazer seria agarrar a orelha comprida da lebre, o que logo conseguiu fazer. A lebre ficou completamente surpreendida pela dor que sentiu ao ter a longa orelha puxada com tanta força, e o macaco, agarrando finalmente a oportunidade, pegou uma das pernas do animal e o lançou no meio do tablado. O macaco, então, saiu vitorioso e recebeu um bolinho de arroz de Kintaro, o que lhe agradou tanto que o fez se esquecer das costas doloridas.

O cervo foi até a lebre e lhe perguntou se ela se sentia pronta para outra rodada e se lutaria contra ele, caso a resposta fosse afirmativa. A lebre concordou, e os dois se prepararam para a luta. A ursa seria a árbitra.

O cervo com chifres compridos e a lebre com orelhas longas – deve ter sido divertido para aqueles que assistiram àquela partida esquisita. De repente, o cervo caiu de joelhos, e a ursa, levantando a folha, declarou que ele fora derrotado. Dessa forma, foram se revezando e se divertindo até cansar.

Por fim, Kintaro se levantou e disse:

– Por hoje basta. Que ótimo lugar é este que encontramos para lutar. Voltaremos para cá amanhã de novo. Agora, vamos todos para casa. – E, ao dizer isso, liderou o caminho, enquanto os animais o seguiam.

Depois de terem percorrido uma pequena distância, depararam-se com as margens de um rio que passava por um vale. Kintaro e seus quatro amigos de quatro patas pararam e olharam em volta para encontrar um meio de atravessá-lo. Não havia nenhuma ponte, e a correnteza do rio era veloz. Todos os animais estavam sérios, perguntando-se como poderiam atravessar aquelas águas e chegar a casa naquela noite.

Kintaro, porém, disse:

– Esperai um pouco. Farei uma boa ponte para todos em alguns minutos.

A ursa, o cervo, o macaco e a lebre olharam para ele, para ver o que ele faria.

Kintaro foi de uma árvore para outra que crescia ao longo da margem do rio. Por fim, parou diante de uma árvore muito grande que crescia à beira d'água. Agarrou o tronco e o puxou com todas as forças uma, duas, três vezes! Na terceira puxada, tão grande era a força de Kintaro que as raízes cederam e a árvore caiu rangendo, criando, assim, uma excelente ponte sobre o rio.

– Pronto. O que pensais da minha ponte? É bastante segura, então podeis me acompanhar. – E Kintaro foi o primeiro a subir nela. Os quatro animais o seguiram. Nunca tinham visto alguém tão forte assim antes, e todos exclamaram:

– Como ele é forte! Como ele é forte!

Enquanto tudo aquilo acontecia, próximo ao rio, um lenhador, que por acaso estava parado em uma rocha com vista para o riacho, tinha presenciado tudo o que se passara abaixo dele. Com grande surpresa, viu Kintaro e seus companheiros animais e esfregou os olhos para ter certeza de que não estava sonhando quando viu o garoto arrancar uma árvore pelas raízes e jogá-la por cima do rio para criar uma ponte.

O lenhador, pelo menos é o que parecia, pois se vestia como um, ficou admirado com tudo o que viu e disse para si mesmo:

– Aquele menino não é qualquer um. De quem será que é filho? Vou descobrir antes do fim do dia.

Correu atrás do estranho grupo e atravessou a ponte atrás deles. Kintaro não sabia de nada e mal podia imaginar que estava sendo seguido. Ao chegar ao outro lado do rio, ele e os animais se separaram, cada um indo para sua toca; e o menino, para sua mãe, que o esperava.

Assim que entrou na cabana, que parecia uma caixa de fósforos bem no meio da floresta de pinheiros, foi cumprimentá-la, dizendo:

– *Okkasan* (mãe), voltei!

– Ah, Kimbo! – respondeu a mãe com um sorriso alegre, feliz em ver o filho de volta e em segurança após um longo dia. – Como chegaste tarde hoje! Eu estava com medo de que algo pudesse ter acontecido contigo. Onde é que estiveste esse tempo todo?

– Levei meus quatro amigos, a ursa, o cervo, o macaco e a lebre, para as colinas e lá os fiz disputar partidas de luta livre, para ver qual era o mais forte. Todos nós adoramos essa brincadeira e vamos voltar para o mesmo lugar amanhã, para lutar mais.

– E quem é o mais forte de todos? – perguntou a mãe, fingindo não saber.

— Ah, mãe, não sabes que sou eu o mais forte? Não havia necessidade de eu lutar contra nenhum deles.

— Mas e depois de ti, quem é o mais forte?

— A ursa chega perto na força.

— E depois da ursa? — perguntou a mãe novamente.

— Depois da ursa, não é fácil dizer quem é o mais forte, pois o cervo, o macaco e a lebre parecem ter a mesma força.

Kintaro e a mãe se assustaram com uma voz vinda de fora.

— Escuta, garotinho! Da próxima vez que fores para as lutas, leve contigo este velho aqui. Ele também gostaria de se juntar à brincadeira!

Era o velho lenhador que havia seguido Kintaro desde o rio. Ele tirou os tamancos e entrou na cabana. Yama-uba e o filho foram ambos pegos de surpresa. Olharam para o intruso com espanto e perceberam que nunca o haviam visto antes.

— Quem és tu? — exclamaram os dois.

Então o lenhador riu e disse:

— Quem eu sou não importa ainda, mas vamos ver quem é que tem o braço mais forte, o menino ou eu?

Então, Kintaro, que tinha vivido a vida inteira na floresta, respondeu ao velho sem nenhuma cerimônia, dizendo:

— Vamos, então, se assim o desejas. Mas não podes ficar com raiva se fores derrotado.

Em seguida, ele e o lenhador estenderam os braços direitos e seguraram as mãos um do outro. Durante um bom tempo, Kintaro e o velho lutaram dessa maneira, cada um tentando dobrar o braço do outro, mas o velho era muito forte, e a estranha dupla se equiparava. O velho desistiu, por fim, declarando empate.

— És realmente uma criança muito forte. Há poucos homens que podem se gabar de conseguir superar a força do meu braço direito! — disse o lenhador. — Eu te vi pela primeira vez nas margens do rio, há algumas horas, quando arrancaste aquela árvore enorme para fazer uma ponte e atravessar as águas. Quase não crendo no que vi, eu te segui até aqui. A força do teu braço, que acabei de experimentar, comprova o que vi esta tarde. Quando fores adulto, certamente serás o homem mais forte de todo o Japão. É uma pena que estejas escondido nestas montanhas selvagens.

Em seguida, dirigiu-se à mãe de Kintaro:

— E a senhora, mãe, já não pensaste em levar teu filho para a capital e ensiná-lo a carregar uma espada, como convém a um samurai?

— É muita gentileza tua te interessares tanto pelo meu filho, mas, como podes ver, ele é selvagem e sem instrução, e receio que seja muito difícil fazer o que dizes. Por causa de sua enorme força quando criança, eu o escondi nesta parte desconhecida do país, pois acabava machucando todos os que se aproximavam dele. Muitas vezes desejei um dia poder ver meu filho como samurai, usando duas espadas, mas, como não temos nenhum amigo influente para nos apresentar na capital, temo que minha esperança nunca se tornará realidade.

— Não precisas te preocupar com isso. Para dizer a verdade, eu não sou um lenhador! Sou um dos grandes generais do Japão. Meu nome é Sadamitsu, e sou vassalo do poderoso Minamoto-no-Raiko. Ele deu ordens para que eu viajasse pelo país e procurasse por garotos promissores, detentores de grande força, para que possam ser treinados como soldados do exército. Pensei que eu faria isso de forma melhor se me disfarçasse de lenhador. Por sorte, foi assim que encontrei inesperadamente o teu filho. Agora, se realmente quiseres que ele se torne um samurai (cavaleiro), eu o levarei e o apresentarei para o Senhor Raiko, como candidato para lhe prestar serviço. O que me dizes?

À medida que o gentil general foi revelando seu plano, o coração da mãe foi se enchendo de muita alegria. Enxergava ali uma maravilhosa oportunidade de realizar o único desejo de sua vida: ver Kintaro como samurai antes de ela morrer.

Assim, fazendo uma profunda reverência, respondeu:

— Então, confiarei meu filho a ti, se realmente estás falando a verdade.

Kintaro tinha estado todo aquele tempo sentado ao lado da mãe, ouvindo a conversa. Quando ela terminou de falar, ele exclamou:

— Ah, que alegria! Que alegria! Eu vou com o general e um dia serei um samurai!

Assim, o destino de Kintaro foi decidido, e o general decidiu partir imediatamente para a capital, levando o menino com ele. Não é preciso dizer que Yama-uba estava triste por ter de se separar do filho, pois ele era tudo o que lhe restava. Mas ela escondeu a tristeza sem demonstrar nenhuma emoção, como dizem no Japão. Sabia que deixá-lo partir era para o próprio bem do garoto, e ela não podia desencorajá-lo. Kintaro prometeu nunca se esquecer dela e disse que, assim que se tornasse um samurai que levava duas espadas, iria construir uma casa e cuidar dela na velhice.

Todos os animais, aqueles que ele havia domesticado para servi-lo, a ursa, o cervo, o macaco e a lebre, assim que descobriram que o menino estava indo embora, vieram perguntar se podiam servi-lo como costumavam fazer. Quando souberam que ele partiria para sempre, seguiram-no até o sopé da montanha para se despedir dele.

– Kimbo – disse sua mãe –, tem juízo e sejas um bom menino.

– Kintaro – disseram os fiéis animais –, nós lhe desejamos boa saúde durante tuas viagens.

Em seguida, todos subiram em uma árvore para vê-lo uma última vez. Daquela altura, viram a sombra do menino diminuindo cada vez mais, até que não pudesse mais ser vista.

O general Sadamitsu prosseguiu entusiasmado por ter encontrado tão inesperadamente um prodígio como Kintaro.

Tendo chegado ao seu destino, o oficial imediatamente levou o menino para o seu senhor, Minamoto-no-Raiko, e lhe contou tudo a respeito do garoto e de como o havia encontrado. O senhor Raiko ficou encantado com a história e, ao dar ordens para que lhe trouxessem Kintaro, fez dele um de seus vassalos no mesmo instante.

O exército do senhor Raiko era famoso por ter um grupo chamado "Os Quatro Valentes". Esses guerreiros foram escolhidos por ele mesmo entre os mais corajosos e fortes de seus soldados, e o pequeno grupo, escolhido a dedo, era reconhecido em todo o Japão pela bravura destemida de seus homens.

Quando Kintaro se tornou adulto, seu mestre fez dele o líder dos Quatro Valentes. O rapaz era de longe o mais forte de todos. Logo após isso, chegou à cidade a notícia de que um monstro havia se instalado não muito longe dali e que as pessoas estavam aterrorizadas. Raiko ordenou que Kintaro fosse salvá-las do monstro, então o rapaz partiu imediatamente, contente com a ideia de empunhar a espada.

Ao surpreender o monstro no covil, com muita agilidade, Kintaro

Yei Theodora Ozaki

cortou a enorme cabeça da criatura e a levou de volta em triunfo para o mestre.

Foi assim que Kintaro acabou se tornando o maior herói do país, e grandes foram o poder, a honra e a riqueza que lhe foram conferidos. Ele manteve sua promessa ao construir uma casa confortável para a velha mãe, que viveu feliz ao lado dele na capital, até o final de seus dias.

Não seria esta a história de um grande herói?

A história da princesa Hase, uma história do Japão Antigo

Há muito, muito tempo, vivia em Nara, a antiga capital do Japão, um sábio Ministro de Estado, o príncipe Toyonari Fujiwara. Sua esposa, a princesa Murasaki (Violeta), era uma mulher nobre, bondosa e bela. O casamento dos dois fora arranjado por suas respectivas famílias quando eram ainda muito jovens, como mandavam os costumes japoneses, e, desde então, eles viviam juntos e felizes. Tinham, porém, um motivo de grande tristeza, pois, apesar dos anos que passaram juntos, não conseguiam ter filhos. Isso os deixava muito infelizes, pois desejavam ver uma criança que crescesse e alegrasse a velhice deles, que perpetuasse o nome da família e mantivesse os ritos ancestrais depois que ambos tivessem falecido. O príncipe e sua adorável esposa, depois de muito discutirem e refletirem, decidiram fazer uma peregrinação ao templo de Hase-no-Kannon (Deusa da Misericórdia de Hase), pois acreditavam, segundo a bela tradição de sua religião, que a Mãe da Misericórdia, Kannon[5], atendia às preces dos mortais da forma de que mais precisavam. E ela, com certeza, após todos aqueles anos de preces, viria para eles na forma de uma amada criança como resposta à peregrinação especial feita pelos dois, uma vez que aquela era a maior necessidade de suas vidas. Tinham tudo que a vida podia dar a eles, mas era como se tudo não fosse nada, pois o desejo de seus corações não havia sido atendido ainda.

Dessa maneira, o príncipe Toyonari e a esposa foram até o templo de Kannon, em Hase, e lá ficaram por um longo período, oferecendo incensos

---

5 Optou-se pela grafia "Kannon", que é como chamam essa deusa no Japão (N. T.).

e rezando todos os dias para Kannon, a Mãe Celestial, para que ela lhes concedesse o desejo de suas vidas inteiras. A prece dos dois foi atendida.

A princesa Murasaki finalmente deu à luz uma filha, e grande foi a alegria em seu coração. Ao apresentar a criança para o marido, ambos decidiram chamá-la de Hase-Hime, ou a princesa Hase, porque ela havia sido o presente de Kannon naquele lugar. Os dois a criaram com muito cuidado e ternura, e a criança cresceu forte e bela.

Quando a garotinha tinha cinco anos de idade, a mãe ficou gravemente doente, e nenhum médico ou remédio podia salvá-la. Um pouco antes de dar o último suspiro, chamou a filha e gentilmente afagou a cabeça da menina, dizendo:

— Hase-Hime, sabes que tua mãe não vai mais viver? Mesmo que eu morra, deves continuar sendo uma boa menina. Faz o teu melhor para não causar problemas para tua aia ou para qualquer outra pessoa de tua família. Talvez teu pai se case novamente e alguém ocupe o meu lugar como tua mãe. Caso isso aconteça, não chores por mim, mas olha a segunda esposa de teu pai como tua verdadeira mãe, e sê obediente e uma boa filha tanto para ela quanto para teu pai. Lembra-te, quando cresceres, de ser submissa àqueles que são teus superiores e de ser gentil com todos aqueles que estão abaixo de ti. Não te esqueças disso. Morro com a esperança de que cresças como uma mulher exemplar.

Hase-Hime ouviu a mãe com respeito e prometeu fazer tudo o que lhe fora dito. Existe um provérbio que diz o seguinte: "Assim como a alma é aos três, também será aos cem". E, assim, Hase-Hime cresceu da forma como a mãe desejava, uma princesa boa e obediente, embora ainda fosse muito nova para entender o quanto a perda da mãe havia sido grande.

Pouco depois da morte da primeira esposa, o príncipe Toyonari se casou de novo, dessa vez com uma dama de origem nobre, a princesa Terute. Ela infelizmente tinha uma índole muito diferente da boa e sábia princesa Murasaki. A mulher tinha um coração cruel e terrível. Não amava a enteada nem um pouco e sempre tratava mal a garotinha órfã de mãe, dizendo para si mesma:

— Ela não é a minha filha! Ela não é a minha filha!

Mas Hase-Hime aguentava cada indelicadeza com paciência e até mesmo servia a madrasta com gentileza, obedecendo-lhe sempre sem nunca causar nenhum incômodo, assim como havia sido instruída pela bondosa mãe. Dessa maneira, a senhora Terute não tinha razão alguma para reclamar dela.

A princesinha era bastante diligente, e seus estudos favoritos eram a música e a poesia. Passava várias horas praticando todos os dias, e o pai tinha à disposição os mestres mais experientes que pôde encontrar para ensiná-la a arte de tocar o *koto* (harpa japonesa) e de escrever cartas e versos. Quando tinha doze anos de idade, ela já tocava o *koto* tão maravilhosamente bem que tanto ela quanto a madrasta foram chamadas ao palácio para se apresentarem diante do imperador.

Era o Festival das Flores de Cerejeira, e estavam ocorrendo grandes festividades na corte. O imperador se entregou às distrações da estação e ordenou que a princesa Hase se apresentasse diante dele com o *koto* e que sua madrasta, a princesa Terute, a acompanhasse na flauta.

O imperador se sentou em um tablado elevado, diante do qual foram penduradas uma cortina de bambu finamente cortada e algumas borlas roxas, para que sua majestade pudesse ver tudo e não ser visto, pois nenhum súdito comum tinha autorização para olhar para seu rosto sagrado.

Ainda que fosse jovem, Hase-Hime era uma instrumentista habilidosa e sempre impressionava os mestres com sua memória e talento incríveis. Naquela importante ocasião, ela tocou bem. Mas a princesa Terute, a madrasta, era uma mulher preguiçosa que nunca se dava ao trabalho de praticar diariamente, então falhou no acompanhamento e teve de pedir para uma das damas da corte a substituir. Aquilo era uma enorme desonra, e ela sentiu uma inveja desenfreada, ainda mais ao pensar que havia fracassado, enquanto a enteada havia sido bem-sucedida. Para piorar as coisas, o imperador enviou vários belos presentes para a princesinha como retribuição por ter tocado tão bem o *koto* no palácio.

Havia também outro motivo pelo qual a princesa Terute odiava a enteada: a nova esposa do príncipe Toyonari dera à luz seu próprio filho e, no íntimo, pensava:

— Se Hase-Hime não estivesse aqui, meu filho poderia ter todo o amor do pai.

Como nunca havia aprendido a se controlar, deixou que aquele pensamento perverso se transformasse no terrível desejo de tirar a vida da enteada.

Assim, certo dia, ela secretamente encomendou um pouco de veneno e misturou certa quantia da substância a um pouco de vinho doce, colocando-o em uma garrafa. Em outra garrafa parecida, colocou um pouco de vinho bom. Era o Festival dos Meninos, no dia cinco de maio, e Hase-Hime estava brincando com o irmão mais novo. Todos os brinquedos do menino, guerreiros e heróis, estavam espalhados, e ela lhe contava histórias maravilhosas sobre cada um deles. Estavam os dois se divertindo e rindo alegremente com as criadas quando a mãe dele entrou com duas garrafas de vinho e alguns deliciosos doces.

— Estais tão comportados e felizes — disse a malvada princesa Terute com um sorriso — que eu trouxe um pouco de vinho doce como recompensa, e aqui estão alguns deliciosos doces para as minhas boas crianças.

E encheu dois copos com as diferentes garrafas.

Hase-Hime, que jamais imaginava do terrível plano tramado pela madrasta, pegou uma das taças de vinho e deu ao irmão mais novo a outra que tinha sido servida para ele.

A mulher maligna havia cuidadosamente marcado a garrafa envenenada, mas, ao chegar ao aposento, ficou nervosa e, servindo o vinho às pressas, sem querer acabou dando o copo com vinho envenenado para o próprio filho. Ficou o tempo todo observando ansiosamente Hase-Hime, mas, para seu espanto, não houve nenhuma mudança no rosto da jovem. De repente, o menininho gritou e se jogou no chão, contorcendo-se de dor. A mãe correu até ele, tomando a precaução de derrubar as duas garrafas de vinho que havia levado para a sala, e o levantou. As criadas correram atrás de um médico, mas nada podia salvar a criança: ele morreu na hora, nos braços da mãe.

Naqueles tempos antigos, os médicos não sabiam muito das coisas, e pensava-se que o vinho tinha feito mal para o menino, tendo lhe causado convulsões e o levado à morte.

Dessa maneira, a mulher perversa fora punida, tendo perdido o próprio filho quando havia tentado matar a enteada. Entretanto, em vez de se culpar, ela começou a odiar Hase-Hime ainda mais, na amargura e na miséria do próprio coração, e ansiava por uma oportunidade de fazer mal à menina. Essa ocasião, no entanto, demoraria muito para chegar.

Yei Theodora Ozaki

Quando Hase-Hime tinha treze anos de idade, já havia sido reconhecida como poetisa de algum mérito. Essa era uma realização de muita estima e muito cultivada pelas mulheres do Japão Antigo.

Era a estação das chuvas em Nara, e todos os dias se noticiavam enchentes que causavam estragos nas imediações. O rio Tatsuta, que passava pelo terreno do Palácio Imperial, estava cheio até o topo das margens, e o rugido das torrentes de água, correndo ao longo de um leito estreito, perturbava tanto o descanso do imperador dia e noite que o resultado foi um sério distúrbio nervoso. Um decreto imperial foi enviado para todos os templos budistas, dando ordens para que os monges oferecessem preces contínuas aos Céus para cessar o barulho da enchente. Mas tudo em vão.

Logo, começou a se espalhar nos círculos da corte que a princesa Hase, a filha do príncipe Toyonari Fujiwara, segundo-ministro da corte, era a poetisa mais talentosa daqueles tempos, ainda que fosse tão jovem, e seus mestres confirmavam o relato. Havia muito tempo que uma linda e talentosa donzela e poetisa tinha movido os Céus ao orar em versos, fazendo cair chuva sobre uma terra que passava fome devido à seca – assim diziam os antigos biógrafos da poetisa Ono-no-Komachi. Caso a princesa Hase escrevesse um poema e o oferecesse em preces, será que não poderia deter o barulho do rio veloz e acabar com o motivo da doença imperial? O que se dizia na corte havia chegado, enfim, aos ouvidos do próprio imperador, e ele enviou uma ordem ao ministro príncipe Toyonari para tal fim.

Grande foi o medo e espanto que Hase-Hime sentiu quando o pai mandou chamá-la e disse o que esperavam dela. O dever de salvar a vida do imperador pelo mérito de seu verso era, de fato, pesado.

Finalmente chegou o dia em que seu poema foi concluído. Fora escrito em um livreto de papel bastante salpicado de pó de ouro. Com o pai, as criadas e alguns oficiais da corte, ela foi até a margem da torrente estrondosa e, elevando o coração para os Céus, leu em voz alta o poema que havia composto, levantando-o em direção aos céus com as mãos.

Todos que estavam ali presenciaram algo estranho, de fato. As águas cessaram o rugir, e o rio ficou calmo em resposta direta à prece. Depois disso, o imperador logo recuperou a saúde.

Sua majestade ficou bastante satisfeito e deu ordens para que a menina fosse ao palácio, recompensando-a com o posto de *Chinjo*

– tenente-general – para homenageá-la. Daquele dia em diante, ela passou a ser chamada de Chinjo-hime, ou a princesa tenente-general, e a ser respeitada e adorada por todos.

Havia apenas uma pessoa que não estava nada feliz com o sucesso de Hase-Hime. Era a madrasta. Remoendo-se incessantemente pela morte do próprio filho, que ela mesma havia matado no lugar da enteada, sentia-se humilhada ao ver a ascensão da outra ao poder e à honra, marcada pelo favor imperial e pela admiração da corte inteira. Sua inveja e ciúme queimavam feito fogo no coração. Muitas eram as mentiras que contava ao marido a respeito de Hase-Hime, mas todas eram inúteis. Ele não ouvia nenhuma de suas histórias, dizendo-lhe que estava totalmente equivocada.

A madrasta, por fim, ao aproveitar a oportunidade da ausência do marido, deu ordens para um dos velhos criados levar a garota inocente até as Montanhas Hibari, a parte mais selvagem do país, e a matar lá. Havia inventado uma história terrível sobre a pequena princesa, dizendo que a única forma de prevenir que a desgraça recaísse sobre a família era se ela morresse.

Katoda, o vassalo, tinha o dever de obedecer à sua senhora. De qualquer forma, viu que o plano mais sábio seria fingir obediência na ausência do pai da menina. Assim, colocou Hase-Hime dentro de um palanquim e a acompanhou até o lugar mais solitário que pôde achar no distrito selvagem. A pobre criança sabia que não adiantava nada protestar contra a madrasta cruel por estar sendo mandada embora daquela maneira tão estranha, então apenas obedeceu.

Mas o velho criado sabia que a jovem princesa era inocente de todas as mentiras que a madrasta tinha inventado como motivo para as ordens ultrajantes e, então, decidiu salvar a vida da menina. Se não a matasse, porém, ele não poderia voltar para a cruel senhora; por fim, decidiu ficar na floresta. Com a ajuda de alguns camponeses, logo construiu uma cabaninha e, tendo chamado, em segredo, a esposa para vir ter com ele, aquelas boas e velhas almas bondosas fizeram tudo o que estava ao alcance delas para cuidar da desafortunada princesa. Entretanto, como sempre tinha confiado em seu pai, a menina sabia que ele mandaria buscarem-na assim que voltasse para casa e desse falta dela.

Após algumas semanas, o príncipe Toyonari retornou, e a esposa lhe contou que sua filha Hime havia feito algo de errado e fugiu por medo de ser castigada. Tamanha foi a ansiedade do pai que ele quase ficou doente. Todos da casa lhe contaram a mesma história: que Hase-Hime havia desaparecido repentinamente, e nenhum deles sabia o porquê ou o lugar para onde ela tinha ido. Por medo de um escândalo, ele manteve o assunto em segredo e a procurou em todos os lugares em que podia pensar, mas tudo em vão.

Um dia, ao tentar se esquecer da terrível preocupação, reuniu todos os seus homens e ordenou que fizessem uma busca de vários dias pelas montanhas. Não demoraram muito para estarem prontos e em seus cavalos, aguardando pelo seu senhor no portão. O príncipe cavalgou decidido e veloz até o distrito das Montanhas Hibari, acompanhado de um grande grupo. Não demorou tanto para ficar muito à frente de todos e, por fim, chegou até um vale estreito e pitoresco.

Ao olhar em volta e admirar a paisagem, notou uma pequena casa em uma das colinas ali perto e em seguida ouviu nitidamente uma voz bela e clara, de alguém lendo em voz alta. Tomado pela curiosidade de quem poderia estar estudando de uma maneira tão aplicada em um lugar tão solitário, ele apeou do cavalo e deixou o animal com o criado. Subiu a encosta e se aproximou da cabana. À medida que se aproximava, sua surpresa aumentava, pois podia ver que a leitora era uma bela garota. A cabana estava aberta, e ela estava sentada de frente para a paisagem. Escutando atentamente, ele a ouviu lendo as escrituras budistas com grande devoção. Cada vez mais curioso, apressou-se até o portãozinho e entrou no pequeno jardim. Erguendo o olhar, viu sua filha, que até então estava desaparecida, Hase-Hime. Ela estava tão concentrada no que lia que não tinha ouvido nem visto o pai antes de ele gritar:

– Hase-Hime! És tu, minha Hase-Hime!

Pega de surpresa, ela mal podia imaginar que era seu próprio pai que a chamava, e por um momento ficou totalmente muda e imóvel.

– Meu pai, meu pai! És realmente tu! Ah, meu pai! – Era tudo o que conseguia dizer. Ao correr até ele, a princesa se agarrou à manga pesada da roupa dele e, enterrando o rosto nos seus braços, derramou lágrimas de alegria.

O pai acariciou o cabelo preto da menina, pedindo calmamente para que ela lhe contasse tudo o que havia acontecido, mas a princesa apenas continuou chorando, e ele se perguntou se não estava realmente sonhando.

Em seguida, o velho e fiel criado Katoda apareceu e, fazendo uma reverência profunda diante do mestre, contou toda a história de maldade, dizendo-lhe tudo o que havia acontecido e contando como foi que levara a filha do príncipe para um lugar tão inóspito e desolado, com apenas dois velhos criados para cuidar dela.

O espanto e a indignação do príncipe eram inestimáveis. Ele encerrou a busca de uma vez e se apressou de volta para casa, com a filha. Um cavaleiro do grupo galopou adiante para dar as boas-novas à casa. A madrasta, ao ouvir o que havia acontecido e com receio de encontrar o marido agora que a sua maldade havia sido descoberta, fugiu de casa e voltou em desonra para a casa do pai; nunca mais se ouviu falar dela.

O velho criado, Katoda, foi recompensado com a promoção mais alta no serviço de seu senhor e viveu feliz até o final de seus dias, dedicados à pequena princesa, que nunca esqueceu que devia a própria vida àquele fiel criado. Ela não foi mais incomodada pela indelicada madrasta e pôde passar dias felizes e tranquilos com o pai.

Como o príncipe Toyonari não tinha mais nenhum filho homem, adotou o filho mais novo de um dos nobres da corte para ser seu herdeiro e se casar com sua filha, Hase-Hime. Poucos anos depois, sucedeu-se o casamento. Hase-Hime viveu uma boa velhice, e todos diziam que ela era a mais sábia, mais devota e mais bela senhora que já havia reinado na antiga casa do príncipe Toyonari. Pouco antes de o pai se aposentar da vida ativa, ela teve a alegria de apresentar a ele o próprio filho, neto dele e o futuro senhor da família.

Até hoje existe uma peça de bordado preservada em um dos templos budistas de Quioto. É um lindo tapete, com a imagem de um Buda bordado em fios de seda tirados do caule do lótus. Dizem que foi o trabalho das mãos da boa princesa Hase.

*A história
do homem que
não queria morrer*

Há muito, muito tempo,
havia um homem chamado Sentaro. Seu sobrenome significava "milionário" e, embora não fosse tão rico assim, ainda estava longe de ser pobre. Herdara uma pequena fortuna do pai e vivera dela, passando o tempo de forma despreocupada, sem pensar seriamente em trabalho, até que tivesse mais ou menos 32 anos de idade.

Certo dia, sem qualquer motivo, veio-lhe a ideia de morte e doença. A ideia de ficar doente ou morrer o deixava muito infeliz.

– Eu gostaria de viver livre de todas as doenças – dizia a si mesmo –, até ter quinhentos ou seiscentos anos de idade pelo menos. O tempo normal de vida de um homem é muito curto.

Indagou-se se era possível prolongar a própria vida o quanto quisesse ao viver de forma simples e frugal dali em diante.

Sabia da existência de muitos relatos, na história antiga, de imperadores que haviam vivido por mil anos e de uma tal Princesa de Yamato, que teria vivido até os quinhentos anos de idade. Aquele fora o último registro a respeito de uma vida tão longa.

Sentaro sempre ouvira o conto de um rei chinês chamado Shin-no--Shiko, um dos governantes mais capazes e poderosos da história chinesa. Foi ele quem construiu todos os enormes palácios e a famosa Grande Muralha da China. Ele tinha tudo o que podia desejar do mundo, mas, apesar de toda a felicidade, luxo e esplendor de sua corte, da sabedoria de seus conselheiros e da glória de seu reinado, sentia-se arrasado, porque sabia que um dia morreria e deixaria tudo aquilo para trás.

Yei Theodora Ozaki

Quando Shin-no-Shiko se deitava à noite, desde que se levantava pela manhã, durante o dia todo, o pensamento da morte sempre o acompanhava. Ele não conseguia se livrar disso. Ah! Se ao menos conseguisse encontrar o "Elixir da Vida", ficaria feliz.

O imperador, enfim, convocou uma reunião com os cortesãos e lhes perguntou se poderiam encontrar para ele o "Elixir da Vida" sobre o qual tanto havia lido e ouvido falar.

Um velho cortesão, Jofuku era o seu nome, disse que, no além-mar, havia certo lugar chamado Horaizan e que certos eremitas que lá viviam possuíam o segredo do "Elixir da Vida". Qualquer um que bebesse daquela maravilhosa mistura viveria para sempre.

O imperador deu ordens para que Jofuku partisse para a terra de Horaizan, encontrasse os eremitas e trouxesse consigo uma ampola do mágico elixir. Deu a Jofuku uma das melhores embarcações, equipando-a e carregando-a com grandes quantidades de tesouros e pedras preciosas para que Jofuku levasse como presente aos eremitas.

Jofuku navegou para a terra de Horaizan, mas nunca retornou para o imperador, que permanecia à espera. Desde então, o Monte Fuji é considerado o lendário Horaizan e o lar dos eremitas que detinham o segredo do elixir, e Jofuku é adorado como seu deus patrono.

Foi assim que Sentaro decidiu ir ao encontro dos eremitas e, se pudesse, gostaria de se tornar um deles para que assim obtivesse a água da vida eterna. Lembrou-se de que, quando era criança, alguém lhe contara que não só esses eremitas viviam no Monte Fuji como também habitavam todos os picos mais altos.

Dessa forma, deixou a velha casa aos cuidados dos parentes e partiu em missão. Viajou por todas as regiões montanhosas da terra e escalou até o topo dos picos mais altos, mas nunca encontrou nenhum eremita.

Por fim, depois de ter percorrido uma região desconhecida por muitos dias, encontrou um caçador.

– Poderias me dizer – perguntou Sentaro – onde vivem os eremitas que possuem o Elixir da Vida?

– Não – disse o caçador. – Não sei dizer onde esses eremitas vivem, mas há um conhecido ladrão vivendo por estas bandas. Dizem que ele é o chefe de um bando de duzentos seguidores.

Aquela estranha resposta irritou bastante Sentaro, e ele pensou o quanto seria insensato continuar perdendo tempo à procura dos eremitas daquela maneira. Decidiu, por fim, ir de uma vez até o templo de Jofuku, venerado como o deus patrono dos eremitas no sul do Japão.

Sentaro chegou ao templo e orou por sete dias, suplicando para que Jofuku lhe indicasse o caminho até um eremita que lhe desse aquilo que tanto desejava e procurava.

À meia-noite do sétimo dia, enquanto Sentaro estava ajoelhado no templo, a porta do templo mais recôndito se abriu de repente, e Jofuku apareceu na forma de uma nuvem brilhante. Pediu para que Sentaro se aproximasse e disse assim:

— O teu desejo é muito egoísta e não pode ser facilmente realizado. Pensas que gostarias de te tornares um eremita para encontrar o Elixir da Vida. Sabes como é difícil a vida de um eremita? Os eremitas só têm permissão para comer frutas e cascas de pinheiro. Um eremita deve se isolar do mundo para que seu coração se torne tão puro quanto ouro e fique livre de todo desejo material. Aos poucos, apenas após seguir essas regras rigorosas, o eremita para de sentir fome, frio ou calor, e o seu corpo se torna tão leve que ele passa a ser capaz de viajar nas costas de um grou ou de uma carpa e consegue andar sobre as águas sem molhar os pés.

"Tu, Sentaro, gostas de viver bem, gostas de todos os confortos. Nem mesmo és um homem comum, pois és excepcionalmente ocioso e és mais sensível ao calor e ao frio do que a maioria das pessoas. Nunca serias capaz de andar descalço ou usar apenas uma leve túnica durante o inverno! Achas que teria paciência ou perseverança para viver a vida de um eremita?

"Em resposta à tua prece, porém, vou te ajudar de outra forma. Eu te mandarei para a terra da Vida Perpétua, onde a morte nunca vem, onde as pessoas vivem para sempre!"

Ao dizer aquilo, Jofuku colocou na mão de Sentaro um pequenino grou de papel e disse para o rapaz se sentar nas costas do animal, que ele o levaria até lá.

Sentaro obedeceu, ainda que em dúvida. O grou cresceu o bastante para que o homem pudesse se sentar nele com conforto. Em seguida, abriu as asas e alçou voo sobre as montanhas, até o mar.

A princípio, Sentaro ficou muito assustado, mas aos poucos se acostumou com o voo veloz pelos ares, e os dois continuaram daquela forma por milhares de quilômetros. A ave nunca parava para descansar ou para se alimentar e, como era de papel, de fato não precisava de nenhum alimento. Sentaro também não precisava, por mais estranho que parecesse.

Após vários dias, chegaram a uma ilha. O grou voou por alguns quilômetros de distância adentro e logo pousou.

Assim que Sentaro desceu, a ave se dobrou por vontade própria e voou para dentro do bolso do rapaz.

Sentaro, então, começou a olhar em volta, admirado, curioso para ver como era a terra da Vida Perpétua. Primeiro caminhou pelo campo e depois pela cidade. Tudo era, claro, muito estranho e diferente da sua própria terra. Mas tanto a terra quanto as pessoas pareciam prósperas, portanto decidiu que seria bom ficar lá e se hospedar em um dos hotéis.

O dono do hotel era um homem gentil que prometeu providenciar tudo o que fosse necessário com o governador da cidade em relação à estadia de Sentaro, quando este disse que era um estrangeiro e tinha ido até lá para viver ali. O anfitrião até mesmo encontrou uma casa para o hóspede, e foi assim que Sentaro realizou seu grande desejo e se tornou um residente da terra da Vida Perpétua.

Na memória de todos os ilhéus, nenhum homem havia morrido ali, e não se conhecia doença. Os sacerdotes tinham vindo da Índia e da China e lhes falavam de um belo lugar chamado Paraíso, onde a felicidade e o contentamento enchiam o coração de todos os homens, mas cujos portais só podiam ser alcançados pela morte. Essa tradição era passada de geração em geração havia anos, mas ninguém sabia exatamente o que era a morte, a não ser que ela levava ao Paraíso.

Bem diferente de Sentaro e de outras pessoas comuns, em vez de terem um grande temor da morte, todos os habitantes da ilha, tanto os ricos quanto os pobres, ansiavam por ela como se fosse algo bom e desejável. Estavam todos cansados de suas longas e infindáveis vidas e queriam ir para a ditosa terra chamada Paraíso, da qual os sacerdotes lhes haviam falado séculos atrás.

contos de fadas japoneses

Sentaro descobriu tudo aquilo ao conversar com os moradores da ilha. Na sua cabeça, ele estava na terra de Topsyturvydom[6]. Tudo estava de cabeça para baixo. Ele queria escapar da morte. Tinha vindo à terra da Vida Perpétua com grande alívio e alegria apenas para descobrir que seus próprios habitantes, condenados a nunca morrer, consideravam a morte uma bênção.

O que até então ele considerara como veneno aquelas pessoas comiam como se fosse um maná e rejeitavam todas as coisas as quais estava habituado a comer. Sempre que qualquer comerciante de outros países chegava, as pessoas ricas corriam até ele, ansiosas para comprar venenos, e os engoliam avidamente, esperando que a morte viesse e assim pudessem ir ao Paraíso.

Mas o que eram venenos mortíferos em outras terras, naquele estranho lugar não tinha efeito algum. As pessoas que os engoliam na esperança de morrer logo descobriam que em pouco tempo já se sentiam com a saúde muito melhor, não pior.

Era em vão tentar imaginar como era a morte. Os ricos dariam todo o dinheiro e os bens que tinham se pudessem mesmo encurtar as próprias vidas para duzentos ou trezentos anos. Não ter qualquer mudança na vida eterna parecia, àquele povo, desgastante e triste.

Nas farmácias, havia um remédio muito procurado, porque, depois de usá-lo por cem anos, acreditava-se que deixava os cabelos um pouco grisalhos e causava algumas doenças estomacais.

Sentaro ficou espantado ao descobrir que o venenoso baiacu era servido em restaurantes como um prato delicioso, e os vendedores ambulantes nas ruas andavam por aí vendendo molhos feitos de moscas espanholas. No entanto, nunca viu ninguém ficar doente depois de comer aquelas coisas horríveis nem nunca sequer viu alguém com resfriado.

Sentaro ficou encantado. Disse a si mesmo que nunca se cansaria de viver e que considerava um sacrilégio desejar a morte. Era o único homem feliz na ilha, desejando viver por mil anos e aproveitar a vida. Dedicou-se aos negócios e, até então, nunca nem sonhara em voltar à terra natal.

---

6   Aqui, a autora quis se valer de uma referência britânica. *Topsyturveydom* é uma opereta de W. S. Gilbert musicada por Alfred Celler. A obra representa uma quase utopia, uma terra às avessas, onde tudo é o oposto da norma (N. T.).

Conforme os anos se passaram, porém, as coisas não corriam mais tão bem como no início. Ele teve grandes perdas nos negócios e por diversas vezes acabou se desentendendo com os vizinhos, o que lhe causou grande aborrecimento.

O tempo passou como o voo de uma flecha para ele, pois estava sempre ocupado, da manhã até à noite. Trezentos anos se passaram desse jeito monótono, até que enfim ele começou a ficar cansado da vida naquela terra e a ansiar por ver a própria pátria e a velha casa. Não importando o quanto lá vivesse, a vida continuaria sendo sempre a mesma, então não seria tolo e cansativo ficar lá pelo resto da vida?

Sentaro, no desejo de escapar da terra da Vida Perpétua, lembrou-se de Jofuku, que o havia ajudado antes, quando desejava escapar da morte – e orou ao santo para levá-lo de volta à sua terra natal.

Assim que o fez, o grou de papel saiu do bolso. Sentaro ficou surpreso ao ver que ele havia permanecido intacto depois de todos aqueles anos. Mais uma vez, a ave cresceu e cresceu até ficar grande o suficiente para que ele pudesse montar nela. Depois de ter subido nas costas do animal, este abriu as asas e voou rapidamente pelo mar em direção ao Japão.

Mas tal era a obstinação da natureza do homem que ele olhou para trás e se lamentou por tudo o que havia lá deixado. Tentou deter a ave, em vão. O grou prosseguiu por milhares de quilômetros pelo oceano.

Veio uma tempestade, e o maravilhoso grou de papel se molhou, acabou se amassando e caiu no mar. E Sentaro caiu com ele. Muito assustado com a ideia de se afogar, clamou para que Jofuku o salvasse. Olhou em volta, mas não havia nenhuma embarcação à vista. Engoliu uma grande quantia de água salgada, o que tornava ainda mais difícil a sua situação. Enquanto se esforçava para se manter à tona, viu um tubarão monstruoso nadando em sua direção. Ao aproximar-se, o animal abriu a enorme boca, pronta para devorar o homem. Sentaro estava paralisado de medo agora que sentia seu fim tão iminente e gritou o mais alto que pôde para que Jofuku viesse resgatá-lo.

Eis que, então, Sentaro foi despertado pelos próprios gritos e percebeu que, durante a longa oração, havia adormecido diante do templo e que todas as suas extraordinárias e assustadoras aventuras haviam sido apenas um sonho desvairado. Estava suando frio e se sentia completamente desnorteado.

De repente, uma luz brilhante apareceu diante de si, e nela estava um mensageiro, que carregava um livro na mão, falando com Sentaro:

– Fui mandado por Jofuku, que, em atendimento à tua prece, permitiu que visses a terra da Vida Perpétua por meio de um sonho. Mas cansaste de viver lá e imploraste para voltar para tua terra natal, a fim de que pudesses morrer. Jofuku, para te testar, permitiu que caísses no mar e, logo após, mandou um tubarão para te engolir. O teu desejo pela morte não era real, pois mesmo naquele momento gritaste por ajuda.

"Também é inútil desejar te tornar um eremita ou encontrar o Elixir da Vida. Essas coisas não são para alguém como tu, tua vida não é austera o suficiente. O melhor é que voltes para a tua casa paterna e leves uma vida boa e diligente. Nunca deixes de celebrar os aniversários de teus antepassados e honres o dever de prover o sustento de teus filhos. Assim terás uma boa velhice e serás feliz, mas desiste do desejo fútil de escapar da morte, pois nenhum homem pode escapar e, a esta altura, com certeza já deves ter descoberto que até mesmo quando desejos egoístas são realizados, não trazem felicidade.

"Neste livro que estou te dando, há muitos preceitos que será bom que tu conheças; se estudá-los, serás guiado da maneira que te indiquei".

O anjo desapareceu assim que terminou de falar, e Sentaro levou a lição a sério. Com o livro em mãos, voltou para sua velha casa e, abdicando-se de todos os desejos fúteis, tentou levar uma vida boa e útil e seguir as lições do livro. A partir de então, ele e a família prosperaram.

O cortador de bambu e a criança da lua

Há muito, muito tempo,
havia um velho cortador
de bambu. Ele era bas-
tante pobre e triste também,
pois os Céus não lhe tinham
agraciado com um filho para apoiá-
-lo durante a velhice e, em seu coração, não
havia esperança de descanso do trabalho até que morresse
e fosse deitado em uma sepultura silenciosa. Todas as manhãs, ele ia para a floresta nas colinas, onde quer que o bambu erguesse as folhas verdes e maleáveis em direção ao céu. Quando havia escolhido, cortava os espécimes e, depois de os partir no sentido do comprimento ou os cortar em peças, levava a madeira de bambu para casa e a transformava em vários artigos domésticos, com os quais ele e sua velha esposa conseguiam tirar sustento, vendendo-os.

Certa manhã, como de costume, ele saíra para trabalhar e, tendo achado um ótimo bambuzal, pôs-se a cortar alguns dos bambus. De repente, o bosque verde foi inundado com uma luz brilhante e tênue, como se a lua cheia houvesse se erguido sobre o local. Olhando ao redor com espanto, viu que o brilho vinha de um bambu. O ancião, muito curioso, largou o machado e foi em direção à luz. Ao se aproximar, viu que o brilho suave vinha de um buraco no caule verde do bambu, e, o mais espantoso: em meio à luminosidade, estava um ser humano minúsculo, de apenas sete centímetros e meio de altura e aparência extraordinariamente bela.

— Deves ter sido enviada para seres minha filha, pois te encontrei aqui entre os bambus, onde faço o meu trabalho diário — disse o ancião, que pegou a pequena criatura nas mãos e a levou para casa, para que a esposa a criasse. A menininha era tão excepcionalmente bela e pequenina que a mulher a colocou em uma cesta, para que não houvesse a menor possibilidade de se machucar.

O casal de idosos ficou muito feliz, pois havia sido um pesar para a vida inteira o fato de não terem filhos; agora, com alegria, podiam dar todo o amor de sua velhice para a criancinha que tinha vindo até eles de maneira tão maravilhosa.

A partir de então, o homem passou a encontrar ouro nos nós dos bambus sempre que os cortava. Encontrava não apenas ouro, mas pedras preciosas também, de modo que aos poucos ficou rico. Assim, construiu para si mesmo uma boa casa e logo passou a ser conhecido como um homem abastado, e não mais como o pobre cortador de bambu.

Três meses se passaram muito rápido e, por incrível que pareça, durante aquele período, a criança que fora encontrada no bambu tinha se tornado uma jovem adulta. Então, os pais adotivos lhe arrumaram o cabelo e a vestiram com belos quimonos. Ela tinha uma beleza tão extraordinária que a colocaram atrás dos biombos, como se princesa fosse, e não permitiam que ninguém a visse, fazendo-a servir apenas a eles mesmos. Parecia ser feita de luz, pois a casa se iluminava com um brilho tênue. Assim, mesmo na escuridão da noite, era como se fosse de dia. Sua presença também parecia ter uma influência benigna naqueles que lá estavam. Sempre que o homem se sentia triste, bastava apenas olhar para a filha adotiva que sua tristeza desaparecia e ele ficava feliz, tal como quando era jovem.

Por fim, chegou o dia de batismo da criança recém-chegada. O velho casal então chamou um nomeador, e ele a chamou de Princesa da Lua, porque o corpo dela emitia tanta luz, suave e brilhante, que ela poderia mesmo ter sido uma filha do Deus da Lua.

O festival foi realizado por três dias, com música e dança. Todos os amigos e conhecidos do velho casal estavam presentes, e foi grande a alegria que sentiram com as festividades realizadas para celebrar o batismo da Princesa da Lua. Todos que a viam declaravam que nunca tinham visto antes alguém tão adorável. Todas as beldades em todos os cantos da terra se empalideceriam ao lado dela, assim diziam. A fama da beleza da princesa se espalhou por toda parte, e muitos eram os pretendentes que desejavam ganhar sua mão ou ao menos vê-la.

Pretendentes de longe e de perto se detinham diante da casa e faziam pequenos buracos na cerca, na esperança de vislumbrarem a princesa quando ela ia de um aposento para outro através da varanda. Lá ficavam dia e noite, sacrificando até mesmo o sono pela oportunidade de vê-la, mas tudo em vão. Aproximavam-se da casa e tentavam falar com o ancião e a esposa ou com alguns dos criados, mas nem isso lhes era concedido.

Ainda assim, apesar de toda a frustração, continuavam dia após dia e noite após noite e diziam que isso não era nada, tão grande era o desejo que tinham de ver a princesa.

Por fim, no entanto, a maioria dos homens, percebendo o quanto aquela missão era impossível, ficavam desanimados e perdiam as esperanças, voltando, assim, para suas casas. Todos, com exceção de cinco cavaleiros, cujo entusiasmo e determinação, em vez de minguar, pareciam aumentar ainda mais diante dos entraves. Esses cinco homens chegavam a ficar até mesmo sem as refeições e comiam apenas o que lhes podiam trazer, para que pudessem estar sempre diante da morada. E lá ficavam, fizesse sol, fizesse chuva.

Às vezes, escreviam cartas para a princesa, mas não recebiam nenhuma resposta. Então, como não conseguiam obter nada com as cartas, escreviam poemas, confessando o grande amor que sentiam por ela e que os impedia de dormir, de comer, de descansar e até mesmo de voltar para suas casas. Ainda assim, a Princesa da Lua não dava nenhum sinal de ter recebido os versos.

Naquela situação desalentadora, o inverno passou. A neve, a geada e os ventos frios deram, aos poucos, lugar ao suave calor da primavera. Veio o verão, e o sol queimava, tórrido e ofuscante, nos céus acima e na terra abaixo, e ainda assim aqueles fiéis cavaleiros se mantinham de guarda e à espera dela. No fim daqueles longos meses, chamaram o velho cortador de bambu e lhe imploraram que tivesse um pouco de compaixão por eles e que lhes mostrasse a princesa, mas tudo que ele respondeu foi que, como não era o verdadeiro pai dela, não podia insistir e ir contra a vontade dela.

Os cinco cavaleiros, ao receberem aquela resposta inflexível, voltaram para suas casas, e cada um pensou na melhor maneira de tocar o coração da orgulhosa princesa, para que ela os agraciasse com um encontro. Pegaram rosários e se ajoelharam diante dos santuários domésticos, queimando incenso precioso e orando para Buda realizar o desejo de seus corações. Passaram-se vários dias, mas mesmo assim não conseguiam ficar sossegados em casa.

Decidiram ir, então, até a casa do cortador de bambu novamente. Dessa vez, o ancião saiu para vê-los, e os guerreiros perguntaram se era a princesa quem tinha decidido não ver nenhum homem, implorando para que ele intercedesse junto a ela. Gostariam de que ele contasse à princesa a imensidão do amor que sentiam e por quanto tempo já haviam esperado no frio do inverno e no calor do verão, sem dormir e sem ter abrigo, em todas as intempéries, sem alimento e sem descanso, na esperança ardente de conquistá-la, e de que estavam dispostos a considerar aquela longa vigília um prazer se ela lhes desse apenas uma chance de defenderem sua causa.

O ancião era todo ouvidos às histórias de amor dos cavaleiros, pois, no íntimo, sentia pena daqueles fiéis pretendentes e gostaria de ver a amada filha adotiva casada com algum deles. Assim, foi até a Princesa da Lua e disse em tom solene:

— Apesar de sempre teres te parecido com um ser celestial, tive a preocupação de te criar como se fosse minha própria filha e tu ficaste feliz estando na proteção do meu teto. Recusarás fazer o que desejo?

A Princesa da Lua respondeu que não havia nada que não fizesse por ele, que o respeitava e amava como se fosse seu pai e que, quanto a si mesma, não se lembrava da época anterior à sua chegada à terra.

O ancião ficou muito feliz ao ouvir aquelas palavras respeitosas. Em seguida, contou a ela o quanto estava ansioso para vê-la casada, em segurança e feliz antes que ele morresse.

— Sou velho, tenho mais de setenta anos de idade, e o meu fim pode chegar a qualquer momento a partir de agora. É necessário e correto que vejas esses cinco pretendentes e escolhas um deles.

— Ah, por que preciso fazer isso? — perguntou a princesa, angustiada. — Não desejo me casar agora.

— Eu te encontrei há muitos anos, quando eras uma criaturinha de apenas sete centímetros de altura, no meio de uma imensa luz branca. A luz vinha do bambu no qual estavas escondida e me guiou até ti. Então, sempre pensei que eras mais do que mera mortal. Enquanto eu viver,

contos de fadas japoneses

tudo bem continuares sendo como quiser, mas um dia partirei e, então, quem cuidará de ti? Por isso, imploro para que vejas esses cinco homens valentes, um de cada vez, e tomes a decisão de se casar com um deles!

A princesa respondeu que tinha certeza de que não era tão linda assim como diziam por aí e que, mesmo que aceitasse se casar com um deles, não a conhecendo antes, o coração do rapaz podia mudar de ideia depois. Diante disso, como ela não tinha certeza de quem realmente eram, mesmo que o pai lhe dissesse que eram nobres cavaleiros, não sentia que era sábio se encontrar com eles.

– Tudo o que estás dizendo é bastante sensato – disse o ancião –, mas que tipo de homens aceitarias ver? Não dá para dizer que esses cinco homens que te esperaram durante meses estão contentes. Eles ficaram do lado de fora desta casa durante o inverno e o verão, muitas vezes se negando a comer e a dormir para que talvez pudessem te conquistar. O que mais queres exigir?

A Princesa da Lua queria, então, que eles provassem o amor que sentiam por ela antes de atender ao que pediam. Para tanto, os cinco guerreiros precisariam trazer de países distantes algo que ela desejava possuir.

Na mesma noite, os pretendentes chegaram e começaram a tocar flauta, um de cada vez, e a cantar canções que eles mesmos haviam composto, contando do grande e incansável amor que sentiam. O cortador de bambu saiu, foi até eles e manifestou simpatia por tudo o que haviam suportado e por toda a paciência que haviam demonstrado no desejo de conquistar a filha adotiva. Em seguida, passou a mensagem dela para eles, dizendo que ela concordaria em se casar com aquele que conseguisse trazer o que ela queria. Aquilo era para testá-los.

Os cinco aceitaram a provação e acharam que era um excelente plano, pois evitaria brigas entre eles.

Assim, a Princesa da Lua mandou dizer ao primeiro cavaleiro que lhe trouxesse a tigela de pedra que havia pertencido a Buda, na Índia.

Ao segundo cavaleiro, pediu para que fosse à Montanha de Horai, que diziam ficar no Mar Oriental, e lhe trouxesse um galho da mais linda árvore que crescia no cume. As raízes dessa árvore eram de prata; o tronco, de ouro; e os galhos davam frutos como joias brancas.

Ao terceiro cavaleiro, falou para que fosse até a China e procurasse pelo rato de fogo e lhe trouxesse a pele do animal.

Ao quarto cavaleiro, pediu para que procurasse pelo dragão que tinha, na cabeça, a pedra que irradiava em cinco cores diferentes e a trouxesse para ela.

Já o quinto cavaleiro deveria encontrar a andorinha que levava uma concha no estômago e trazer a concha para ela.

O velho achou que tais tarefas eram muito difíceis e hesitou em levar o recado, mas a princesa não daria outras condições. Dessa forma, as ordens dela foram dadas aos cinco homens, palavra por palavra. Ao ouvirem o que lhes era exigido, ficaram desanimados e indignados com o que parecia ser impossível e voltaram para suas casas em desespero.

Mas, depois de um tempo, quando voltaram a pensar na princesa, o amor que sentiam por ela se reavivou, então decidiram tentar conseguir o que ela esperava deles.

O primeiro cavaleiro enviou uma mensagem para a princesa, dizendo que estava partindo naquele mesmo dia em busca da tigela de Buda e esperava levar para ela o objeto em breve. Contudo, como não tinha coragem de ir até a Índia – pois, naqueles tempos, viajar era muito difícil e cheio de perigos –, foi até um dos templos em Quioto e de lá mesmo pegou uma tigela de pedra do altar, pagando ao sacerdote uma grande soma de dinheiro. Depois, embrulhou-a em um pano de ouro e, tendo aguardado calmamente por três anos, voltou e a levou para o ancião.

A Princesa da Lua ficou se perguntando por que o cavaleiro havia voltado tão rápido. Ela tirou a tigela do embrulho de ouro, esperando que ela iluminasse o aposento inteiro, o que não aconteceu, porém. E foi assim que soube que aquela era falsa, e não a verdadeira tigela de Buda. Devolveu-a imediatamente e se recusou a ver o homem. O cavaleiro jogou fora a tigela e voltou para casa desesperado. Tinha perdido todas as esperanças de um dia conquistar a princesa.

O segundo cavaleiro contou aos pais que precisava de uma mudança de ares para a própria saúde, pois estava envergonhado de contar a eles que era o amor pela Princesa da Lua o real motivo de sua partida. Então, saiu de casa, mandando ao mesmo tempo uma mensagem para a princesa, avisando que estava partindo para o Monte Horai na esperança de conseguir um galho da árvore de ouro e prata que ela tanto desejava ter. Permitiu que seus criados o acompanhassem apenas até a metade do caminho e depois os mandou embora. Chegou até o litoral e embarcou em um pequeno navio e, após navegar por três dias, desembarcou e empregou vários marceneiros para lhe construírem uma casa, projetada de tal forma que ninguém conseguia ter acesso a ela. Lá se trancou com seis joalheiros experientes e se empenhou em criar um galho de ouro e prata que julgava satisfazer a princesa, como se realmente tivesse vindo da maravilhosa árvore que crescia no Monte Horai. Todos aqueles a quem ele havia perguntado declararam que o Monte Horai pertencia à terra da fantasia, e não ao mundo real.

Quando o galho estava pronto, ele partiu de volta para casa e tentou fingir que estava exausto devido à viagem. Colocou o galho de joias em uma caixa de laca e o levou até o cortador de bambu, implorando que ele o entregasse para a princesa.

O velho homem fora bem ludibriado pela aparência de cansaço do cavaleiro e realmente pensou que o rapaz tinha acabado de voltar da longa viagem. Assim, tentou convencer a princesa a ver o homem. Ela, no entanto, permaneceu em silêncio e parecia bastante triste. O ancião começou a tirar o galho e o elogiou como um tesouro maravilhoso que não podia ser encontrado em lugar nenhum no mundo inteiro. Depois, falou do cavaleiro, de como era atraente e de como fora corajoso em ter empreendido uma viagem a um lugar tão remoto quanto o Monte Horai.

A Princesa da Lua pegou o galho nas mãos e o analisou com cuidado. Disse ao pai adotivo, então, que sabia que era impossível que o homem tivesse obtido um galho da árvore de ouro e prata que crescia no Monte Horai de maneira tão rápida e fácil, então, lamentava dizer, acreditava que aquele era artificial.

O ancião voltou para o esperançoso cavaleiro, que estava mais próximo da casa, e lhe perguntou onde havia encontrado o galho. O homem não teve escrúpulos e inventou uma longa história.

— Há dois anos, embarquei em um navio e parti em busca do Monte Horai. Depois de ir adiante do vento por algum tempo, cheguei ao longínquo Mar Oriental. Então, uma grande tempestade surgiu e minha embarcação ficou sendo lançada de um lado para o outro por muitos dias, sem que eu conseguisse usar a bússola, até que fomos finalmente levados até uma ilha desconhecida. Lá encontrei um lugar habitado por demônios que, de imediato, ameaçaram me matar e devorar a minha carne. Porém, consegui fazer amizade com aquelas terríveis criaturas, e elas ajudaram a mim e aos meus marinheiros a consertar o barco, possibilitando que pudéssemos zarpar mais uma vez. Nossos alimentos acabaram, e sofremos muito com doenças a bordo. Finalmente, no quinquagésimo dia do dia de partida, vi ao longe no horizonte o que parecia ser o pico de uma montanha. Ao nos aproximarmos mais, concluí que se tratava de uma ilha, no meio da qual se erguia uma montanha alta. Ancoramos e, depois de vagar por dois ou três dias, vi, na praia, um ser brilhante vindo em minha direção com uma tigela dourada em mãos. Fui até ele e lhe perguntei se, por acaso, eu havia encontrado a ilha do Monte Horai, e ele respondeu:

"Sim, este é o Monte Horai!

"Com muita dificuldade, subi até o cume, e lá estava a árvore dourada de raízes prateadas. As maravilhas daquela estranha terra são muitas e, se eu começasse a te contar sobre elas, nunca conseguiria parar. Apesar do meu desejo de permanecer ali por muito tempo, ao pegar o galho, voltei às pressas. Com máxima velocidade, levei quatrocentos dias para voltar, e, como podes ver, minhas roupas ainda estão úmidas por causa da longa viagem pelo mar. Nem mesmo esperei para trocar as minhas vestes, de tão ansioso que estava para trazer o galho para a princesa."

Bem naquele instante, os seis joalheiros, que tinham se empenhado para criar o galho, mas ainda não haviam sido pagos pelo cavaleiro, chegaram à casa e pediram à princesa para serem remunerados pelo trabalho. Disseram que haviam trabalhado por mil dias na feitura do galho de ouro com aqueles galhinhos de prata e frutas como joias que o cavaleiro acabara de apresentar a ela, mas até aquele momento não haviam sido pagos. Assim, a farsa desse cavaleiro foi desvendada, e a princesa, contente por escapar de mais um pretendente importuno, ficou muito satisfeita em devolver o galho. Mandou chamar os trabalhadores e os pagou generosamente, e eles foram embora felizes. Mas, quando estavam indo embora, foram surpreendidos pelo homem frustrado, que os espancou até estarem quase mortos, por terem revelado o segredo. O cavaleiro voltou para casa, com raiva e desespero por não ter conseguido conquistar a princesa;

renunciou à sociedade e se retirou para uma vida solitária em meio às montanhas.

Já o terceiro cavaleiro tinha um amigo na China, a quem escreveu para lhe pedir a pele do rato de fogo. O atributo desse animal era a de que nenhuma parte de seu corpo poderia ser queimada pelo fogo. Prometeu ao amigo qualquer quantia de dinheiro que ele quisesse se conseguisse obter o artefato de desejo. Assim que chegou a notícia da chegada da embarcação em que estava o amigo, o rapaz viajou a cavalo por sete dias só para encontrá-lo. Deu para o amigo uma enorme quantia de dinheiro em troca da pele do rato de fogo. Quando chegou a casa, colocou-a cuidadosamente em uma caixa e a enviou para a princesa enquanto esperava do lado de fora por uma resposta.

O cortador de bambu recebeu a caixa do cavaleiro e, como de costume, levou-a para a filha adotiva, tentando convencê-la a ver o cavaleiro imediatamente. Mas a Princesa da Lua se recusou, dizendo que antes precisava pôr a pele à prova, colocando-a no fogo. Se fosse verdadeira, não queimaria. Tirou o embrulho de crepe, abriu a caixa e logo em seguida jogou a pele no fogo. A pele crepitou e se queimou de uma vez, e foi assim que ela soube que aquele homem também não tinha cumprido a palavra. Assim, o terceiro cavaleiro também fracassou.

O quarto cavaleiro, assim como os outros, também não era muito dado a riscos. Em vez de partir em busca do dragão que levava na cabeça a irradiante joia de cinco cores, mandou chamar todos os seus criados e, reunindo-os, deu-lhes a ordem de procurar pela criatura por todo o Japão e China, proibindo terminantemente que qualquer um deles retornasse até que o tivesse encontrado.

Seus inúmeros criados tomaram diferentes rumos, sem intenção, porém, de cumprir o que consideravam impossível. Simplesmente tiraram férias e foram juntos para lugares aprazíveis no interior, queixando-se sobre o despautério de seu senhor.

Naquele meio-tempo, o cavaleiro, achando que seus criados não iriam fracassar em encontrar a joia, fez manutenções na própria casa e a deixou belamente arrumada para poder receber a princesa, pois estava muito seguro de que a conquistaria.

Passou-se um ano de longa e cansativa espera, e seus homens ainda não tinham retornado com a joia do dragão. O cavaleiro ficou desesperado. Não podia mais esperar. Dessa forma, levando consigo apenas dois homens, alugou um navio e deu ordens para que o capitão partisse em busca do dragão. Tanto o capitão quanto os marinheiros se recusaram a empreender o que diziam ser uma busca absurda, mas o cavaleiro os obrigou, por fim, a zarpar.

Após alguns dias da partida, depararam-se com uma grande tormenta. Ela durou tanto tempo que, quando reduziu sua fúria, o cavaleiro decidiu desistir da caça ao dragão. Por fim, foram lançados até o litoral, pois a navegação era rudimentar naqueles tempos. Esgotado pela viagem e pela ansiedade, o quarto pretendente entregou-se ao descanso. Acabou pegando uma gripe muito forte e teve de ficar acamado, com o rosto inchado.

O governador do local, tendo ouvido falar da sua situação, enviou mensageiros com uma carta convidando-o a ir para sua casa. Enquanto lá estava, pensando em todos os seus problemas, o amor pela princesa transformou-se em raiva, e ele a culpou por todas as dificuldades pelas quais tinha passado. Chegou a pensar que o desejo dela realmente fosse matá-lo para que pudesse se livrar dele e que, para realizar esse desejo, havia lhe dado aquela missão impossível.

Àquela altura, todos os criados que ele havia mandado para buscar a joia foram vê-lo e ficaram surpresos ao receberem louvores em vez de descontentamento. O amo lhes disse que estava profundamente cansado de aventuras e que nunca mais pretendia nem chegar perto da casa da princesa de novo.

Como todos os outros, o quinto cavaleiro também fracassou em sua busca e não conseguiu encontrar a concha da andorinha.

Àquela altura, a fama da beleza da Princesa da Lua já havia chegado aos ouvidos do imperador, e ele mandou uma das damas da corte para ver se ela realmente era tão bela quanto diziam. Caso realmente fosse, ele a convocaria para o palácio e faria dela uma de suas damas de companhia.

Quando a dama da corte chegou, a Princesa da Lua se recusou a vê-la, apesar das súplicas do pai. O mensageiro imperial insistiu, dizendo que era uma ordem do imperador. Então, a Princesa da Lua disse ao ancião que, caso fosse obrigada a ir ao palácio apenas para obedecer à ordem imperial, desapareceria da terra.

Quando contaram ao imperador que a princesa insistia em se recusar a obedecer à convocação e que, caso fosse pressionada a fazê-lo, desapareceria para sempre, ele resolveu ir vê-la. Portanto, planejou uma excursão de caça nas proximidades da casa do cortador de bambu para ver a princesa com os próprios olhos. Enviou um recado para o ancião, contando sobre suas intenções, e recebeu o consentimento para realizar o plano. No dia seguinte, partiu com a comitiva e logo estava à frente dela. Encontrou a casa do cortador de bambu e desceu do cavalo. Entrou, então, na casa e foi direto para onde a princesa estava sentada com as criadas.

Nunca tinha visto alguém tão maravilhosamente bela e não conseguia parar de olhá-la, pois ela era mais atraente do que qualquer ser humano, já que resplandecia no próprio fulgor. Quando a Princesa da Lua percebeu que um estranho estava olhando para ela, tentou escapar do aposento, mas o Imperador a agarrou e implorou para que ouvisse o que ele tinha para falar. Sua única resposta foi esconder o próprio rosto entre as mangas do quimono.

O imperador se apaixonou profundamente e implorou para ela ir à corte, onde lhe daria uma posição de honra e tudo o que a princesa desejasse. Estava prestes a mandar chamar um dos palanquins imperiais para levá-la de volta com ele imediatamente, dizendo que seu encanto e beleza deveriam adornar a corte, e não ficar escondida na cabana de um cortador de bambu.

Mas a princesa o deteve. Disse que, caso fosse forçada a ir ao palácio, acabaria se tornando sombra no mesmo instante e, enquanto falava, já começava a perder forma. Sua silhueta desapareceu de vista enquanto ele a olhava.

O imperador então prometeu deixá-la livre se ela voltasse à antiga forma, o que ela fez.

Já era hora de ele voltar, pois a comitiva já estava se perguntando o que poderia ter acontecido com sua majestade depois de darem falta dele. Assim, despediu-se dela e saiu de casa com o coração triste. Para o imperador, a Princesa da Lua era a mulher mais bela de todo o mundo. Perto dela, todas as outras eram inferiores, e ele pensava na moça dia e noite. Sua majestade agora passava a maior parte do tempo escrevendo poemas que contavam sobre amor e veneração e os mandava para ela. A princesa, embora se recusasse a vê-lo novamente, respondia com muitos versos de sua própria autoria, dizendo, de maneira gentil, que ela nunca poderia se casar com ninguém desta terra. Essas pequenas canções sempre o deixavam contente.

Naquela época, os pais adotivos perceberam que, noite após noite, a princesa se sentava na varanda e ficava observando a lua por horas, em profundo desalento e sempre se debulhando em lágrimas. Certa noite, o ancião a encontrou assim, chorando como se seu coração tivesse sido partido, e implorou para que ela lhe contasse o motivo de tamanha tristeza.

Com muitas lágrimas, disse que ele estava correto quando supunha que ela não pertencia àquele mundo: na verdade, ela viera da lua e seu tempo na terra logo chegaria ao fim. No décimo quinto dia daquele mesmo mês de agosto, os amigos da lua viriam buscá-la, e, então, ela teria de retornar. Os pais biológicos dela estavam lá, mas ela havia se esquecido deles e do mundo lunar ao qual pertencia por ter passado a vida inteira na terra. Pensar em deixar os amados pais adotivos e a casa onde havia sido feliz por tanto tempo a fazia chorar, dizia ela.

Quando os criados ouviram isso, ficaram muito tristes e não conseguiam comer nem beber de tanta tristeza que sentiam ao pensar que logo a princesa os deixaria.

O imperador, tão logo as notícias chegaram a ele, enviou mensageiros à casa para descobrir se a notícia era verdadeira ou não.

O velho cortador de bambu saiu para encontrar os mensageiros imperiais. Os últimos dias de tristeza deixaram o homem consternado; tinha envelhecido muito e aparentava muito mais do que setenta anos de idade. Chorando amargamente, disse que a notícia era realmente verdadeira, mas que pretendia, no entanto, aprisionar os enviados da lua e fazer tudo o que estivesse ao seu alcance para evitar que a princesa fosse levada embora.

Os homens voltaram e contaram à sua majestade tudo o que havia se passado. No décimo quinto dia daquele mês, o imperador mandou uma escolta de dois mil guerreiros para vigiarem a casa. Mil deles se posicionaram no telhado e os outros mil guerreiros ficaram de vigia em todas as entradas da casa. Todos eram arqueiros bem-treinados e portavam arcos e flechas. O cortador de bambu e a esposa esconderam a Princesa da Lua em um aposento interno.

O ancião havia dado ordens para que ninguém dormisse naquela noite. Todos da casa deviam ficar de vigia, a postos para proteger a princesa. Com tais cuidados e com a ajuda da guarda do imperador, esperava oferecer resistência aos mensageiros lunares, mas a princesa lhe disse que todas aquelas medidas para protegê-la seriam inúteis e que, quando o seu povo viesse atrás dela, nada poderia impedi-los de cumprir o objetivo. Nem mesmo imperadores seriam capazes de fazer algo. Depois, com lágrimas, disse que realmente se lamentava por ter de deixar todos eles, a quem ela havia aprendido a amar como se seus pais fossem, e que, se pudesse fazer tudo como queria, ficaria com eles durante a velhice e tentaria retribuir de alguma forma o amor e a gentileza que lhe deram durante a sua vida terrena.

E a noite avançou! A lua cheia amarela se ergueu nos céus, inundando o mundo adormecido com sua luz dourada e brilhante. O silêncio reinava sobre as florestas de pinheiros e bambus e sobre o telhado onde os mil guerreiros aguardavam.

Depois, a noite foi ficando cinzenta conforme o amanhecer ia se aproximando, e todos esperavam que o perigo tivesse passado – e que a Princesa da Lua não tivesse de os deixar, afinal de contas. Então, de repente, os vigilantes avistaram uma nuvem se formando em volta da lua e, enquanto olhavam em sua direção, a nuvem começou a avançar em direção à terra. Estava se aproximando cada vez mais, e todos perceberam, consternados, que dava direto na casa.

Em pouco tempo, o céu havia escurecido por inteiro, até que, por fim, a nuvem pairou sobre a casa, a apenas três metros acima do chão. No meio da nuvem, havia uma carruagem flutuante, e nela estava um grupo de seres iluminados. Um deles, que se parecia com um rei e parecia ser o líder, saiu da carruagem e, parado no ar, pediu para que o ancião saísse.

– É chegada a hora de a Princesa da Lua voltar para a lua, de onde veio. Ela cometeu um grave erro e, como punição, foi enviada para viver aqui por um tempo. Sabemos como a tratastes bem, e nós os recompensamos por isso, dando-vos riqueza e prosperidade. Colocamos o ouro nos bambus para que tu o encontrasses.

– Eu cuidei da princesa por vinte anos, e ela nunca fez nada de errado, por isso a jovem que procuram não pode ser essa – disse o ancião. – Rogo para que procures em outro lugar.

Em seguida, o mensageiro chamou a princesa em voz alta:

– Princesa da Lua, sai dessa residência inferior. Não fiques mais aqui.

Ao ouvir aquelas palavras, as portas do aposento da princesa se abriram sozinhas, revelando-a em sua própria resplandecência, iluminada, maravilhosa e cheia de beleza.

O mensageiro a conduziu até a carruagem e a acomodou nela. Ela olhou para trás e viu com pena a profunda tristeza que sentia o ancião. A princesa lhe disse muitas palavras de consolo, afirmou que não era a vontade dela ter de deixá-lo e pediu para ele sempre pensar nela quando olhasse para a lua.

O cortador de bambu implorou para que o deixassem acompanhá-la, mas não permitiram. A princesa tirou o roupão bordado e lhe deu como lembrança.

Um dos seres lunares na carruagem levava um magnífico manto de asas, outro carregava um frasco cheio do Elixir da Vida que foi dado para a princesa beber. Ela bebeu um pouco e estava prestes a dar o resto para o ancião, mas foi impedida.

O manto de asas estava prestes a ser colocado sobre seus ombros, mas ela disse:

– Esperai um pouco. Não posso me esquecer do meu bom amigo, o imperador. Preciso escrever para ele uma vez mais para me despedir enquanto estou nesta forma humana.

Apesar da impaciência dos mensageiros e dos cocheiros, ela os fez esperar enquanto escrevia. Incluiu o frasco do Elixir da Vida na carta e, dando-os para o ancião, pediu para que ele os entregasse para o imperador.

Em seguida, a carruagem começou a subir em direção aos céus, para a lua, e, enquanto todos observavam com lágrimas nos olhos a princesa que partia, já amanhecia e, na luz rosada do dia, a carruagem da lua e todos que nela estavam se perderam em meio às delicadas nuvens que agora estavam espalhadas pelo céu, nas asas do vento matutino.

A carta da Princesa da Lua foi enviada para o palácio. Sua majestade ficou com medo de tocar no Elixir da Vida e, assim, mandou-o, junto da carta, para o topo da montanha mais sagrada da terra: o Monte Fuji. Lá no cume, os emissários reais o queimaram ao nascer do sol. Por isso, até os dias de hoje, dizem que é possível ver fumaça saindo do topo do Monte Fuji, em direção às nuvens.

O espelho de Matsuyama, uma história do Japão Antigo

Há muitos e muitos
anos, no Japão Antigo,
viviam na Província de
Echigo, uma parte bastante
remota do país, até mesmo
nos dias de hoje, um homem e sua
esposa. Quando esta história se inicia, eles
já estavam casados havia alguns anos e tinham sido abençoados com uma filhinha. Ela era a alegria e o orgulho de suas vidas, e nela conservavam uma fonte infinita de felicidade para a velhice dos dois.

E que magníficos foram aqueles dias dourados que marcaram sua infância e memória, como a visita ao templo quando ela estava com apenas trinta dias de vida, sua mãe orgulhosa carregando-a, vestida com um quimono cerimonial, para ser colocada sob a proteção do deus da família. Depois, seu primeiro festival de bonecas, quando os pais lhe deram um conjunto de bonecas e acessórios em miniatura, a serem acrescentados conforme os anos se passavam. E, talvez a ocasião mais importante de todas, o seu terceiro aniversário, quando o seu primeiro *obi* (faixa larga de brocado) vermelho e dourado foi amarrado em volta de sua cinturinha, um sinal de que ela havia passado o limiar da infância, deixando-a para trás. Agora que ela tinha sete anos de idade e havia aprendido a falar e a servir os pais dos vários jeitinhos tão preciosos para os corações de pais amorosos, estavam felizes por completo. Não havia família mais feliz em toda a Ilha Imperial.

Certo dia, houve grande agitação em casa, pois o pai havia sido inesperadamente chamado para ir à capital, a negócios. Nestes dias de estradas de ferro, riquixás e outros meios rápidos de transporte, é difícil compreender o que uma viagem como a de Matsuyama para Quioto acarretava. As estradas eram acidentadas e péssimas, e pessoas comuns precisavam andar passo a passo pelo percurso, fossem 160 quilômetros de distância, fossem vários milhares. De fato, naqueles dias era uma enorme empreitada viajar até a capital, assim como é para os japoneses realizarem uma viagem para a Europa hoje em dia.

Dessa maneira, a esposa ficou bastante preocupada enquanto ajudava o marido a se aprontar para a longa jornada, sabendo como era árdua a tarefa que ele tinha à frente. Em vão, ela desejara poder acompanhá-lo, mas a distância era muito grande para que mãe e filha pudessem ir junto. Além disso, era dever da esposa cuidar da casa.

Por fim, já estava tudo pronto, e o marido ficou na varanda com a pequena família em volta.

— Não te preocupes. Voltarei logo – disse o homem. – Enquanto eu estiver ausente, toma conta de tudo, especialmente da nossa filha.

— Sim, ficaremos bem. Mas tu, tu precisas te cuidar e não deves demorar um dia a mais para voltar para nós – disse a esposa, enquanto lágrimas caíam feito chuva de seus olhos.

A garotinha fora a única a sorrir, pois não conhecia a dor da despedida e não sabia que ir para a capital era muito diferente de caminhar até o vilarejo próximo, o que o seu pai fazia com frequência. Correu para junto dele e agarrou a longa manga de seu quimono, para ficar com ele um pouco mais.

— Pai, vou me comportar muito bem enquanto estiver esperando por teu retorno, então, por favor, traz-me um presente.

Quando o pai se virou para dar uma última olhada na esposa melancólica e na filha sorridente e ansiosa, sentiu como se alguém o estivesse puxando de volta pelos cabelos, tão difícil era para ele deixá-las para trás, pois nunca haviam se separado antes. Porém, sabia que precisava ir, pois o chamado era impreterível. Com grande esforço, ele parou de pensar naquilo e, afastando-se resoluto, desceu rapidamente pelo pequeno jardim e saiu pelo portão. A esposa, pegando a criança nos braços, correu até o portão e o observou enquanto ele descia pela estrada, entre os pinheiros, até que se perdesse na bruma, ao longe, e tudo o que ela visse fosse seu curioso chapéu pontudo, que logo desapareceu também.

– Agora que o pai se foi, tu e eu precisamos cuidar de tudo até que ele volte – disse a mãe, enquanto voltava para a casa.

– Sim, eu me comportarei bem – falou a criança, balançando a cabeça. – E, quando o pai voltar, por favor, diz como fui boa, para que assim talvez ele me dê um presente.

– Ele com certeza te trará algo que queiras muito. Eu sei, pois pedi para que ele te trouxesse uma boneca. Deves pensar nele todos os dias e orar por uma viagem segura, até que ele volte.

– Ah, sim. Como ficarei feliz quando ele voltar para casa de novo! – disse a criança, batendo palmas e ficando com o rosto iluminado de alegria pela ideia feliz. Ao olhar para o rosto da criança, parecia que o amor da mãe pela menina crescia cada vez mais.

Depois, ela se pôs a fazer roupas de inverno para os três. Montou a roda de fiar e volteou o fio antes de começar a tecer. Durante os intervalos do trabalho, conduzia as brincadeiras da menina e a ensinava a ler as velhas histórias de seu país. Foi assim que a esposa conseguiu encontrar consolo, trabalhando durante os dias solitários de ausência do marido. Enquanto o tempo passava rapidamente na casa tranquila, o marido concluiu os negócios e voltou.

Para qualquer um que não o conhecesse bem o homem, teria sido difícil reconhecê-lo. Ele havia viajado por dias, fora exposto a todos os tipos de intempéries por mais ou menos um mês e estava bronzeado. Mas a esposa e a filha amorosas o reconheceram de imediato e correram para encontrá-lo, cada uma de um lado, agarrando suas mangas durante a recepção calorosa. Tanto o homem quanto a esposa se alegraram por verem que estavam bem. Parecia que havia se passado um bom tempo para todos até que – com a mãe e a criança ajudando – as sandálias de palha do homem estivessem desamarradas; o grande chapéu de chuva, tirado; e ele estivesse novamente com as duas na velha e familiar sala de estar, que ficara muito vazia enquanto ele esteve fora.

Assim que se sentaram nas esteiras brancas, o pai abriu uma cesta de bambu que havia trazido consigo e tirou dela uma linda boneca e uma caixa de laca cheia de doces.

– Aqui – disse para a garotinha. – É um presente para ti, um prêmio por teres cuidado tão bem da mamãe e da casa enquanto estive fora.

— Obrigada, papai — falou a criança, enquanto abaixava a cabeça. Com as mãos como se fossem folhinhas de bordo, os dedos ávidos e bem estendidos, pegou a boneca e a caixa. Ambas tinham vindo da capital e eram mais bonitas do que quaisquer outras que já tinha visto antes. Nenhuma palavra podia descrever o quanto a garotinha ficara feliz: seu rosto parecia se derreter de alegria, e ela não tinha olhos nem pensamentos para mais nada.

O marido, então, voltou a se debruçar sobre a cesta e, dessa vez, tirou dela uma caixa de madeira quadrada, cuidadosamente amarrada com cordões vermelhos e brancos. Entregando-a para a esposa, disse:

— E isto é para ti.

A esposa pegou a caixa e, abrindo-a com cuidado, tirou de dentro um disco de metal com uma alça acoplada a ele. Um lado era claro e brilhante como cristal e o outro era coberto com figuras em alto-relevo de pinheiros e cegonhas, que haviam sido esculpidas em superfície lisa, imitando a natureza. Nunca tinha visto nada parecido em toda a sua vida, pois havia nascido e sido criada na província rural de Echigo. Observou o disco brilhante e, ao erguer o olhar, com surpresa e admiração, viu retratado o próprio rosto.

— Estou vendo alguém olhando para mim nesta coisa redonda! O que é isso que me deste?

O marido riu e disse:

— Ora, é o teu próprio rosto que estás vendo. O que eu trouxe a ti se chama espelho, e seja lá quem olhe para a superfície clara dele pode ver a própria imagem refletida. Embora não se possa encontrar nenhum deles aqui, neste lugar tão afastado, já são usados na capital desde tempos muito antigos. Lá, possuir um espelho é um requisito, algo muito necessário para as mulheres. Há um antigo provérbio que diz o seguinte: "Enquanto a espada é a alma de um samurai, o espelho é a alma de uma mulher" e, de acordo com a tradição popular, o espelho de uma mulher revela o seu próprio coração: se ela o mantiver limpo e lustroso, o seu coração também permanece puro e bom. Também é um dos tesouros que formam o emblema do imperador. Portanto, precisas dar grande importância para o teu espelho e usá-lo com cuidado.

A esposa escutou tudo que o marido disse e ficou encantada por aprender tantas coisas novas. Ficou ainda mais encantada com o presente valioso – símbolo de recordação dos tempos em que ele estivera fora.

– Se o espelho representa a minha alma, com certeza cuidarei dele como um tesouro valioso e nunca o usarei de forma descuidada. – Dizendo isso, ela o ergueu na altura da testa, em agradecimento pelo presente, e depois o colocou na caixa e o guardou.

A esposa viu que o marido estava muito cansado e se pôs a servir o jantar e a deixar tudo o mais confortável possível para ele. Para a pequena família, parecia que nunca haviam conhecido a verdadeira felicidade antes, de tão felizes que se sentiam por estarem juntos novamente. Naquela noite, o pai tinha muito a contar sobre a viagem e tudo o que tinha visto na grande capital.

O tempo se passou naquele lar tranquilo, e os pais viram suas esperanças mais improváveis se realizando quando a filha cresceu e se tornou uma bela moça de dezesseis anos. Assim como uma joia de valor inestimável é mantida na mão de uma orgulhosa dona, eles a criaram com amor e cuidado incessantes, e naquele momento suas dores estavam sendo mais do que duplamente recompensadas. Que alívio sentia a mãe enquanto transitava pela casa e fazia a própria parte nos cuidados da casa e quanto orgulho sentia o pai dela, pois, a cada dia que se passava, mais parecida com a mãe quando jovem – na época em que eles se casaram – a menina ficava.

Mas que tristeza! Neste mundo nada dura para sempre e nem mesmo a lua está em sua melhor forma o tempo todo, e as flores desabrocham e depois desaparecem. A felicidade da família por fim foi abalada por uma enorme infelicidade. Um dia, a boa e gentil esposa e mãe acabou adoecendo.

Nos primeiros dias da doença, pai e filha pensaram que era apenas um resfriado e não ficaram tão preocupados. Mas os dias foram se passando e a mãe continuava sem melhorar. Ao contrário, só piorava. O médico ficou perplexo, pois, apesar de todo o empenho, a pobre mulher ficava mais fraca a cada dia que se passava. Pai e filha foram então acometidos pela tristeza. Fosse dia, fosse noite, a menina nunca deixava de estar ao lado da mãe. Apesar de todos os esforços, porém, a vida da mulher não pôde ser salva.

Certo dia, enquanto a garota estava sentada perto da cama da mãe, tentando esconder a angústia com um sorriso alegre, a mãe se levantou e, pegando a mão da filha, olhou para ela com seriedade e amor. Faltava-lhe ar, ela falava com dificuldade:

— Minha filha. Tenho certeza de que nada pode me salvar agora. Promete-me que, depois que eu morrer, cuidarás de teu amado pai e tentarás ser uma mulher boa e obediente.

— Ai, mãe – disse a garota enquanto lágrimas caíam –, não digas essas coisas. Tudo o que precisas fazer é se apressar em ficar bem. Isso trará enorme felicidade ao meu pai e a mim.

— Sim, eu sei, e é um alívio para mim, durante os meus últimos dias, saber o quanto desejas que eu melhore, mas não será assim. Não fiques tão triste, pois já foi assim determinado na minha existência anterior, de que eu deveria morrer nesta vida justamente neste momento. Sabendo disso, estou bastante resignada com meu destino. Agora, tenho algo para te dar, a fim de que assim possas te lembrar de mim quando eu já não estiver mais aqui.

Estendendo a mão, tirou do lado do travesseiro uma caixa de madeira quadrada, amarrada com cordão e borlas de seda. Desamarrando-a com cuidado, tirou da caixa o espelho que o marido lhe havia dado anos atrás.

— Quando eras ainda criança, teu pai foi até a capital e me trouxe como presente este tesouro. Chama-se espelho. Este te dou antes de eu morrer. Se, após a minha morte, estiveres te sentindo só e quiseres me ver de vez em quando, pega este espelho. Na superfície clara e brilhante sempre poderás me ver e, assim, poderás me encontrar com frequência e me contar tudo o que estiveres sentindo. E, ainda que eu não seja capaz de falar, compreenderei tudo, seja lá o que possa acontecer contigo no futuro. – Após essas palavras, a mulher, que estava no leito de morte, passou o espelho para a filha.

A consciência da boa mãe pareceu, então, ficar em paz e, sem dizer mais nada, seu espírito partiu calmamente naquele dia.

O pai e a filha, enlutados, ficaram desolados e se entregaram a um amargo pesar. Achavam impossível dizer adeus à amada mulher que até então tinha completado suas vidas e entregar o corpo dela à terra. Mas a frenética tristeza passou, e eles conseguiram tomar posse dos próprios corações novamente; por mais arrasados que estivessem, resignaram-se. Apesar disso, a filha parecia inconsolável. Seu amor pela mãe não diminuiu com o tempo, e a lembrança dela era tão viva que tudo na vida cotidiana, até mesmo quando chovia e ventava, fazia com que ela se lembrasse da morte da mãe e de tudo o que tinham amado e compartilhado juntas. Um dia, quando o pai estava fora e ela estava sozinha em meio aos afazeres domésticos, sua solidão e tristeza pareciam muito maiores do que ela podia suportar. Foi, então, até o quarto da mãe e chorou como se seu coração fosse se partir ao meio. Pobre criança. Tudo o que mais desejava era poder ver um pouco mais do amado rosto da mãe, ouvir o som da voz dela chamando a filha pelo apelido carinhoso ou ao menos por um momento esquecer-se do vazio doloroso em seu coração. De repente, sentou-se. As últimas palavras da mãe reverberaram na memória, até então entorpecida pelo pesar.

— Ah! Minha mãe me disse, quando me deu o espelho como presente de despedida, que, sempre que olhasse para ele, eu poderia encontrá-la... vê-la. Quase tinha me esquecido dessas últimas palavras. Como sou tonta. Vou pegar o espelho agora mesmo e descobrir se é verdade!

Secou os olhos rapidamente e foi até o armário. Dele tirou a caixa onde estava guardado o espelho. Seu coração batia cheio de expectativa enquanto pegava o espelho e olhava para a superfície lisa. Eis que as palavras da mãe eram verdade! No espelho redondo diante de si, viu o rosto da mulher. Mas, ah, que bela surpresa! Não era a mãe de rosto emaciado e consumido pela doença, e sim a jovem e bela mulher da qual se lembrava, daqueles dias do passado, de quando ela mesma era criança. A garota tinha a impressão de que o rosto no espelho logo falaria e quase podia ouvir a voz da mãe lhe dizendo novamente para crescer, ser uma boa mulher e uma filha obediente, de tão sérios que os olhos no espelho a encaravam de volta.

— É certamente a alma de minha mãe que estou vendo. Ela sabe o quanto estou triste com a sua ausência e veio me consolar. Sempre que eu desejar vê-la, ela me encontrará aqui; como devo ser grata!

E, desde então, o peso da tristeza que sentia em seu coração juvenil foi enormemente amenizado. Todas as manhãs, para reunir forças para as tarefas do dia que lhe aguardavam, e todas as noites, como consolo antes de se deitar para descansar, a jovem tirava o espelho da caixa e olhava para o reflexo que, na simplicidade de seu coração inocente, acreditava ser a alma da mãe. Diariamente, o seu caráter se assemelhava cada vez mais ao da falecida figura materna, gentil e benevolente com todos e uma filha obediente para o pai.

Tendo decorrido, assim, um ano de luto no pequeno lar, o homem casou-se novamente por conselho de parentes, e a filha estava sob a autoridade de uma madrasta. Não era uma posição fácil, mas os dias que passava rememorando a própria mãe amada e tentando ser o que a mãe desejava que ela fosse tornaram a jovem obediente e paciente, e ela decidiu ser comportada e respeitar a esposa do pai, em todos os sentidos. Tudo continuou aparentemente bem na família durante algum tempo sob o novo regime. Não havia ventos ou ondas de discórdia perturbando a superfície da vida cotidiana, e o pai estava satisfeito.

Mas existe o perigo de uma mulher ser mesquinha e maldosa, e as madrastas em todo o mundo são famosas por isso. O coração daquela mulher não era como foram os seus primeiros sorrisos. Conforme os dias e as semanas se tornaram meses, a madrasta começou a tratar mal a garota órfã de mãe e a tentar se pôr entre pai e filha.

Às vezes, ia até o marido e reclamava do comportamento da enteada, mas, como o pai já sabia que isso era o esperado, não dava atenção para as reclamações rabugentas. Em vez de diminuir o afeto que sentia pela filha, como a mulher desejava, as reclamações dela apenas o faziam pensar na menina ainda mais. A mulher logo viu que ele começou a demonstrar mais preocupação pela filha solitária do que antes. Isso não a agradou nem um pouco; dessa maneira, começou a pensar em como poderia, de uma forma ou de outra, expulsar a enteada de casa, tão tortuoso se tornara o coração da mulher.

Ela observava a garota com cuidado e, certo dia, ao dar uma espiada no quarto dela cedo pela manhã, pensou ter descoberto um pecado grave o suficiente para acusar a filha ao seu pai. A própria mulher também ficou um pouco assustada com o que tinha visto.

E assim foi imediatamente até o marido. Enxugando algumas lágrimas de crocodilo, disse com voz triste:

— Por favor, dá-me permissão para te deixar hoje mesmo.

O homem foi pego completamente de surpresa pela forma repentina daquele pedido e perguntou qual era o problema.

– Achas que a minha casa é tão desagradável que não consegues mais ficar aqui?

– Não! Não! Não tem nada a ver contigo. Nem mesmo nos meus sonhos eu sequer pensei que gostaria de te deixar. Mas, se eu continuar morando aqui, corro o risco de perder a minha vida. Então, acho que o melhor para todos os envolvidos é que me deixes ir embora!

E a mulher começou a chorar de novo. O marido, angustiado por vê-la tão infeliz e pensando que não poderia ter ouvido direito, disse:

– O que queres dizer? Como é que a tua vida pode estar em perigo aqui?

– Já que me perguntaste, vou dizer. Tua filha não gosta de mim como madrasta. Há algum tempo ela tem se trancado no quarto de manhã e à noite, e, depois de ter passado algumas vezes pelo corredor e olhado para dentro do quarto dela, fiquei convencida de que ela tem feito uma imagem de mim e está tentando me matar por meio da magia, amaldiçoando-me diariamente. Não é seguro eu ficar aqui, nesse caso. Realmente tenho de ir embora, não podemos mais viver sob o mesmo teto.

O marido ouviu a terrível história, mas não podia acreditar que a amável filha pudesse ser culpada de algo tão maligno. Sabia que, pela superstição popular, as pessoas acreditavam que alguém poderia causar a morte gradual de outra pessoa ao fazer a imagem de um desafeto e o amaldiçoar diariamente. Mas onde é que sua jovem filha teria aprendido tal coisa? Era impossível. Lembrou-se, no entanto, de que havia percebido que a filha andava ficando muito no quarto ultimamente e que se mantinha distante de todos, mesmo quando havia visitas na casa. Juntando esse fato com o alerta da esposa, o homem pensou que talvez houvesse algo que pudesse explicar a estranha história.

Seu coração estava dividido entre duvidar da esposa e confiar na filha, e ele não sabia o que fazer. Decidiu ir imediatamente até a menina para tentar descobrir a verdade. Ele confortou a esposa, garantindo-lhe que o medo dela era infundado, e, em silêncio, foi até o quarto da filha.

A garota já estava se sentindo bastante infeliz havia tempos. Havia tentado, por amabilidade e obediência, mostrar boa vontade e acalmar a nova esposa do pai, derrubando aquele muro de preconceitos e desentendimentos que ela sabia que geralmente havia entre madrastas e enteadas. Logo descobriu, porém, que os seus esforços não serviam para nada. A madrasta nunca confiava nela e parecia interpretar erroneamente todas as suas ações, e a pobre menina sabia muito bem que a mulher sempre contava histórias más e falsas a respeito dela para o pai. Ela não tinha como não comparar a atual condição infeliz com os tempos de quando a mãe estava viva, há apenas pouco mais de um ano. Tão grande foram as mudanças que ocorreram em tão pouco tempo! Todas as manhãs e todas as noites ela chorava por tal lembrança. Sempre que podia, ia para o quarto e, fechando as portas corrediças, pegava o espelho e observava, assim pensava, o rosto da mãe. Era o único consolo que tinha naqueles dias péssimos.

Seu pai a encontrou ocupada dessa forma. Empurrando o *fusuma*[7], ele a viu se inclinando sobre algo de maneira bastante atenta. Ao olhar por cima do ombro, para ver quem estava entrando no quarto, a garota ficou surpresa ao ver o pai, pois ele geralmente mandava alguém chamá-la quando queria falar com ela. Ela também se sentiu confusa em ter sido pega olhando para o espelho, pois nunca havia contado a ninguém da última promessa da mãe. Ao contrário, tinha mantido aquilo como um segredo sagrado em seu coração. Então, antes de se dirigir ao pai, escondeu o espelho na manga comprida do quimono. O pai, que havia notado a sua confusão e o seu ato de esconder alguma coisa, disse, de maneira séria:

— Filha, o que estás fazendo aqui? E o que é isso que escondeste na manga?

A garota ficou assustada com a seriedade do pai. Ele nunca havia falado com ela naquele tom. Sua confusão virou apreensão, o tom de sua pele foi do enrubescido ao pálido. Ficou muda e envergonhada, incapaz de responder.

As aparências certamente estavam contra ela. A jovem parecia culpada, e o pai, pensando que, talvez, depois de tudo, o que sua esposa lhe dissera fosse verdade, falou com raiva:

— Então é verdade que estás todos os dias amaldiçoando tua madrasta e imprecando pela morte dela? Esqueceste o que te falei, que, mesmo que

---

7   Porta ou divisória corrediça de papel encontrada em casas japonesas tradicionais (N. T.).

ela seja tua madrasta, deves ser obediente e leal a ela? Que mau espírito tomou conta do teu coração para ter te tornado tão má? Com certeza mudaste, minha filha! O que te fizeste tão desobediente e desleal?

E os olhos do pai se encheram repentinamente de lágrimas por ter que repreender a filha daquela forma.

A menina, por sua vez, não sabia do que ele estava falando, pois nunca tinha ouvido falar da superstição de que orar sobre uma imagem possibilitaria causar a morte de um desafeto. Mas percebeu que precisava esclarecer as coisas de alguma forma. Ela amava muito o pai e não suportava a ideia de vê-lo bravo. Então, estendeu a mão sobre o joelho dele, suplicando:

— Pai! Pai! Não digas coisas tão terríveis de mim. Ainda sou tua filha obediente. Realmente sou. Por mais tola que eu possa ser, eu nunca seria capaz de amaldiçoar ninguém que a ti pertencesse, muito menos suplicar pela morte de amas. Com certeza alguém andou contando mentiras, e estás confuso sem saber o que diz ou então algum espírito maligno possuiu teu coração. No que me diz respeito, não sei, desconheço completamente essa coisa má de que me acusas.

Mas o pai se lembrou de que ela havia escondido algo assim que havia entrado no quarto e nem aquele protesto fervoroso o satisfazia. Queria esclarecer a sua dúvida de uma vez por todas.

— Então por que tens estado sempre sozinha neste quarto nesses últimos dias? E me diz o que é que escondeste na manga. Mostra-me imediatamente!

Então a filha, embora se sentisse envergonhada de confessar o quanto apreciava a memória da mãe, viu que precisava contar tudo ao pai para conseguir deixar as coisas claras. Tirou, assim, o espelho da longa manga e o mostrou para o pai.

— Era para isto que eu estava olhando agora.

— Ora — exclamou ele muito surpreso —, este é o espelho que eu trouxe de presente para a tua mãe quando fui para a capital, muitos anos atrás! Quer dizer que estiveste com ele esse tempo todo? E por que passas tanto tempo olhando para ele?

Então ela lhe contou das últimas palavras da mãe, de como havia prometido encontrar a filha sempre que esta olhasse para o espelho. Mas o pai ainda não conseguia entender a simplicidade do caráter da filha em não saber que o que ela via refletido no espelho na verdade era o próprio rosto, e não o da mãe.

— Como assim? — perguntou ele. — Não entendo como é que podes encontrar a alma de tua falecida mãe ao olhar para esse espelho.

— É realmente verdade e, se não acreditas no que digo, olha por ti mesmo. — E assim colocou o espelho diante dela mesma. Ali, olhando de volta do disco de metal liso, estava o seu próprio rosto meigo. Ela apontou, séria, para o reflexo:

— Ainda duvidas de mim? — perguntou ela seriamente, encarando-o.

Com uma exclamação de compreensão repentina, o pai juntou as mãos.

— Como sou tolo! Finalmente compreendi. Teu rosto é igual ao da tua mãe, assim como os dois lados de um melão. Estiveste olhando para o reflexo do teu rosto durante esse tempo todo, pensando que estavas cara a cara com tua falecida mãe! És verdadeiramente uma filha leal. A princípio, parece uma insensatez, mas não é bem assim. Isso apenas comprova o quanto tua devoção filial tem sido profunda e como é inocente o teu coração. Viver na constante lembrança de tua mãe falecida te ajudaste a ser como ela. Como foi inteligente da parte dela te dizer para fazer isso. Eu te admiro e te respeito, minha filha, e estou envergonhado por ter pensado por um momento sequer em acreditar na história suspeita de tua madrasta e suspeitar de que estivesses tramando algo maligno. E assim vim com a intenção de te repreender severamente, quando, na verdade, até então foste verdadeira e boa. Diante de ti, não sei onde esconder a cara e peço-te que me perdoes.

E, assim, o pai chorou, pensando no quanto a pobre garota devia estar se sentindo sozinha e em todo o sofrimento pelo qual deve ter passado por causa da madrasta. A filha, ao ter mantido tão firmemente sua fé e simplicidade em meio a circunstâncias tão adversas – aguentando todos os seus problemas com tanta paciência e amabilidade –, fez com que ele a comparasse com o lótus que faz desabrochar sua flor de beleza deslumbrante em meio ao lodo e à lama dos fossos e das lagoas, o símbolo apropriado de um coração que se mantém imaculado enquanto sobrevive no mundo.

Yei Theodora Ozaki

A madrasta, ansiosa para saber o que aconteceria, tinha estado aquele tempo todo parada do lado de fora do quarto. Ficara curiosa e tinha gradualmente empurrado a porta de correr até que conseguisse ver tudo o que estava acontecendo. Naquele momento, entrou de repente no quarto e, se jogando no chão, curvou a cabeça sobre as mãos estendidas diante da enteada.

— Estou envergonhada! Estou envergonhada! — exclamou ela com voz trêmula. — Eu não sabia como eras amorosa. Esse tempo todo eu não tinha gostado de ti, não por culpa tua, e sim por causa do coração invejoso de uma madrasta. E, tendo eu te odiado tanto, era natural pensar que tu retribuías da mesma forma. Assim, quando eu te via indo com tanta frequência para o teu quarto, eu te seguia e, quando eu te via olhando para o espelho por tanto tempo, acabei chegando à conclusão de que tinhas descoberto que eu te odiava e estavas com intenções de vingança, ao tentar me matar com magia. Mas agora, enquanto eu estiver viva, nunca me esquecerei do quanto estive errada em te julgar mal e em fazer com que teu pai suspeitasse de ti. De hoje em diante, deixarei de lado o meu velho e maligno coração e, no lugar dele, colocarei um novo, limpo e cheio de arrependimento. Pensarei em ti como se filha minha fosse. Eu te amarei e cuidarei de ti com todo o meu coração e, dessa forma, tentarei compensar por toda a infelicidade que te causei. Por isso, peço para que penses em tudo o que se sucedeu como se águas passadas fossem e que me concedas, imploro-te, um pouco do teu amor filial assim como davas à tua falecida mãe.

Assim, a madrasta insensível demonstrou deferência e pediu perdão à garota a quem ela tanto havia prejudicado.

E tamanha era a doçura da garota que ela perdoou a madrasta de bom grado e nunca guardou nenhum ressentimento ou rancor em relação a ela depois disso. O pai viu, pelo rosto da esposa, que ela estava realmente arrependida por tudo que já havia feito e ficou bastante aliviado em ver que o terrível mal-entendido se resolvera e que fora esquecido, tanto pela ofensora quanto pela injustiçada.

Daquele dia em diante, os três viveram juntos, tão felizes quanto peixes dentro d'água. Nenhum problema voltou a obscurecer a casa novamente, e a jovem aos poucos se esqueceu daquele ano de infelicidade, recebendo agora o amor e os cuidados da madrasta. Sua paciência e bondade foram, enfim, recompensadas.

O duende de Adachigahara

Há muito, muito tempo,
havia uma enorme planície chamada Adachi-gahara, que se localizava na província de Mutsu, no Japão. O lugar era conhecido por ser assombrado por um duende canibal que havia tomado a forma de uma velha mulher. De tempos em tempos, muitos viajantes desapareciam, e nunca mais se ouvia falar deles. As senhoras que ficavam em volta dos braseiros de carvão durante as noites e as garotas que lavavam arroz nos poços pelas manhãs sussurravam histórias horríveis de como pessoas desaparecidas eram atraídas para a cabana do duende e lá eram devoradas, pois ele vivia apenas de carne humana. Ninguém se aventurava a se aproximar do lugar assombrado depois do pôr do sol; além disso, todos aqueles que podiam o evitavam durante o dia, e os viajantes eram avisados do temível local.

Certo dia, enquanto o sol se punha, um sacerdote chegou à planície. Era um viajante tardio, e suas vestes mostravam que ele era um peregrino budista, daqueles que passavam de templo em templo para pedir alguma bênção ou desejar o perdão dos pecados. Aparentemente, ele havia se perdido e, como já estava tarde, não havia encontrado ninguém que pudesse lhe mostrar a estrada e avisá-lo do local assombrado.

Havia andado o dia todo e estava cansado e faminto e, como as noites andavam gélidas, pois já era fim do outono, começou a ficar muito ansioso para encontrar alguma casa onde pudesse conseguir abrigo para a noite. Estava perdido em meio à grande planície e procurou, em vão, por algum sinal de habitação humana.

Por fim, depois de ter vagado por algumas horas, avistou um aglomerado de árvores ao longe e, entre as árvores, conseguiu vislumbrar um único raio de luz.

— Ah! Com certeza deve ser uma cabana onde poderei passar a noite! — exclamou de alegria.

Concentrando-se na luz diante dos olhos, arrastou os pés cansados e doloridos o mais rápido que pôde em direção ao local e logo se deparou com uma cabaninha de aspecto humilde. Assim que se aproximou de lá, viu que ela estava quase tombando. A cerca de bambu estava quebrada, e ervas daninhas e mato cresciam entre as fendas. As divisórias de papel, que serviam como janelas e portas no Japão, estavam todas esburacadas, e as colunas da casa estavam entortadas pelo tempo e pareciam quase não conseguir sustentar o telhado de palha velho. A cabana estava aberta e, à luz de uma velha lanterna, uma senhora idosa estava sentada e fiava laboriosamente.

O peregrino a chamou da cerca de bambu e disse:

— *Obaa-san* (anciã), boa noite! Sou viajante! Por favor, perdoa-me, mas acabei me perdendo e não sei o que fazer, pois não tenho onde descansar esta noite. Imploro-te para que sejas boa e me deixes passar a noite debaixo do teu teto.

A mulher, assim que ouviu que alguém lhe dirigia a palavra, parou de fiar, levantou-se e se aproximou do intruso.

— Ah, sinto muito por ti. Deves estar realmente angustiado por teres te perdido em um lugar tão solitário e tão tarde da noite. Infelizmente não posso te receber, pois não tenho cama para te oferecer e nenhuma acomodação para um hóspede neste pobre lugar!

— Ah, isso não importa — disse o sacerdote. — Tudo que quero é poder me abrigar debaixo de algum teto esta noite e, mesmo que apenas me deixes deitar no chão da tua cozinha, ficarei muito agradecido. Estou muito cansado para continuar caminhando esta noite, então espero que não me negues isso, caso contrário terei de dormir fora, na planície gélida. — Assim, insistiu para que a idosa o deixasse ficar.

Ela parecia bastante relutante, mas disse, por fim:

— Muito bem, deixarei que fiques aqui. Apenas não tenho muito o que oferecer, mas entra, que vou acender fogo, pois a noite está fria.

O peregrino ficou muito feliz em fazer o que lhe fora dito. Tirou as sandálias e entrou na cabana. A velha mulher trouxe alguns galhos e acendeu a fogueira, pedindo para o convidado se aproximar, para se aquecer.

– Deves estar bastante faminto depois de tua longa caminhada – disse a mulher. – Vou cozinhar algo para o senhor. – Foi, então, até a cozinha para fazer um pouco de arroz.

Depois que o sacerdote terminou a ceia, a velha mulher se sentou na frente da lareira, e os dois conversaram por um bom tempo. O peregrino pensou consigo mesmo que tinha tido muita sorte em encontrar uma senhora tão gentil e acolhedora. Por fim, a lenha havia se queimado toda, e o fogo começou a se apagar aos poucos. Ele começou a tremer de frio, da mesma maneira que estava quando chegou.

– Vejo que estás com frio – disse a mulher. – Vou sair e pegar um pouco mais de madeira, pois já usamos tudo. Fica e cuida da casa enquanto eu estiver fora.

– Não, não – respondeu o peregrino. – Deixa que eu vá, pois és idosa, e não posso pensar em te deixar sair para pegar madeira nesta noite fria!

A mulher fez que não com a cabeça e disse:

– Deve ficar aqui, sossegado, pois és meu convidado. – Ela então o deixou e saiu.

Voltou em um minuto e disse:

– Fica sentado onde estás e não te moves, e o que quer que aconteça não te aproxima nem olha para o cômodo dos fundos. Agora, presta atenção ao que eu te digo!

– Se me dizes para não chegar perto do aposento dos fundos, claro que não irei – disse o sacerdote, um pouco confuso.

A velha mulher saiu de novo, e o sacerdote ficou sozinho. O fogo já tinha se apagado, e a única luz na cabana era a da luminária, com luz tênue. Pela primeira vez naquela noite, ele começou a perceber que estava em um lugar estranho, e as palavras da mulher, "o que quer que aconteça, não te aproxima nem olha para o cômodo dos fundos", despertou-lhe curiosidade e medo.

Que segredo poderia estar nesse quarto que ela não queria que ele visse? Por algum tempo, a lembrança da promessa à anciã o manteve quieto, mas ele, enfim, não conseguiu mais resistir à curiosidade de dar uma espiada no lugar proibido.

Levantou-se e começou a se movimentar lentamente em direção ao quarto dos fundos. Depois, a ideia de que a mulher poderia ficar muito brava com ele caso lhe desobedecesse fez com que ele voltasse para o seu lugar ao lado da lareira.

Conforme os minutos foram passando lentamente e a velha não retornava, ele começou a se sentir cada vez mais amedrontado e a se perguntar que terrível segredo estava no quarto. Precisava descobrir.

– Ela não vai saber que eu olhei a não ser que lhe conte. Vou só dar uma espiada antes que ela volte – disse o homem consigo mesmo.

Com aquelas palavras, ele se levantou (pois tinha estado sentado todo aquele tempo à moda japonesa, com os pés abaixo dele) e rastejou sorrateiramente em direção ao local proibido. Com as mãos trêmulas, empurrou a porta corrediça e olhou para dentro. O que viu fez congelar o sangue em suas veias. O quarto estava cheio de ossos de homens mortos, as paredes e o chão estavam cobertos de sangue humano. Em um canto, crânios empilhados chegavam até o teto, em outro, havia um amontoado de ossos de braço. Ainda em outro canto, havia uma pilha de ossos das pernas. O fedor repugnante o fez desfalecer. Ele caiu para trás com horror e, durante um tempo, ficou caído no chão, morrendo de medo. Era uma visão lamentável. Ele tremia todo, seus dentes se batiam e ele mal conseguia rastejar para longe do local horrível.

– Que horrível! – gritou. – Em que antro hediondo acabei vindo parar? Que Buda me ajude, senão estou perdido. Será possível que aquela mulher bondosa é realmente o duende canibal? Quando voltar, ela vai mostrar o verdadeiro caráter e me devorar em um bocado só!

Com aquelas palavras, suas forças voltaram e, agarrando o chapéu e o bastão, saiu correndo da casa o mais rápido que suas pernas permitiam. Pela noite afora ele correu. Seu único pensamento era fugir para o mais longe possível do duende.

Não tinha ido muito longe quando ouviu passos atrás dele e uma voz gritando:

– Para! Para!

Ele continuou correndo, redobrando a velocidade e fingindo não ouvir nada. Conforme corria, ouviu os passos atrás dele se aproximando cada vez mais e, por fim, reconheceu a voz da anciã, que aumentava cada vez mais à medida que se aproximava.

– Para! Para, homem vil. Por que olhaste o quarto proibido?

O sacerdote havia se esquecido por completo do quanto estava cansado e era como se seus pés voassem pelo chão, mais rápidos do que nunca. O medo lhe dava forças, pois sabia que, se o duende o pegasse, logo viraria mais uma de suas vítimas. Com todo o coração, ele repetia a oração para Buda:

– *Namu Amida Butsu, Namu Amida Butsu*[8].

E, em seu encalço, corria a megera pavorosa, com os cabelos esvoaçantes e o rosto se transformando com a raiva, mostrando o demônio que ela era. Carregava uma enorme faca manchada de sangue.

– Para! Para! – ainda berrava ela, atrás dele.

Finalmente, quando o sacerdote sentiu que não podia mais correr, a alvorada irrompeu e, com a escuridão da noite, o duende acabou desaparecendo. Ele estava a salvo. Sabia agora que havia encontrado o duende de Adachigahara, de cuja história sempre havia ouvido falar, mas na qual nunca tinha acreditado. Sentiu que devia a escapatória espetacular à proteção de Buda, a quem ele tinha rogado por ajuda. Assim, pegou o rosário e, abaixando a cabeça enquanto o sol se erguia, fez orações e demonstrou verdadeira gratidão. Depois, partiu para outra parte do país, muito feliz por deixar a planície assombrada para trás.

---

8   Literalmente: "Eu me refugio no Buddha Amida". Trata-se de um mantra budista, recitação de fé (N. T.).

O macaco astuto e o javali

Há muito, muito tempo, vivia na província de Shinshin, no Japão, um homem que tirava seu sustento viajando com um macaco e exibindo as habilidades do animal.

Certa noite, o homem voltou para casa muito mal-humorado e pediu para que a esposa chamasse o açougueiro na manhã seguinte.

A esposa ficou bastante confusa e questionou o marido:

– Por que queres que eu chame o açougueiro?

– Não adianta mais levar o macaco comigo. Ele já está muito velho e se esquece dos truques. Tudo o que sei é que bato nele com o meu bastão, mas ele não dança como deveria. Agora, preciso vendê-lo para o açougueiro e fazer com ele o que der de dinheiro. Não há mais nada que possa ser feito.

A mulher sentiu muita pena do pobre animalzinho e implorou para que o marido o poupasse, mas a súplica foi em vão, pois o homem estava determinado a vendê-lo para o açougueiro.

O macaco, no entanto, estava no aposento ao lado e tinha ouvido toda a conversa. Entendeu logo que seria morto e pensou: "Meu amo é realmente cruel! Eu o servi fielmente por tantos anos e agora, em vez de me deixar passar os meus dias finais com conforto e em paz, vai me deixar ser fatiado pelo açougueiro para em seguida permitir que a minha pobre carcaça seja assada, cozida e comida? Ai de mim! O que vou fazer? Ah! Tive uma ideia brilhante! Sei que há um javali selvagem que vive na floresta aqui por perto. Sempre ouvi falar da sua sabedoria. Talvez, se eu for até ele e lhe contar o dilema em que me encontro, ele me aconselhe. Vou me arriscar."

Não havia tempo a perder. O macaco fugiu da casa e correu o mais rápido que pôde até a floresta para encontrar o javali, que estava em casa. No mesmo instante, o macaco começou a contar sobre o seu infortúnio.

— Meu bom senhor Javali, ouvi falar de sua excelsa sabedoria. Estou em grande apuro e somente tu podes me ajudar. Envelheci estando a serviço do meu amo e, como não posso mais dançar como antes, agora ele pretende me vender para o açougueiro. O que me aconselhas a fazer? Sei o quanto és inteligente!

O javali se sentiu agradado pela lisonja e decidiu ajudar o macaco. Pensou por um tempo e depois disse:

— O teu amo não tem um bebê?

— Ah, sim — disse o macaco. — Ele tem um filho pequeno.

— Ele não fica deitado próximo à porta durante as manhãs, quando a tua patroa começa os trabalhos do dia? Bem, eu passarei lá bem cedo e, quando tiver oportunidade, pegarei a criança e correrei com ela.

— E depois o quê? — perguntou o macaco.

— Ora, a mãe ficará tremendamente apavorada e, antes que os seus patrões saibam o que fazer, deverás correr atrás de mim e resgatar a criança, levando-a de volta e em segurança para casa, para os pais. Assim, verás que, quando o açougueiro aparecer, eles não terão coragem de te vender.

O macaco lhe agradeceu muitíssimo e depois voltou para casa. Naquela noite, não dormiu muito, como o leitor pode imaginar, por ficar pensando no dia seguinte. Sua vida dependia de o plano do javali ser bem-sucedido. Foi o primeiro a se levantar, esperando ansiosamente pelo que estava para acontecer. Pareceu-lhe que demorou muito tempo para que a esposa do amo começasse a se movimentar aqui e ali e a abrir as janelas para deixar entrar a luz do dia. Depois, tudo aconteceu como havia planejado o javali. A mãe havia colocado a criança próximo à varanda, como sempre, enquanto arrumava a casa e preparava o café da manhã.

A criança cantarolava alegremente sob a luz solar matinal, brincando com a luz e a sombra sobre o tatame. De repente, ouviu-se um barulho na varanda e o choro alto da criança. A mãe saiu correndo da cozinha até lá, apenas a tempo de ver o javali desaparecer pelo portão com o filho entre as presas. Ela estendeu as mãos, chorando alto de desespero, e correu para o quarto onde o marido ainda dormia profundamente.

Ele se sentou devagar e esfregou os olhos, perguntando, mal-humorado, por que a esposa estava fazendo todo aquele escarcéu. Quando o homem já estava a par do que se sucedera e os dois tinham saído pelo portão, o javali já estava bem longe. Mas, então, viram o macaco correndo atrás do ladrão, dando o seu máximo, o tanto que suas pernas permitiam.

O marido e a esposa ficaram comovidos, admirados pela valentia do macaco sagaz, e a gratidão que sentiam desconhecia limites quando o fiel macaco trouxe, de volta e em segurança, a criança para os braços deles.

– Estás vendo? – disse a esposa. – Este é o animal que queres matar. Se o macaco não estivesse aqui, teríamos perdido o nosso filho para sempre.

– Pela primeira vez, estás certa, esposa – disse o homem, enquanto levava a criança para casa. – Podes mandar o açougueiro embora quando ele vier. Agora, prepara um bom café da manhã para nós e para o macaco também.

Quando o açougueiro chegou, foi dispensado com um pedido de um pouco de carne de javali para o jantar. O macaco, por fim, tornou-se animal de estimação e viveu o resto dos seus dias tranquilamente, sem que o amo nunca mais batesse nele.

O Caçador Feliz e o Hábil Pescador

Há muito, muito tempo,
o Japão era governado
por Hohodemi, o quarto
Mikoto (ou Alteza), descen-
dente da ilustre Amaterasu, a
Deusa do Sol. Ele era não apenas
tão belo quanto sua ancestral como
também era muito forte, valente e famoso por ser
o melhor caçador da terra. Por causa da sua habilidade sem igual como caçador, era conhecido como "Yama-sachi-hiko" ou "Caçador Feliz das montanhas".

Já o irmão mais velho era um pescador muito habilidoso e, como ele superava e muito seus rivais na pescaria, era conhecido como "Umi-sa-chi-hiko" ou o "Hábil Pescador do mar". Os irmãos, dessa forma, levavam vidas felizes, aproveitando muito bem suas respectivas ocupações, e os dias passavam de forma rápida e agradável enquanto cada um seguia o próprio caminho, um caçando e o outro pescando.

Certo dia, o Caçador Feliz foi até o irmão, o Hábil Pescador, e disse:

— Bem, meu irmão, vejo que vais para o mar todos os dias com a tua vara de pescar em mãos e, quando voltas, vem carregado de peixes. Quanto a mim, é com muito prazer que levo meu arco e flecha para caçar animais selvagens lá em cima, nas montanhas, e lá embaixo, nos vales. E, por muito tempo, temos cada um seguido em nossas ocupações favoritas, e agora devemos estar os dois cansados. Tu, da tua pescaria e eu, da minha caça. Não seria inteligente mudarmos um pouco a nossa rotina? Não gostarias de tentar caçar nas montanhas enquanto vou pescar no mar?

O Hábil Pescador ouvia em silêncio o irmão e por um momento ficou pensativo, respondendo, por fim:

— Ah, por que não? Tua ideia não é de todo ruim. Dá-me o teu arco e flecha que partirei imediatamente para as montanhas e caçarei.

O assunto foi resolvido com aquela conversa, e assim os irmãos partiram para experimentar cada um a ocupação do outro, sem nem imaginar tudo o que aconteceria. Era bastante imprudente da parte deles, pois o Caçador Feliz não entendia nada de pesca, e o Hábil Pescador, que estava mal-humorado, tampouco entendia de caça.

O Caçador Feliz levou o valioso anzol e a vara de pescar do irmão e desceu para o litoral, lá se sentando nas pedras. Colocou uma isca no anzol e depois o lançou ao mar, de forma desajeitada. Esperou e observou a pequena boia que flutuava para cima e para baixo na água, e ansiava pela vinda e captura de um bom peixe. Cada vez que a boia se movia um pouco, ele puxava a vara para cima, mas nunca fisgava nenhum peixe, só conseguia de volta o anzol e a isca. Se realmente soubesse pescar, teria sido capaz de fisgar muitos peixes e, embora fosse o maior caçador na terra, inevitavelmente era o pescador mais inábil.

O dia todo se passou dessa maneira, enquanto ele permanecia sentado nas pedras, segurando a vara de pescar, e aguardava em vão a sorte virar. Por fim, o dia começou a escurecer e a noite chegou. Ainda assim, não havia conseguido um único peixe sequer. Recolhendo a linha pela última vez antes de voltar para casa, percebeu que havia perdido o anzol sem nem saber quando o deixou cair.

Começou a ficar extremamente ansioso, pois sabia que o irmão ficaria muito bravo por ele ter perdido o anzol, pois, sendo o seu único, o irmão o prezava acima de todas as outras coisas. O Caçador Feliz começou a procurar pelo anzol perdido entre as pedras e na areia e, enquanto procurava aqui e ali, o irmão, o Hábil Pescador, apareceu. Ele não tinha conseguido encontrar nenhuma caça naquele dia e não apenas estava de mau humor como também parecia assustadoramente zangado. Quando viu o Caçador Feliz procurando algo na praia, sabia que alguma coisa de errado devia ter acontecido. Assim, disse de imediato:

— O que estás fazendo, irmão?

O Caçador Feliz deu um passo adiante, timidamente, pois tinha medo da ira do irmão, e disse:

— Ah, meu irmão, eu realmente me saí mal.

— O que aconteceu? O que foi que fizeste? – perguntou o irmão mais velho, impaciente.

— Eu perdi o teu precioso anzol...

Enquanto ainda estava falando, o irmão o interrompeu e gritou furioso:

— Perdeste o meu anzol! Já era mesmo o esperado. Por esse motivo, quando propuseste o plano de trocar nossas ocupações, eu realmente era contra. Mas tu parecias querer tanto que aceitei e deixei que fizesse o que quisesse. Logo se vê o erro de experimentarmos fazer tarefas que pouco conhecemos! E tu te saíste mal. Não te devolverei o teu arco e flecha enquanto não tiveres encontrado o meu anzol. Encontra-o e me devolve depressa.

O Caçador Feliz sentiu que era o culpado por tudo que havia ocorrido e aguentou, com humildade e paciência, a reprimenda ácida do irmão. Procurou pelo anzol por toda parte com a maior diligência, mas não encontrava em lugar algum. Por fim, foi obrigado a desistir de todas as esperanças de encontrá-lo. Então, foi para casa e, desesperado, partiu a amada espada em pedaços e dela fez quinhentos anzóis.

Ele os levou para o irmão zangado e lhes ofereceu, pedindo perdão e implorando para que ele os aceitasse no lugar daquele que havia sido perdido. Era inútil. O irmão não lhe dava ouvidos e muito menos aceitava o que estava pedindo.

O Caçador Feliz, então, fez outros quinhentos anzóis e novamente os levou para o irmão, suplicando para que lhe perdoasse.

— Ainda que faças um milhão de anzóis – disse o Hábil Pescador, com um meneio de cabeça –, eles não me servirão. Não te perdoarei a não ser que me tragas de volta o meu próprio anzol.

Nada apaziguava a ira do Hábil Pescador, pois tinha um temperamento difícil e, além disso, tinha sempre odiado o irmão por causa de suas virtudes. E agora, com a desculpa do anzol de pesca perdido, planejava matá-lo e usurpar o seu lugar como governante do Japão. O Caçador Feliz sabia muito bem de tudo isso, mas nada podia dizer, pois, sendo o mais novo, devia obedecer ao irmão mais velho. Dessa maneira, voltou para a praia e mais uma vez começou a procurar pelo anzol perdido. Estava bastante abatido, pois tinha perdido todas as esperanças de encontrar

contos de fadas japoneses

o anzol do irmão. Enquanto estava na praia, perplexo e se perguntando o que poderia fazer em seguida, um ancião apareceu inesperadamente, carregando um bastão. O Caçador Feliz depois se lembrou de que não tinha visto de onde o velho havia vindo e nem sabia como ele estava lá: apenas ergueu o olhar e viu o ancião vindo em sua direção.

— És Hohodemi, Sua Alteza, também às vezes chamado de Caçador Feliz, não és? O que fazes sozinho em um lugar como este?

— Sim, sou eu – respondeu o jovem triste. – Lamentavelmente, enquanto eu pescava, perdi o precioso anzol do meu irmão. Procurei por toda parte nesta praia, mas infelizmente não consegui encontrá-lo e me sinto muito aflito, pois meu irmão não me perdoará até que eu devolva o anzol a ele. Mas quem é o senhor?

— Meu nome é Shiwozuchino Okina e vivo aqui perto desta praia. Lamento saber do teu infortúnio. Deves estar realmente preocupado. Mas, se me permites dizer o que penso, o anzol não está em nenhum lugar aqui; deve estar ou no fundo do oceano, ou no corpo de algum peixe, que deve tê-lo engolido. Por isso, ainda que passes a vida toda procurando por ele, nunca o encontrará.

— Então, o que posso fazer? – perguntou o rapaz, desolado.

— É melhor que vás até Ryn Gu e contes a Rin Jin, o Rei Dragão do Mar, qual é o teu problema, pedindo para que ele encontre o anzol para ti. Acho que essa seria a melhor solução.

— Tua ideia é magnífica – disse o Caçador Feliz –, mas receio não conseguir chegar ao reino do mar, pois sempre ouvi falar que fica no fundo do oceano.

— Ah, não terás nenhuma dificuldade de ir até lá – afirmou o ancião. – Posso criar em pouco tempo algo em que possas viajar pelo mar.

— Obrigado. Ficarei muito grato a ti por tamanha bondade.

Assim, o ancião imediatamente se pôs a trabalhar e logo fez uma cesta, oferecendo-a para o Caçador Feliz. Este a recebeu com alegria e, levando-a até as águas, embarcou nela e se preparou para partir. Despediu-se do gentil ancião que o havia ajudado tanto e lhe disse que com certeza o recompensaria, assim que encontrasse o anzol e pudesse retornar para terras nipônicas sem medo da ira do irmão. O ancião lhe apontou o caminho que deveria seguir, disse como conseguiria chegar ao reino de

Ryn Gu e o observou entrar no mar com a cesta, que se parecia com um pequeno barco.

O Caçador Feliz foi o mais depressa possível, sendo conduzido pela cesta que lhe havia sido dada pelo amigo. Seu estranho barco parecia deslizar pelas águas por vontade própria, e a distância era muito mais curta do que ele esperava, pois em algumas horas já pôde avistar o portão e o telhado do palácio do Rei do Mar. E que lugar imenso era, com inúmeros telhados inclinados e frontões, com enormes pórticos e muralhas de rocha cinza! Logo desembarcou e, ao deixar a cesta na praia, andou até o imenso pórtico. Os pilares do portão eram feitos de um lindo coral vermelho, e o próprio portão era adornado com pedras preciosas cintilantes de todos os tipos. Gigantescas árvores *katsura* o ofuscavam. Nosso herói sempre ouvira falar das maravilhas do palácio do Rei do Mar embaixo do oceano, mas todas as histórias que ouvira estavam aquém da realidade que ali presenciava pela primeira vez.

O Caçador Feliz queria entrar pelo portão naquele mesmo instante, mas viu que estava trancado e que também não havia ninguém a quem pudesse pedir para abri-lo. Então, parou para pensar no que deveria fazer. Sob a sombra das árvores, diante do portão, notou um poço cheio de água de nascente fresca. Com certeza alguém sairia para tirar água do poço em algum momento, pensou ele. Depois, subiu pela árvore que pendia sobre o poço e se sentou em um dos galhos para descansar, esperando pelo que poderia acontecer. Não demorou muito para que visse o enorme portão se abrir e dele saíssem duas lindas mulheres. O *Mikoto* sempre tinha ouvido falar que Ryn Gu era o reino do Rei Dragão, que ficava debaixo das águas do mar e, naturalmente, pensava que o lugar era habitado por dragões e terríveis criaturas similares. Assim, quando viu aquelas duas encantadoras princesas, cuja beleza seria rara de ser encontrada até mesmo no mundo do qual acabara de vir, ficou extremamente surpreso e se perguntou o que poderia significar aquilo.

Não disse uma palavra sequer, porém, silenciosamente, observou-as através da folhagem das árvores, esperando para ver o que fariam. Viu que levavam baldes dourados nas mãos. De forma lenta e graciosa, com vestimentas que se arrastavam pelo chão, elas se aproximaram do poço, à sombra das árvores *katsura*, e estavam prestes a tirar água, sem saberem da presença do estranho que as observava, pois o Caçador Feliz estava bem escondido entre os galhos da árvore onde ele mesmo havia se posicionado.

Enquanto as duas donzelas se debruçavam sobre a lateral do poço para baixar os baldes dourados, o que elas faziam todos os dias do ano, viram refletida naquelas águas profundas e paradas a face de um belo jovem que as observava em meio aos galhos da árvore sob cuja sombra estavam. Nunca tinham visto antes o rosto de um mortal. Ficaram assustadas e, rapidamente, pegaram os baldes dourados. No entanto, a curiosidade das duas logo lhes deu coragem, e elas olharam para cima timidamente para tomar conhecimento da causa do reflexo incomum. Então, avistaram o Caçador Feliz sentado na árvore e olhando de volta para elas com surpresa e espanto. Ficaram cara a cara com ele, mas estavam com a língua paralisada de espanto e não sabiam o que dizer.

Quando o *Mikoto* percebeu que havia sido descoberto, saltou com leveza da árvore e disse:

– Sou um viajante e, como estava com muita sede, vim até o poço na esperança de acabar com ela, mas não consegui encontrar nenhum balde com o qual pudesse tirar água. Então, subi nesta árvore, muito angustiado, e que esperei que alguém viesse. Bem nesse momento, enquanto eu estava com sede, em uma espera impaciente, as nobres damas apareceram, como que em resposta a minha grande necessidade. Por isso, peço-vos misericórdia e me deis água para beber, pois sou apenas um viajante sedento em uma terra estranha.

Sua dignidade e benevolência venceu a timidez delas e, ao lhe fazerem uma reverência, aproximaram-se mais uma vez do poço, baixando os baldes dourados e tirando um pouco de água, a qual serviram em uma taça cravejada de joias e ofereceram para o estranho.

Ele recebeu a taça com as duas mãos, levantando-a até a altura da testa como sinal de muito respeito e satisfação, e depois bebeu a água rapidamente, pois a sede era grande. Quando havia matado a sede que já lhe acompanhava havia bastante tempo, colocou a taça na borda do poço e, desembainhando uma espada curta, cortou uma das estranhas joias curvas (*magatama*), um colar que estava em seu pescoço e pendia até o peito. Colocou a joia na taça e a devolveu para elas, fazendo uma reverência profunda e dizendo:

– Este é o meu símbolo de agradecimento!

As duas donzelas pegaram a taça e examinaram o que ele havia colocado nela; ainda não sabiam do que se tratava e acabaram surpreendidas, pois havia uma bela joia no fundo da taça.

– Nenhum mortal comum daria joias de forma tão generosa. Não nos honrarás dizendo-nos quem és? – disse a mais velha.

– Claro – disse o Caçador Feliz. – Sou Hohodemi, o quarto *Mikoto*, também conhecido como o Caçador Feliz, no Japão.

– És realmente Hohodemi, o neto de Amaterasu, a Deusa do Sol? – perguntou a moça que havia falado primeiro. – Eu sou a filha mais velha de Rin Jin, o Rei do Mar, e sou a princesa Tayotama.

Em seguida, foi a vez de a mais jovem falar.

– E eu sou a irmã dela, a princesa Tamayori.

– Seríeis vós realmente as filhas de Rin Jin, o Rei do Mar? Nem imaginais como estou feliz em vos conhecer – disse o Caçador Feliz, continuando sem esperar a resposta delas. Há uns dias, fui pescar com o anzol do meu irmão e acabei deixando-o cair. De que maneira isso aconteceu? Não faço a menor ideia. Como meu irmão prima pelo anzol acima de todos os seus outros bens, essa é a maior desgraça que poderia ter acontecido comigo e, a menos que eu o encontre novamente, jamais poderei esperar ganhar o perdão de meu irmão, pois ele está muito zangado com o que fiz. Procurei pelo anzol por várias e várias vezes, mas não consigo encontrá-lo e, por isso, estou bastante aflito. Enquanto eu procurava, muito desesperado, encontrei um velho sábio, e ele me disse que a melhor coisa que eu poderia fazer seria vir para Ryn Gu falar com Rin Jin, o Rei Dragão do Mar, e lhe pedir ajuda. Aquele ancião bondoso também me mostrou como vir para cá. Agora que é do vosso conhecimento sobre como e por que vim parar aqui, quero perguntar para Rin Jin se ele sabe onde o anzol está perdido. Será que não poderíeis me levar até vosso pai? Achais que ele me veria? – perguntou o Caçador Feliz, ansioso.

Ao ouvir aquela longa história, a princesa Tayotama disse:

– Não só será fácil para que possas ver meu pai, como também ele terá muito prazer em te receber. Tenho certeza de que ele dirá que a boa sorte chegou para ele, que um homem tão grande e nobre quanto tu, o neto de Amaterasu, viria até o fundo do mar. – Então, voltando-se para a irmã mais nova, perguntou: Não achas, Tamayori?

— Sim, realmente — respondeu a princesa Tamayori, com sua voz meiga. — Como dizes, não poderíamos ter honra maior do que receber o *Mikoto* em nossa casa.

— Então, peço a gentileza de me guiardes — disse o Caçador Feliz.

— Concede-nos a honra de entrar, *Mikoto* — disseram as duas irmãs, que, ao se curvarem respeitosamente, conduziram-no pelo portão.

A princesa mais nova deixou a irmã se encarregar do Caçador Feliz e, seguindo adiante deles, chegou antes ao palácio do Rei do Mar, correndo apressadamente até os aposentos do pai, a quem contou tudo o que havia acontecido no portão e relatou que a irmã estava, naquele mesmo instante, trazendo o *Mikoto* até ele. O Rei Dragão do Mar ficou bastante surpreso com a notícia, pois era raro — talvez acontecesse apenas uma vez em várias centenas de anos — que o palácio do Rei do Mar fosse visitado por mortais.

Rin Jin bateu palmas e mandou chamar todos os cortesãos, criados do palácio e peixes-líderes, dizendo-lhes, de maneira solene, que o neto da Deusa do Sol, Amaterasu, estava chegando ao palácio e que eles deviam ser muito atenciosos e educados ao servir o augusto visitante. Em seguida, ordenou que todos entrassem no palácio para dar as boas-vindas ao Caçador Feliz.

Em seguida, Rin Jin se vestiu com roupas de cerimônia e saiu para recepcionar o *Mikoto*. Em poucos instantes, a princesa Tayotama e o Caçador Feliz chegaram até a entrada, e o Rei do Mar e a esposa se curvaram em direção ao chão e lhe agradeceram pela honra da visita. O Rei do Mar, então, conduziu o Caçador Feliz até o quarto de hóspedes e, tendo-lhe assinalado o lugar de honra, fez uma reverência respeitosa diante dele, dizendo:

— Eu sou Rin Jin, o Rei Dragão do Mar, e esta é a minha esposa. Concede-nos a honra de te lembrares de nós para sempre!

— És realmente Rin Jin, o Rei do Mar, de quem tanto ouvi falar? — respondeu o Caçador Feliz, saudando-o da maneira mais cerimoniosa. — Peço perdão por todo o incômodo que estou causando com a minha visita inesperada — disse, curvando-se novamente, em agradecimento ao Rei do Mar.

— Não precisas me agradecer — disse Rin Jin. — Sou eu quem deve te agradecer pela visita. Embora o Palácio do Mar seja um lugar humilde, como podes ver, ficarei muito honrado se puderes ficar aqui por mais tempo.

Havia muita alegria entre o Rei do Mar e o Caçador Feliz, e os dois se sentaram e conversaram por um bom tempo. Por fim, o Rei do Mar bateu palmas e, em seguida, um enorme séquito de peixes apareceu, todos com vestes cerimoniais e carregando nas nadadeiras várias bandejas, nas quais havia todos os tipos de iguarias do mar. Um grande banquete fora posto diante do rei e do nobre convidado. Todos os peixes haviam sido escolhidos dentre os melhores, então o leitor pode imaginar a maravilhosa variedade de criaturas marinhas que serviram o Caçador Feliz naquele dia. Todos do palácio deram o melhor para agradá-lo e para lhe mostrar o quanto era um convidado muito honrado. Durante a refeição, que se estendeu por horas, Rin Jin ordenou que as filhas tocassem um pouco de música, e as duas princesas se apresentaram com o koto (a harpa japonesa) e se revezaram entre cantar e dançar. O tempo passou de maneira tão agradável que o Caçador Feliz parecia ter se esquecido do seu problema e de por que tinha ido até o Reino do Mar, entregando-se à fruição daquele lugar magnífico, a terra dos peixes encantados! Quem já ouviu falar de um lugar tão maravilhoso? Mas o *Mikoto* logo se lembrou do que o havia levado a Ryn Gu e disse ao anfitrião:

— Talvez as tuas filhas tenham te dito, Rei Rin Jin, que vim até aqui para tentar recuperar o anzol de pesca do meu irmão, que perdi enquanto pescava, há alguns dias. Posso te pedir, por gentileza, para que perguntes a todos os teus súditos se algum deles viu por aí um anzol de pesca?

— Claro — disse o simpático Rei do Mar. — Convocarei todos para cá imediatamente e lhes perguntarei.

Assim que deu a ordem, o polvo, o choco, o bonito, o atum, a enguia, a água-viva, o camarão, a solha e muitos outros peixes de todos os tipos entraram e se sentaram diante de Rin Jin, seu rei, pondo-se em ordem e ajeitando as nadadeiras. O Rei do Mar disse, então, de forma solene:

— O nosso visitante que está sentado diante de vós todos é o augusto neto de Amaterasu. Seu nome é Hohodemi, o quarto *Mikoto*, também conhecido como Caçador Feliz das montanhas. Dias atrás, enquanto pescava no litoral do Japão, alguém lhe roubou o anzol de pesca que era de seu irmão. Ele veio até aqui, no fundo do mar, para o nosso reino, porque imaginou que algum de vós, peixes, pode ter pegado o seu anzol por maldade. Se algum de vós fizestes isso, devei devolvê-lo imediatamente, ou se algum de vós souberdes quem é o ladrão, devei nos dizer o seu nome e onde está agora mesmo.

Todos os peixes foram pegos de surpresa quando ouviram aquilo e por um tempo não conseguiram falar nada. Ficaram sentados, olhando um para o outro e para o Rei Dragão. O choco, por fim, deu um passo à frente e disse:

— Acho que o *tai* (pargo vermelho) deve ser o ladrão que roubou o anzol!

— E onde está a tua prova? — perguntou o rei.

— Desde ontem à noite o *tai* não consegue comer nada e parece estar mal da garganta! Por esse motivo, acho que o anzol pode estar na garganta dele. É melhor que vossa majestade mande chamá-lo imediatamente!

Todos os peixes concordaram com isso e disseram:

— Sem dúvidas, é estranho que o *tai* seja o único peixe que não tenha obedecido à tua convocação. Irá vossa majestade mandar chamá-lo e interrogá-lo quanto ao assunto? Assim nossa inocência será provada.

— Sim — disse o Rei do Mar. — É estranho que o *tai* não tenha vindo, pois deveria ser o primeiro a estar aqui. Buscai-o agora mesmo!

Sem aguardar as ordens do rei, o choco já havia partido em direção à habitação do *tai* e logo retornou, trazendo com ele o próprio *tai*, que foi levado diante do rei.

O *tai* lá se sentou, parecendo assustado e enfermo. Estava, era evidente, sentindo dor, pois sua cara, que geralmente era vermelha, estava pálida, e seus olhos estavam quase fechados e pareciam ter a metade do tamanho normal.

— Responde, *tai*! — exclamou o Rei do Mar. — Por que não atendeste ao meu chamado hoje?

— Estou me sentindo mal desde ontem — respondeu o *tai* —, por isso não consegui vir.

— Não digas mais nada! — gritou Rin Jin, zangado. — A tua enfermidade é a punição dos deuses por ter roubado o anzol do *Mikoto*.

— É realmente verdade! — disse o *tai*. — O anzol ainda está na minha garganta, e todos os esforços para tentar tirá-lo foram em vão. Não consigo comer e mal posso respirar. A cada momento sinto que ele vai me sufocar e, às vezes, causa-me muita dor. Eu não tive intenção alguma em roubar o anzol do *Mikoto*. Eu, de maneira imprudente, acabei abocanhando a isca que vi na água, e o anzol saiu e ficou preso na minha garganta. Espero, portanto, que me perdoeis.

O choco deu um passo à frente e disse ao rei:

– O que eu disse estava correto. Vossa majestade pode ver que o anzol ainda está preso na garganta do *tai*. Espero ser capaz de tirá-lo na presença do *Mikoto* e, então, poderemos devolvê-lo a ele em segurança!

– Ah, por favor, apressa-te e tira logo! – gritou o *tai*, de modo deplorável, pois sentia a dor na garganta o incomodar de novo. – Realmente quero devolver o anzol para o *Mikoto*.

– Tudo bem, *tai*-san – disse o amigo, o choco, que abriu a boca dele o máximo possível e enfiou um dos tentáculos em sua garganta. Com rapidez e facilidade, tirou o anzol da enorme boca do sofredor. Em seguida, lavou o anzol e o levou para o rei.

Rin Jin recebeu o anzol do súdito e respeitosamente o devolveu para o Caçador Feliz (o *Mikoto*, ou Alteza, como os peixes o chamavam), que ficou exultante por conseguir de volta o anzol. Ele agradeceu muitíssimo a Rin Jin, com o rosto radiante de gratidão, e disse que devia o final feliz de sua busca à sábia autoridade e bondade do Rei do Mar.

Rin Jin agora desejava punir o *tai*, mas o Caçador Feliz implorou para que não o fizesse. Já que o anzol perdido havia sido finalmente recuperado, não queria mais causar problemas para o pobre tai. Realmente fora o peixe que acabou pegando o anzol, mas ele já tinha sofrido o suficiente pelo seu erro, se é que aquilo poderia ser chamado de erro. O que foi feito foi feito com desatenção, e não de propósito. O Caçador Feliz disse que culpava a si mesmo. Se soubesse pescar de forma adequada, nunca teria perdido o anzol, por isso todo aquele problema tinha sido causado em primeiro lugar pela tentativa de fazer algo que ele não sabia fazer. Portanto, implorou para o Rei do Mar perdoar o súdito.

E quem poderia resistir à súplica de um juiz tão sábio e misericordioso? Rin Jin perdoou o súdito imediatamente após o pedido do augusto convidado. O *tai* ficou tão feliz que chacoalhou as nadadeiras de alegria, e ele e todos os outros peixes deixaram a presença do rei, elogiando as virtudes do Caçador Feliz.

Agora que o anzol fora encontrado, o Caçador Feliz não tinha mais motivos para continuar em Ryn Gu e estava ansioso para voltar para o próprio reino e fazer as pazes com o irmão, o Hábil Pescador. Mas o Rei do Mar, que havia aprendido a amá-lo e que o teria mantido de bom grado como filho, implorou-lhe que não fosse embora tão depressa e fizesse do Palácio do Mar sua casa pelo tempo que quisesse. Enquanto o Caçador Feliz ainda hesitava, chegaram as duas amáveis princesas, Tayotama e Tamayori, que, com reverências e as vozes mais gentis, juntaram-se ao pai para convencê-lo a ficar, de modo que, para que não parecesse indelicado, ele não podia dizer "não" e foi obrigado a ficar por mais algum tempo.

Entre o Reino do Mar e a terra, não havia diferença na noite do tempo, e o Caçador Feliz descobriu que três anos se passaram rápido naquela terra encantadora. Os anos passam voando quando se está realmente feliz. Embora as maravilhas daquela terra encantada parecessem se renovar todos os dias e embora a bondade do Rei do Mar parecesse mais aumentar do que diminuir com o passar do tempo, o Caçador Feliz foi ficando cada vez mais com saudades da terra natal, à medida que os dias passavam, e não conseguia reprimir a grande ansiedade por saber o que se passava em sua casa e em seu país e com seu irmão, enquanto estava fora.

Portanto, pediu para ver o Rei do Mar e disse:

— A minha estadia aqui com vossa majestade tem sido muito feliz e sou muito grato a todos por toda a gentileza que me dispensaram, mas governo o Japão e, por mais encantador que aqui seja, não posso me ausentar para sempre do meu país. Também preciso devolver o anzol para o meu irmão e lhe pedir perdão por tê-lo privado desse objeto por tanto tempo. Realmente lamento muito por ter de vos deixar, mas não há nada que se possa fazer agora. Com tua benevolente permissão, partirei hoje. Espero poder visitar-vos outra vez algum dia. Por favor, não insistas mais pela minha estadia por mais tempo agora.

O rei Rin Jin foi tomado de tristeza ao pensar que perderia o amigo com quem tinha até então passado por tantos bons momentos no Palácio do Mar, e suas lágrimas caíam rapidamente enquanto respondia:

— Lamentamos muito a tua partida, *Mikoto*, pois muito apreciamos a tua estadia conosco. Foste um nobre e honrado hóspede, e nós te acolhemos de coração. Entendo perfeitamente que, ao governar o Japão, precisas estar lá, e não aqui, e que é inútil para nós tentarmos te manter conosco por mais tempo, por mais que desejássemos que ficasses. Espero que não te esqueças de nós. Estranhas circunstâncias acabaram nos unindo, e espero que a amizade que foi assim iniciada entre a terra e o mar dure e se fortaleça mais do que nunca.

Quando o Rei do Mar terminou de falar, dirigiu-se às duas filhas e lhes pediu que trouxessem as duas Joias das Marés. As duas princesas fizeram uma reverência profunda, levantaram-se e saíram do salão. Voltaram em alguns instantes, cada uma delas carregando uma joia cintilante que encheu o salão de luz. Quando o Caçador Feliz olhou para elas, perguntou-se o que poderiam ser. O Rei do Mar as recebeu das filhas e disse ao convidado:

— Herdamos estes dois valiosos talismãs dos nossos antepassados, há muito e muito tempo. Agora lhos damos como presente de despedida e como símbolo da grande estima que temos por ti. Estas duas joias são chamadas de *nanjiu* e de *kanjiu*.

O Caçador Feliz se curvou em direção ao chão e disse:

— Nunca poderei vos agradecer o suficiente por toda a gentileza para comigo. Agora, será que vossa majestade pode me fazer mais um favor e me dizer o que são essas joias e o que devo fazer com elas?

— A *nanjiu* se chama Joia da Maré Enchente, e quem a possuir pode comandar o mar para que se movimente e inunde a terra a qualquer momento que desejar. Já a *kanjiu* é chamada de Joia da Maré Vazante, que também controla o mar e as ondas e pode fazer com que até mesmo um vagalhão retroceda.

Depois, Rin Jin mostrou ao amigo como utilizar os talismãs, um de cada vez, e os entregou. O Caçador Feliz ficou muito contente em ter aquelas duas maravilhosas joias, a Joia da Maré Enchente e a Joia da Maré Vazante, e poder levá-las de volta com ele, pois sentia que elas o protegeriam caso fosse ameaçado por inimigos a qualquer momento. Depois de agradecer inúmeras vezes ao gentil anfitrião, preparou-se para partir. O Rei do Mar e as duas princesas, Tayotama e Tamayori, bem como todos os ocupantes do palácio, apareceram para se despedir e, antes do último adeus, o Caçador Feliz passou pelo portal e pelo poço à sombra das grandes árvores *katsura*, a caminho da praia que lhe trazia tantas memórias felizes.

Ali, em vez de encontrar a estranha cesta com a qual tinha vindo ao Reino de Ryn Gu, um enorme crocodilo o esperava. Nunca tinha visto um animal tão grande. Media catorze metros de comprimento desde a ponta da cauda até o final de sua comprida boca. O Rei do Mar havia dado ordens para que o monstro levasse o Caçador Feliz de volta para o Japão. Assim como a maravilhosa cesta que Shiwozuchino Okina havia feito, o animal podia viajar mais rápido do que qualquer barco a vapor e, daquela forma estranha, montado nas costas do crocodilo, o Caçador Feliz voltou para a terra natal.

Assim que desceu do réptil, o Caçador Feliz se apressou em contar ao Hábil Pescador sobre o seu retorno seguro. Em seguida, deu-lhe o anzol de pesca que havia sido encontrado na boca do *tai* e que fora a causa de tanto aborrecimento entre os dois. Implorou fervorosamente pelo perdão do irmão, contando-lhe tudo o que havia acontecido com ele no palácio do Rei do Mar e as maravilhosas aventuras que haviam levado à descoberta do anzol.

O Hábil Pescador tinha usado o anzol perdido apenas como desculpa para expulsar o irmão do país. Quando o irmão o havia deixado naquele dia, três anos atrás, e não havia voltado, ficara muito feliz, por causa do próprio coração malévolo, e usurpou de vez o lugar do irmão como governante do país, tornando-se poderoso e rico. Agora que estava se aproveitando do que não lhe pertencia e na esperança de que o irmão nunca mais voltasse a reivindicar os próprios direitos, muito inesperadamente o Caçador Feliz estava diante dele.

O Habilidoso Pescador fingiu perdoar, pois não podia dar mais desculpas para mandar o irmão embora, mas em seu coração estava muito irritado e o odiava cada vez mais. Por fim, não aguentava mais vê-lo dia após dia e planejou matá-lo, esperando uma oportunidade para realizar o desejo.

Certo dia, quando o Caçador Feliz estava caminhando entre os campos de arroz, o irmão o seguiu, empunhando uma adaga. O Caçador Feliz sabia que o irmão estava o seguindo para matá-lo e sentiu que ali, naquele momento de grande perigo, era a hora de usar as Joias da Maré Enchente e da Maré Vazante e comprovar se o que o Rei do Mar lhe havia dito era verdade ou não.

Dessa forma, tirou a Joia da Maré Enchente do peito e a ergueu até a testa. No mesmo instante, sobre os campos e fazendas, o mar surgiu em onda atrás de onda, até alcançar o local onde o irmão estava. Em instantes, ele estava se debatendo nas águas e chamando o irmão para salvá-lo e evitar que se afogasse.

Como o Caçador Feliz tinha um bom coração e não conseguia suportar ver o irmão sofrendo, imediatamente guardou a Joia da Maré Enchente e tirou a Joia da Maré Vazante. Assim que a ergueu até a altura da testa, o mar retrocedeu e não demorou muito para que a inundação tivesse desaparecido e as fazendas e campos e terra seca reaparecessem como antes.

O Hábil Pescador ficou muito assustado com o perigo de morte pelo qual passou e também bastante impressionado pelas coisas maravilhosas que viu o irmão fazer. Naquele momento, aprendeu que estava cometendo um erro fatal ao se colocar contra o irmão, mais jovem e mais poderoso do que pensava, pois agora tinha o poder de controlar as marés. Portanto, colocou-se de maneira humilde diante do Caçador Feliz e lhe pediu perdão por todo o mal que havia feito. O Hábil Pescador prometeu restaurar os direitos ao irmão e também jurou que, mesmo que o Caçador Feliz fosse o irmão mais novo e lhe devesse fidelidade por direito de nascimento, ele, o Hábil Pescador, iria exaltá-lo como seu superior e se curvaria diante dele como senhor de todo o Japão.

Depois disso, o Caçador Feliz disse que perdoaria o irmão se ele lançasse todas as suas maldades na maré vazante. O Hábil Pescador prometeu que o faria, e os dois irmãos ficaram em paz. Desde então, o pescador manteve a palavra e se tornou um homem bom e um irmão gentil.

O Caçador Feliz passou a governar o reino sem ser incomodado por conflitos familiares, e a paz reinou no Japão por um bom tempo. Acima de todos os tesouros de sua casa, ele prezava as maravilhosas Joias da Maré Enchente e da Maré Vazante que lhe haviam sido dadas por Rin Jin, o Rei Dragão do Mar.

E este foi o final feliz do Caçador Feliz e do Hábil Pescador.

A história do ancião que fazia árvores secas florescerem

Há muito, muito tempo, viviam um ancião e sua esposa que se sustentavam cultivando um pequeno terreno. Até então tinham levado uma vida muito feliz e pacata, exceto por uma grande tristeza: não terem nenhum filho. Seu único animal de estimação era um cão chamado Shiro, e a ele dedicavam toda a afeição da idade avançada. De fato, amavam-no tanto que, sempre que tinham algo bom de comer, deixavam de comer para dar para Shiro. Shiro significa "branco", e ele era assim chamado por causa da cor de sua pelagem. Era um verdadeiro cão japonês e se parecia muito com um pequeno lobo.

A hora mais feliz do dia, tanto para o ancião quanto para o cachorro, era quando o homem voltava do trabalho no campo e, depois de terminar de comer seu jantar frugal, composto de arroz e legumes, levava o que havia guardado da refeição para a pequena varanda que contornava a cabana. Sem dúvida, Shiro estava esperando pelo dono e pela refeição da noite. Então, o velho dizia: "Vem, vem!", e Shiro se sentava e implorava pela comida.

Próximo ao bom e velho casal, viviam outro ancião e sua esposa, que eram malvados e cruéis e odiavam os vizinhos bons e o cão Shiro com todas as forças. Sempre que o cachorro aparecia para espiar a cozinha deles, os dois o punham para correr ou arremessavam algo nele no mesmo instante, machucando-o, às vezes.

Certo dia, Shiro ficou latindo por um bom tempo no campo atrás da casa de seu dono. O ancião, pensando que talvez alguns pássaros estivessem atacando o milho, correu para ver o que estava acontecendo.

Assim que Shiro viu o dono correr para encontrá-lo, balançando a cauda e agarrando a ponta do seu quimono, arrastou-o para debaixo de uma enorme árvore *yenoki*. Ali, com muito esforço, começou a cavar com as patas, ganindo de alegria o tempo todo. O homem, sem entender o que significava tudo aquilo, ficou olhando desconcertado. Mas Shiro continuou latindo e cavando com todas as forças.

A ideia de que alguma coisa podia estar escondida embaixo da árvore e de que o cachorro havia sentido o cheiro veio ao homem, por fim. Ele correu de volta para casa, pegou a enxada e começou a cavar em volta do chão naquele ponto. E qual não foi seu espanto quando, depois de ter cavado por algum tempo, encontrou um monte de moedas antigas e valiosas? Quanto mais fundo cavava, mais moedas de ouro encontrava. O velho homem estava tão concentrado no trabalho que nem chegou a notar a cara zangada de seu vizinho, espiando pela sebe de bambu. Por fim, todas as moedas de ouro estavam brilhando no chão. Shiro se sentou, ereto, orgulhoso, e ficou olhando carinhosamente para o dono, como se dissesse: "Estás vendo? Ainda que eu seja apenas um cão, posso retribuir de alguma forma toda a bondade que me dedicaste".

O ancião correu para dentro, para chamar a esposa, e juntos eles levaram o tesouro para casa. E foi dessa maneira que o pobre senhor se tornou rico. Sua gratidão ao fiel cão não tinha limites, e ele o amou e lhe deu carinho mais do que nunca, se é que aquilo era possível.

O vizinho zangado, atraído pelos latidos de Shiro, tudo presenciara sem ser visto e, além da imensa inveja que sentia, começou a pensar que também gostaria de encontrar uma fortuna. Então, alguns dias depois, foi até a casa do ancião e de maneira bastante cerimoniosa pediu permissão para pegar Shiro emprestado por um tempinho.

O dono de Shiro achou aquele pedido estranho, pois sabia muito bem que o vizinho não gostava do cão de estimação e nunca perdia a oportunidade de bater nele e de atormentá-lo sempre que o cachorro lhe cruzava o caminho. O obsequioso ancião tinha, contudo, um coração muito bom para recusar o pedido do vizinho, então acabou concordando em emprestar o cachorro, com uma condição: ele deveria ser muito bem cuidado.

O velho perverso voltou para casa com um sorriso maligno no rosto e contou à esposa de como havia sido bem-sucedido nas intenções ardilosas. Em seguida, pegou a enxada e correu para o seu próprio campo, forçando o relutante Shiro a acompanhá-lo. Assim que chegou até a árvore *yenoki*, disse ao cão, de modo ameaçador:

– Se havia moedas de ouro debaixo da árvore do teu dono, também deve haver moedas de ouro debaixo da minha árvore. Tem de encontrá-las para mim! Onde estão elas? Onde? Onde?

E, ao agarrar o pescoço de Shiro, forçou a cabeça do cachorro em direção ao chão, de maneira que Shiro começou a arranhar e cavar para se livrar das garras do homem terrível.

O velho ficou bastante satisfeito quando viu que o cachorro começou a arranhar e cavar, pois imediatamente imaginou que devia haver moedas de ouro enterradas debaixo da sua árvore, assim como havia debaixo da árvore do vizinho, e que o cão havia sentido o cheiro delas antes. Assim, empurrando Shiro para longe, ele mesmo começou a cavar, mas não havia nada ali. Enquanto continuava a cavar, era notável o cheiro desagradável, e ele, enfim, encontrou um monte de lixo.

Pode-se imaginar o nojo que o velho sentiu. O nojo logo deu lugar à raiva. Tinha presenciado a boa sorte do vizinho e esperava ter uma sorte igual. Por isso pegara emprestado o cão Shiro. Agora que parecia estar prestes a encontrar o que procurava, porém, fora recompensado apenas com um monte de lixo fedorento, depois de uma manhã inteira de escavação. Ao invés de culpar a própria ganância por sua frustração, acabou culpando o pobre cão. Agarrou a enxada e, com todas as forças, bateu em Shiro, matando-o na hora. Então, jogou o corpo do cão no buraco que havia cavado pouco antes, na esperança de encontrar um tesouro de moedas de ouro, e o cobriu com terra. Depois, voltou para casa, não contando a ninguém, nem mesmo à esposa, o que havia feito.

Após aguardar vários dias, como o cão Shiro não havia voltado, seu dono começou a ficar preocupado. Dias após dias se passaram e o bom homem esperava em vão. Assim, foi atrás do vizinho e pediu para ele devolver o cachorro. Sem vergonha ou hesitação alguma, o vizinho maldoso respondeu que havia matado Shiro por mau comportamento. Ao ouvir aquela notícia terrível, o dono de Shiro derramou muitas lágrimas de tristeza e amargura. Grande mesmo, porém, foi a surpresa tremenda que sentiu, mas ele era bom e gentil demais para afrontar o vizinho. Tendo descoberto que Shiro estava enterrado debaixo da árvore *yenoki* no campo, pediu para que o velho lhe desse a árvore, como lembrança do pobre cão.

Nem mesmo o traiçoeiro vizinho conseguia recusar um pedido tão simples, de maneira que concordou em dar ao bom ancião a árvore sob a qual estava enterrado Shiro. O dono então derrubou a planta e a levou para casa. Do tronco, fez um pilão no qual sua esposa colocou um pouco de arroz. Ele começou, então, a triturar o arroz com a intenção de celebrar a memória de Shiro.

Mas algo estranho aconteceu! Sua esposa havia colocado o arroz no pilão e, logo que ele começou a triturá-lo para fazer bolinhos, o alimento foi aumentando em quantidade aos poucos, até que chegasse a se quintuplicar. Os bolos foram saindo do pilão, como se mãos invisíveis estivessem moldando os bolinhos.

Quando o ancião e a esposa viram aquilo, compreenderam que se tratava de uma recompensa de Shiro pelo amor fiel que dedicavam a ele. Provaram os bolinhos e os consideraram mais saborosos do que qualquer outro alimento. Assim, a partir de então eles nunca mais se preocuparam com comida, pois viviam do alimento que o pilão nunca deixava de conceder.

O vizinho mesquinho, tendo ouvido falar daquele novo evento de boa sorte, ficou morrendo de inveja, assim como antes, e chamou o ancião para lhe pedir emprestado o maravilhoso pilão por um tempinho, fingindo que também lamentava pela morte de Shiro e desejava fazer bolinhos para celebrar a memória do cão.

O ancião não queria de modo algum emprestá-lo ao vizinho cruel, mas era gentil demais para recusar. Então, o homem invejoso levou para casa o pilão, mas nunca o trouxe de volta.

Vários dias se passaram, e o dono de Shiro inutilmente aguardava o pilão. Assim, foi atrás do vizinho e lhe pediu para devolver o pilão caso tivesse terminado de usá-lo. Ele o encontrou sentado próximo a uma grande fogueira feita de pedaços de madeira. No chão, estavam o que pareciam ser pedaços de um pilão quebrado. Em resposta à pergunta do ancião, o vizinho perverso respondeu com arrogância:

— Vieste me pedir de volta o teu pilão? Eu o quebrei em pedacinhos e agora estou fazendo uma fogueira com a madeira dele, pois, quando tentei fazer bolinhos nele, só saía uma coisa horrível e fedida.

O homem bondoso disse:

— Lamento muito por isso. É uma pena que não tenhas ido me pedir pelos bolinhos, se os queria tanto. Eu teria dado tantos quanto quisesses. Agora, dá-me, por gentileza, as cinzas do pilão, pois desejo mantê-las como lembrança.

O vizinho concordou de imediato, e o ancião levou para casa uma cesta cheia de cinzas.

Não muito tempo depois disso, o ancião acidentalmente derrubou parte das cinzas resultantes da queima do pilão nas árvores do jardim e algo maravilhoso aconteceu!

Já era fim de outono e todas as árvores tinham perdido as folhas. Mas, assim que as cinzas tocaram seus galhos, as cerejeiras, ameixeiras e todos os outros arbustos floresceram, de maneira que o jardim do ancião foi repentinamente transformado em um belo quadro de primavera. O contentamento do ancião desconhecia limites, e ele guardou com cuidado as cinzas remanescentes.

A história do jardim do ancião se espalhou por toda parte, e pessoas de longe e de perto vinham para ver a maravilhosa vista.

Certo dia, logo depois disso, o ancião ouviu alguém batendo na porta e, ao ir até a varanda para ver quem era, ficou surpreso em ver um cavaleiro parado ali. Esse cavaleiro lhe contou que era um vassalo do grande *daimiô* (conde) e que uma das cerejeiras favoritas do jardim desse nobre havia secado; apesar de todos os serviçais terem tentado fazer algo para revivê-la, nada surtiu efeito. O cavaleiro ficou perplexo quando viu o grande desgosto que a perda da cerejeira favorita do daimiô lhe causara. Contudo, naquele momento, felizmente haviam ouvido falar de um fantástico homem que conseguia fazer árvores secas florescerem, e o seu senhor o havia mandado para lhe pedir que o acompanhasse.

— E ficarei muito agradecido se fores comigo imediatamente — acrescentou o cavaleiro.

O bom ancião ficou muito surpreso com o que ouviu e com respeito acompanhou o cavaleiro até o palácio do nobre.

O *daimiô*, que aguardava impaciente pela chegada do ancião, assim que viu, perguntou-lhe de imediato:

— És o ancião que faz árvores secas florescerem mesmo fora de época?

O ancião fez uma reverência e respondeu:

— Sim, sou eu!

Em seguida, o *daimiô* disse:

— Deves fazer aquela cerejeira morta no meu jardim florescer novamente com as tuas famosas cinzas. Ficarei vendo.

Foram então todos para o jardim: o *daimiô*, os vassalos e as damas de companhia, que levavam a espada do senhor.

O ancião arregaçou as mangas do quimono e se preparou para subir na árvore. Pedindo licença, pegou o pote de cinzas que havia trazido consigo e começou a subir na planta. Todos observavam seus movimentos com grande interesse.

Tinha, enfim, subido até o ponto em que a árvore se dividia em dois enormes troncos e ali se posicionando, sentou-se e espalhou as cinzas para a direita e para a esquerda, por todos os galhos e gravetos.

O resultado foi realmente magnífico! A árvore seca irrompeu, de uma só vez, em plena floração! O *daimiô* sentia-se tão contente que parecia que ia enlouquecer. Levantou-se e abriu um leque, chamando o ancião lá de baixo. Ele mesmo deu ao ancião uma taça servida com o melhor saquê e recompensou o benfeitor com muita prata, ouro e outras preciosidades. A partir de então, o *daimiô* ordenou que o ancião fosse chamado pelo nome de Hana-Saka-Jijii, ou "O ancião que faz as árvores florescerem", e que todos passassem a reconhecê-lo por esse nome. Depois o mandou para casa com grandes honrarias.

O vizinho maldoso, como antes, ouvira falar da boa sorte do ancião e de tudo o que tão auspiciosamente lhe acontecera, e não pôde conter toda a inveja que transbordava em seu coração. Lembrou-se de como havia fracassado na tentativa de encontrar as moedas de ouro e depois na tentativa de fazer os bolinhos mágicos, mas dessa vez com certeza teria sucesso se imitasse o ancião que fez árvores secas florescerem ao simplesmente aspergir cinzas nelas. Aquela seria a tarefa mais simples de todas.

Ele então se pôs a trabalhar e juntou todas as cinzas que tinham restado onde o espantoso pilão havia sido queimado. Depois, saiu na esperança de encontrar algum grande homem que pudesse empregá-lo, gritando alto enquanto perambulava por aí:

— Lá vem o fantástico homem que pode fazer florescer árvores secas! Lá vem o fantástico homem que pode fazer florescer árvores secas!

O *daimiô*, que estava no palácio, ouviu aquilo e disse:

— Deve ser o Hana-Saka-Jijii vindo. Como não tenho nada para fazer hoje, vou deixá-lo testar sua arte de novo, o que me servirá como entretenimento.

Os vassalos, então, saíram e trouxeram o impostor diante de seu senhor. Dá para imaginar a satisfação que o falso ancião deve ter sentido naquele momento.

Mas o *daimiô*, encarando-o, achou estranho que ele não se parecesse nem um pouco com o ancião que tinha vindo antes, então lhe perguntou:

— És o homem a quem nomeei Hana-Saka-Jijii?

E o vizinho invejoso mentiu:

— Sim, meu senhor!

— Que estranho! — disse o *daimiô*. — Achei que houvesse apenas um Hana-Saka-Jijii no mundo! Será que ele tem discípulos agora?

— Eu sou o verdadeiro Hana-Saka-Jijii. O que veio até Vossa Graça era apenas o meu discípulo! — respondeu o velho novamente.

— Então deves ser ainda mais habilidoso do que o outro. Prova o que sabes fazer e deixa-me ver!

O vizinho invejoso, acompanhado do *daimiô* e de sua corte, foi, então, para o jardim e, ao se aproximar de uma árvore morta, tirou um punhado de cinzas que levava consigo, espalhando-as sobre a árvore.

Mas não só a árvore não floresceu como também não fez brotar nada. Pensando que não havia usado cinzas o suficiente, o velho tirou mais um punhado do pote e aspergiu novamente sobre a árvore seca, mas de novo aquilo não surtiu nenhum efeito. Depois de ter tentado por várias vezes, as cinzas acabaram parando nos olhos do daimiô, o que o deixou bastante zangado. Assim, ele deu ordens aos vassalos para prender o falso Hana--Saka-Jijii no mesmo instante por ser um impostor. Do encarceramento o homem maligno nunca foi liberto. Tinha ele encontrado, enfim, a punição por todos os seus atos perversos.

contos de fadas japoneses

O bom ancião, porém, com o tesouro das moedas de ouro que Shiro havia encontrado para ele e com todo o ouro e toda a prata que o *daimiô* lhe havia dado, tornou-se um homem rico e próspero durante a velhice e viveu uma vida feliz e longa, sendo amado e respeitado por todos.

*A água-viva
e o macaco*

Há muito, muito tempo, no Japão Antigo, o Reino do Mar era governado por um magnífico rei. Ele se chamava Rin Jin ou o Rei Dragão do Mar. Seu poder era imenso, já que era o governante de todas as criaturas marinhas, tanto das grandes quanto das pequenas, e sob a sua guarda estavam as Joias da Maré Enchente e da Maré Vazante. A Joia da Maré Vazante, quando era lançada ao mar, fazia com que este recuasse da terra, e a Joia da Maré Enchente fazia com que as ondas subissem e ganhassem a mesma altura de montanhas altas, transbordando para a costa como um maremoto.

O palácio de Rin Jin ficava no fundo do mar e era tão lindo que nunca ninguém havia visto algo parecido, nem mesmo em sonhos. Suas paredes eram feitas de coral, o teto era feito de pedra de jade e crisoprásio, e o piso do chão era feito da melhor madrepérola. Mas o Rei Dragão, apesar do vasto reino, do belo palácio e de todas as maravilhas que tinha, além do poder que ninguém contestava em todo o mar, não era nada feliz, pois reinava só. Por fim, pensou que, caso se casasse, não apenas seria mais feliz, mas também seria mais poderoso. Assim, decidiu arranjar uma esposa. Reunindo todos os vassalos, escolheu vários deles como embaixadores para viajarem pelo mar à procura de uma jovem Princesa Dragão que aceitasse ser sua esposa.

Finalmente eles voltaram para o palácio, trazendo consigo uma linda e jovem dragão. Suas escamas eram verdes e cintilavam como as asas dos besouros de verão. Seus olhos vislumbravam flamejantes, e ela vestia belos trajes. Todas as joias do mar trabalhadas com bordados a adornavam.

Yei Theodora Ozaki

O rei se apaixonou por ela no mesmo instante, e a cerimônia de casamento foi celebrada com grande esplendor. Todas as criaturas marinhas, desde as grandes baleias até os pequeninos camarões, compareceram em cardumes para oferecer seus cumprimentos aos noivos e lhes desejar vida longa e próspera. Jamais houvera antes semelhante confraternização ou festividade alegre como aquela no Mundo dos Peixes. O séquito de carregadores que levava os pertences da noiva para sua nova casa parecia chegar pelas ondas de uma ponta a outra do mar. Cada peixe levava uma lanterna fosforescente e vestia trajes cerimoniais nas cores azul, rosa e prata brilhantes; e as ondas que naquela noite se elevavam, caíam e depois quebravam pareciam ser massas de fogo branco e verde, pois o fósforo brilhava em dobro em homenagem ao evento.

O Rei Dragão e a noiva viveram muito felizes por um tempo. Amavam-se profundamente. O noivo, dia após dia, sentia prazer em mostrar à noiva todas as maravilhas e tesouros de seu palácio de coral, e ela nunca se cansava de vagar com ele pelos vastos pavilhões e jardins. A vida dos dois se parecia com um longo dia de verão.

Dois meses se passaram com muita felicidade, mas então a Rainha Dragão ficou doente e foi obrigada a ficar de cama. O rei ficou muito angustiado quando viu a preciosa noiva tão doente e imediatamente mandou chamar o peixe médico para lhe dar alguns remédios. Deu ordens especiais aos criados para cuidarem bem dela e lhe servirem com dedicação. Contudo, apesar de todo o cuidado diligente das enfermeiras e do remédio que o médico lhe havia receitado, a jovem rainha não mostrava sinais de recuperação e ia piorando cada vez mais a cada dia que passava.

O Rei Dragão então interrogou o médico e o culpou por não conseguir curar a rainha. O médico ficou assustado com o evidente descontentamento do rei e justificou sua falta de competência, dizendo que, embora conhecesse o tipo certo de remédio para dar à enferma, era impossível encontrá-lo no mar.

– Queres dizer que não dá para conseguir o remédio aqui? – perguntou o Rei Dragão.

– É exatamente como vossa majestade diz! – disse o médico.

– Diz-me o que precisas para a rainha – falou Rin Jin.

– Quero o fígado de um macaco vivo! – respondeu o médico.

— O fígado de um macaco vivo! É óbvio que será bastante difícil obter um.

— Se conseguíssemos um para a rainha, Sua Majestade logo se recuperaria.

— Muito bem. Está decidido. Precisamos conseguir um fígado de um jeito ou de outro. Mas onde seria mais provável encontrarmos um macaco? – perguntou o rei.

O médico então disse ao Rei Dragão que, a alguns quilômetros ao sul, havia uma Ilha de Macacos, onde um grande número de macacos vivia.

— Se ao menos vossa majestade pudesse capturar um daqueles macacos...

— Mas como é que alguém do meu povo pode capturar um macaco? – indagou o Rei Dragão, bastante intrigado. – Macacos vivem na terra, enquanto nós vivemos na água e sem ela ficamos totalmente incapazes! Não consigo ver como capturar um deles!

— Essa é a minha dúvida também, mas, em meio aos seus inúmeros criados, com certeza vossa majestade conseguirá encontrar alguém que consiga ir até o litoral para tal fim!

— Algo precisa ser feito – disse o rei, chamando o mordomo e consultando o assunto com ele.

O mordomo pensou por um tempo e, após isso, como se tivesse tido uma ideia repentina, disse alegremente:

— Eu sei o que precisamos fazer! Existe a *kurage* (água-viva). Obviamente ela é feia de se olhar, mas se orgulha de ser capaz de andar na terra com as quatro pernas, assim como uma tartaruga. Vamos mandá-la para a Ilha dos Macacos para capturar um deles.

A água-viva foi então convocada na presença do rei e ouviu de sua majestade o que era esperado dela.

Ao ser informada da extraordinária missão que lhe seria confiada, pareceu ter ficado cheia de preocupação e disse que nunca havia estado na ilha em questão. Assim, como nunca havia tido qualquer experiência em capturar macacos, tinha medo de não conseguir nenhum.

— Bem, se depender da sua força ou destreza, realmente nunca conseguirás capturar um macaco. O único jeito é enganar algum deles! – disse o mordomo.

– E como é que posso enganar um macaco? Não sei como fazer isso – afirmou a água-viva confusa.

– O que tens de fazer é o seguinte – falou o mordomo astuto, continuando: – quando te aproximares da Ilha dos Macacos e te deparares com algum deles, deves tentar ser bastante amigável. Diz a ele que és uma criada do Rei Dragão e o convida para te visitar e ver o palácio dele. Descreve a ele o mais vividamente possível a grandiosidade do palácio e as maravilhas do mar, para despertar a curiosidade dele e fazê-lo desejar ver tudo isso!

– Mas como vou trazer o macaco para cá? Sabes que macacos não nadam! – disse a água-viva relutante.

– Precisarás trazê-lo nas tuas costas. Para que serve a tua concha se não conseguires fazer isso? – respondeu o mordomo.

– Não será ele muito pesado? – indagou a água-viva novamente.

– Não precisas te preocupares com isso, pois estás trabalhando para o Rei Dragão – afirmou o mordomo.

– Farei o meu melhor, então. – Com isso, a água-viva foi embora do palácio e partiu em direção à Ilha dos Macacos. Ao nadar rapidamente, chegou ao destino em poucas horas e alcançou a terra por meio de uma conveniente onda até a praia. Ao olhar em volta, viu, não muito longe de onde estava, um grande pinheiro com galhos inclinados, e em um desses galhos estava exatamente o que procurava: um macaco vivo.

"Estou com sorte!", pensou a água-viva. "Agora preciso bajular a criatura e tentar convencê-la a voltar comigo para o palácio. Assim a minha parte estará terminada!"

Portanto, a água-viva andou bem devagar em direção ao pinheiro. Naqueles tempos antigos, a água-viva tinha quatro pernas e uma carapaça parecida com a de uma tartaruga. Quando chegou até o pinheiro, ergueu a voz e disse:

– Como vais, senhor macaco? Não está agradável o dia de hoje?

– Está um dia ótimo – respondeu o macaco da árvore. – Nunca havia te visto por estas bandas antes. De onde és e como te chamas?

– Sou a *kurage* ou água-viva. Sou uma das criadas do Rei Dragão. Ouvi falar tanto da tua bela ilha que vim com a intenção de conhecê-la – respondeu a água-viva.

— Fico muito contente em te ver aqui.

— A propósito, o senhor já viu alguma vez o palácio do Rei Dragão do Mar onde vivo?

— Sempre ouvi falar dele, mas nunca o vi!

— Então, com certeza, precisas ir até lá. É lamentável viver sem conhecê-lo. A beleza do palácio está além de qualquer descrição; para mim, com certeza, é o lugar mais belo do mundo.

— É tão bonito assim? – perguntou o macaco espantado.

A água-viva, então, percebeu que aquela era a sua chance e continuou descrevendo, do melhor modo possível, a beleza e a grandiosidade do palácio do Rei do Mar e as maravilhas do jardim, com suas curiosas árvores de coral branco, rosa e vermelho, e os ainda mais curiosos frutos que davam nos galhos e se pareciam com grandes joias. O macaco ficou cada vez mais interessado e, enquanto ouvia *kurage*, foi descendo da árvore pouco a pouco para não perder nada da história fantástica.

"Consegui convencê-lo, afinal!", pensou a água-viva, mas em voz alta disse:

— Senhor Macaco, preciso ir agora. Como nunca viste o palácio do Rei Dragão, não gostarias de aproveitar essa esplêndida oportunidade, indo comigo? Assim poderei te servir de guia e te mostrar todas as belezas do mar, o que será ainda mais maravilhoso para ti, um marinheiro de primeira viagem.

— Eu adoraria ir, mas como é que vou atravessar a água? Não sei nadar, como bem deves saber!

— Não haverá dificuldades quanto a isso. Posso te levar nas minhas costas.

— Vai te dar muito trabalho.

— Posso fazer isso com bastante facilidade. Sou mais forte do que pareço, então não precisas te preocupar – disse a água-viva, que, carregando o macaco nas costas, entrou no mar. – Fica bem parado, senhor Macaco. Não podes cair no mar, pois sou responsável pela tua chegada em segurança ao palácio do rei.

— Não vás tão rápido, por favor, senão com certeza cairei.

Assim prosseguiram, a água-viva deslizando pelas ondas com o macaco sentado em suas costas. Quando estavam na metade do caminho, a água-viva, que pouco entendia de anatomia, começou a se perguntar se o macaco tinha fígado ou não!

– Senhor Macaco, diz-me uma coisa. Tens fígado?

O macaco ficou bastante surpreso com aquela pergunta esquisita e quis saber o que a água-viva queria fazer com um fígado.

– É a coisa mais importante de todas – disse a estúpida água-viva –, então, assim que me lembrei, perguntei-te se tens aí o teu.

– Por que o meu fígado é tão importante para ti? – indagou o macaco.

– Ah! Saberás o motivo mais tarde.

O macaco ficou ainda mais curioso e desconfiado e instou que a água-viva lhe contasse para o que queriam o fígado dele; acabou apelando para os sentimentos de sua interlocutora ao dizer que ficou bastante aflito com o que lhe fora dito.

A água-viva, ao ver como o macaco parecia preocupado, sentiu pena dele e lhe contou tudo: como a Rainha Dragão ficara doente, como o médico havia dito que apenas o fígado de um macaco vivo a curaria, como o Rei Dragão a havia mandado encontrar um macaco.

– Fiz o que me pediram e, assim que chegarmos ao palácio, o médico vai querer o teu fígado, então sinto muito pelo senhor! – disse a tola água-viva.

O pobre macaco ficou horrorizado ao saber de tudo aquilo, além de muito zangado por ter sido enganado também. Tremia de medo ao pensar no que lhe aguardava.

O animal, porém, era esperto e pensou que o plano mais inteligente era não demonstrar nenhum sinal do medo que sentia. Desse modo, tentou se acalmar e pensar em algum jeito de escapar.

"O médico tem intenção de me abrir e depois extrair o meu fígado! Ora, vou acabar morrendo assim!", pensou o macaco. Por fim, ocorreu-lhe uma ideia brilhante, então ele disse muito alegremente para a água-viva:

– É uma lástima não teres me falado disso antes de termos saído da ilha!

– Se eu tivesse lhe contado por que eu queria que me acompanhasses, com certeza terias recusado vir.

– Estás muito enganada. Macacos podem muito bem dispensar um ou dois fígados, especialmente quando é para a Rainha Dragão do Mar.

Se eu soubesse que estavas precisando, eu teria lhe oferecido um sem esperar que me pedisses. Tenho vários fígados. Mas é realmente uma lástima que não tenhas me falado a tempo, pois acabei deixando todos os meus fígados pendurados no pinheiro.

– Deixaste teu fígado para trás? – perguntou a água-viva.

– Isso mesmo – respondeu o perspicaz macaco. – Durante o dia, eu geralmente deixo o meu fígado pendurado no galho, pois me atrapalha muito quando estou em alguma árvore. Hoje, ao ouvir a tua conversa interessante, eu me esqueci totalmente dele e acabei o deixando para trás quando vim contigo. Ah, se tivesses me dito antes, eu teria me lembrado dele e o teria trazido comigo!

A água-viva ficou bastante frustrada quando soube daquilo, pois acreditava em tudo que o macaco dizia. O macaco não serviria de nada sem o fígado. Por fim, a água-viva parou e contou isso.

– Bem – disse o macaco –, isso logo poderá ser solucionado. Lamento muito por todo o transtorno, mas, se me levares de volta ao lugar onde me encontraste, logo poderei pegar meu fígado.

A água-viva não gostava nem um pouco da ideia de ter de voltar para a ilha, mas o macaco lhe assegurou que, se ela tivesse a gentileza de levá-lo de volta, ele pegaria o melhor fígado e o levaria da vez seguinte. Tendo sido assim convencida, a água-viva novamente foi rumo à Ilha dos Macacos.

Assim que a água-viva chegou ao litoral, o macaco esperto desembarcou e, tendo subido no pinheiro onde a água-viva tinha o avistado pela primeira vez, saltitou várias vezes entre os galhos pela alegria de estar seguro em casa novamente. Depois, dirigindo-se à água-viva, disse:

– Muito obrigado por todo teu esforço! Por favor, manda os meus cumprimentos ao Rei Dragão quando retornares!

A água-viva estranhou aquela conversa e o tom de zombaria. Então, perguntou se o macaco não tinha intenção de voltar com ela depois de pegar o fígado.

O macaco respondeu gargalhando que não podia perder o fígado: era muito precioso.

– Mas lembra-te da tua promessa! – implorou a água-viva, muito desalentada.

— Aquela promessa era falsa e, seja como for, foi quebrada! — respondeu o macaco. Depois, começou a tirar sarro da água-viva e contou que a tinha enganado aquele tempo todo, que não tinha interesse algum em perder a vida, o que certamente teria acontecido caso tivesse ido para o palácio do Rei do Mar, até o médico que o aguardava, em vez de convencer a água-viva a voltar sob falsos pretextos.

— É claro que não vou dar o meu fígado, mas vem e tenta pegá-lo se puderes! — acrescentou, em cima da árvore, o macaco em tom jocoso.

Não havia mais nada que a água-viva pudesse fazer a não ser se arrepender por sua estupidez, voltar ao Rei Dragão do Mar e confessar o fracasso. Dessa maneira, foi embora triste e nadando lentamente. A última coisa que ouviu enquanto deslizava pelas águas, deixando a ilha para trás, foi o macaco rindo dela.

Enquanto isso, o Rei Dragão, o médico, o mordomo e todos os criados aguardavam impacientes pelo retorno da água-viva. Quando a viram se aproximando do palácio, saudaram-na com entusiasmo. Começaram a lhe agradecer profundamente por todo o trabalho que teve em ir até a Ilha dos Macacos e em seguida perguntaram onde estava o macaco.

O dia do acerto de contas enfim havia chegado para a água-viva. Ela se tremia toda enquanto contava a história. Descreveu como havia trazido o macaco até a metade do mar, como então havia estupidamente revelado o segredo de sua missão e como o macaco a enganara, fazendo-a acreditar que ele tinha deixado o fígado para trás.

A ira do Rei Dragão foi imensa e, no mesmo instante, deu ordens para que a água-viva fosse punida severamente. A punição era terrível. Todos os ossos do seu corpo vivo seriam extraídos e ela seria espancada com pedaços de pau.

A pobre água-viva, humilhada e horrorizada, muito além do que podem descrever as palavras, implorou por perdão. Mas a ordem do Rei Dragão tinha de ser obedecida. Cada um dos servos do palácio imediatamente trouxe um pedaço de pau e cercou a água-viva. Depois de terem arrancado os ossos dela, espancaram-na até que ela virasse uma massa lisa; em seguida, levaram-na para fora dos portões do palácio e jogaram-na nas águas. Lá foi deixada para que sofresse e se arrependesse de sua conversa tola e para que se acostumasse ao novo estado de invertebrado.

contos de fadas japoneses

A partir dessa história, fica evidente que, em tempos passados, a água-viva já teve carapaça e ossos, assemelhando-se a uma tartaruga. Mas, desde que a sanção do Rei Dragão foi dada à ancestral das águas-vivas, todas as suas descendentes tornaram-se moles e sem osso, tal como se conhece hoje, lançadas pelas ondas elevadas sobre as praias do Japão.

A desavença entre o macaco e o caranguejo

Há muito, muito
tempo, em um dia claro
de outono no Japão, um
macaco de cara vermelha e
um caranguejo amarelo brincavam juntos, próximo às margens de
um rio. Enquanto corriam por aí, o caranguejo encontrou um bolinho de arroz; e o macaco, uma
semente de caqui.

O caranguejo pegou o bolinho de arroz e o mostrou para o macaco, dizendo:

— Olha só que coisa boa encontrei!

Então, o macaco ergueu a semente de caqui e disse:

— Eu também encontrei algo bom! Olha!

Embora o macaco sempre tenha gostado muito de caqui, a semente que ele havia acabado de encontrar não lhe tinha nenhuma serventia. A semente do caqui é como uma pedra dura, não é comestível. Ele, portanto, com seu caráter ganancioso, ficou com muita inveja do ótimo bolinho encontrado pelo caranguejo e propôs fazer uma troca. O caranguejo naturalmente não via por que deveria trocar o seu prêmio por uma semente dura como pedra e não aceitou a proposta do macaco.

O macaco astuto começou, então, a tentar convencer o caranguejo:

— Mas quanta insensatez não pensar no futuro! O teu bolinho de arroz pode ser comido agora e obviamente é muito maior do que a minha semente, mas, se semeares esta semente, ela logo germinará, se tornará uma grande árvore em alguns anos e dará uma abundância de caquis, bons e maduros, ano após ano. Ah, se eu pudesse te mostrar a árvore com os frutos amarelos em seus galhos! Claro, caso não acredites em mim, eu mesmo irei semeá-la, apesar de eu ter certeza de que depois tu te arrependerás muito de não ter seguido o meu conselho.

O ingênuo caranguejo não conseguiu resistir à persuasão esperta do macaco. Por fim, cedeu e concordou com a proposta, e a troca foi realizada. O macaco ganancioso logo engoliu o bolinho e, com grande relutância, deu a semente de caqui para o caranguejo. Também gostaria de ter ficado com ela, mas ficou receoso de deixar o caranguejo irado e de acabar sendo beliscado por aquelas garras afiadas em forma de tesoura. Eles se separaram pouco depois: o macaco voltou para suas árvores da floresta; e o caranguejo, para suas pedras ao longo da margem do rio. Assim que chegou a casa, o caranguejo plantou a semente de caqui conforme o macaco havia lhe instruído.

Na primavera seguinte, o caranguejo ficou encantado em ver uma árvore jovem crescendo do solo. A cada ano que passava, ela crescia cada vez mais, até que por fim floresceu durante uma primavera e, no outono que se seguiu, deu caquis enormes e ótimos. Entre as folhas verdes largas e lisas, as frutas pendiam como bolas douradas e, à medida que amadureciam, iam adquirindo um tom alaranjado intenso. E o pequeno caranguejo sentia prazer em sair de casa, dia após dia, para sentar-se ao sol, exibir os longos olhos da mesma forma que os caracóis estendem as antenas e observar os caquis amadurecendo perfeitamente.

"Que deliciosos devem estar!", pensou consigo mesmo.

Certo dia, por fim, soube que os caquis deviam estar bem maduros e queria muito provar um. Tentou várias vezes subir na árvore, na esperança vã de alcançar um dos belos frutos pendurados acima dele. Todavia, fracassou em todas as tentativas, pois as pernas do caranguejo não eram feitas para escalar árvores, e sim para correr ao longo do chão e das pedras, o que ele conseguia fazer de forma bastante hábil. Em seu dilema, lembrou-se do velho companheiro, o macaco, que, sabia ele, podia escalar árvores melhor do que qualquer outro animal no mundo. Resolveu, então, pedir ajuda ao outro e partiu para encontrá-lo.

Correndo de lado e subindo pela margem pedregosa do rio, pelos caminhos que davam para a floresta sombreada, o caranguejo finalmente encontrou o macaco, que tirava um cochilo em seu pinheiro favorito, com a cauda enrolada firmemente em um galho para evitar que caísse enquanto estivesse sonhando. Logo, contudo, despertou por completo quando percebeu que estava sendo chamado e ouviu com entusiasmo o que o caranguejo lhe dizia. Quando soube que a semente que ele tinha trocado havia muito tempo pelo bolinho de arroz tinha crescido e virado uma árvore que agora dava frutos, ficou radiante, pois imediatamente pensou em um plano astuto para que pudesse ficar com todos os caquis.

Ele concordou em ir com o caranguejo para colher um fruto. Quando os dois chegaram ao local, o macaco ficou espantado ao ver que bela árvore havia crescido a partir da semente e o quanto estava carregada, cheia de caquis maduros.

Rapidamente subiu pela árvore e começou a arrancar as frutas e a comer, o mais rápido que podia, um caqui atrás do outro. Sempre escolhia o melhor e mais maduro que encontrava e continuava comendo até que estivesse cheio. Não deu nenhum para o pobre e faminto caranguejo que o aguardava abaixo e, quando tinha terminado de comer tudo, havia sobrado apenas frutos verdes e duros.

O leitor pode imaginar os sentimentos do pobre caranguejo depois de ter esperado pacientemente por tanto tempo para que a árvore crescesse e que os frutos amadurecessem, enquanto via o macaco devorando todos os caquis bons. Ficou tão decepcionado que deu voltas e mais voltas na árvore, chamando o macaco para lembrá-lo de sua promessa. A princípio, o macaco não prestara atenção aos pedidos do caranguejo, mas, por fim, pegou o caqui mais duro e verde que encontrou e mirou na cabeça do animal. Quando ainda não está maduro, o caqui é duro feito pedra. O míssil do macaco acertou em cheio, e o caranguejo ficou gravemente ferido com o impacto. Repetidas vezes, o macaco, o mais rápido que pôde, foi arrancando os caquis duros e os jogou contra o caranguejo indefeso até que este caísse morto, coberto de feridas por todo o corpo. Lá estava ele, jogado lamentavelmente ao pé da árvore que ele mesmo havia plantado.

Quando o macaco perverso percebeu que havia matado o caranguejo, correu do local o mais rápido que pôde, com medo e se tremendo todo, como o bom covarde que era.

Mas o caranguejo tinha um filho que estava brincando com um amigo não muito longe do lugar onde aquele triste evento ocorrera. Quando voltou para casa, deparou-se com o pai morto, em péssimas condições:

sua cabeça estava arrebentada e sua carapaça havia se partido em vários lugares. Em volta do corpo, estavam os caquis não maduros que o tinham matado. Diante daquela visão terrível, o pobre jovem caranguejo se sentou e chorou.

Depois de ter chorado durante algum tempo, contudo, disse a si mesmo que chorar não resolveria nada. Era seu dever vingar o assassinato do pai, então decidiu fazê-lo. Procurou, em volta, alguma pista que pudesse ajudá-lo a descobrir o assassino. Olhando para cima, notou que os melhores frutos tinham sumido e que havia vários pedaços de casca e muitas sementes espalhadas pelo chão por todos os lados, assim como os caquis não maduros que haviam sido claramente jogados contra seu pai. Em seguida, compreendeu que o macaco havia sido o assassino, pois havia se lembrado naquele momento de que o pai tinha lhe contado uma vez a história do bolinho de arroz e da semente de caqui. O jovem caranguejo sabia que macacos gostavam de caqui mais do que de todas as outras frutas e tinha certeza de que a ânsia do animal pela cobiçada fruta havia sido a causa da morte do velho caranguejo. Que lástima!

Primeiro pensou em ir atacar o macaco de imediato, pois estava muito furioso. Pensando melhor, porém, concluiu que era inútil, pois o macaco era um animal velho e astuto, então seria difícil derrotá-lo. Portanto, precisava confrontar astúcia com astúcia e pedir ajuda a alguns de seus amigos, pois sabia que estaria completamente fora de seu alcance matar sozinho o macaco.

O jovem caranguejo partiu imediatamente para visitar o pilão, um velho amigo de seu pai, e lhe contou tudo o que havia acontecido. Com lágrimas, suplicou para que o pilão o ajudasse a vingar a morte de seu pai. O pilão se lamentou muito quando ouviu a lastimável história e prometeu, no mesmo instante, ao jovem caranguejo que puniria o macaco. Ele o advertiu, contudo, de que deveria ter muito cuidado com o que faria, pois o macaco era um inimigo forte e ardiloso. O pilão então mandou buscar a abelha e a castanha (também velhas amigas do caranguejo) para conversar com elas sobre o assunto. A abelha e a castanha não demoraram para chegar. Quando foram informadas de todos os detalhes da morte do velho caranguejo e da maldade e ganância do macaco, ambas consentiram de bom grado em ajudar o jovem caranguejo na vingança.

Depois de muito conversarem sobre as maneiras de pôr os planos em prática, eles se separaram, e o senhor pilão voltou para casa com o jovem caranguejo para ajudá-lo a enterrar seu pobre pai.

Enquanto tudo isso ocorria, o macaco se parabenizava (como os perversos sempre fazem antes de serem punidos) por tudo o que havia feito de maneira tão caprichosa. Achava que havia sido muito bom ter roubado os caquis maduros do amigo e depois tê-lo matado. Ainda assim, mesmo que sorrisse muito, não conseguia não sentir medo das consequências que teria caso seus atos malignos fossem descobertos. Se fosse descoberto (e disse consigo mesmo que isso não aconteceria, já que fugira sem ser visto), a família do caranguejo com certeza ficaria com ódio e buscaria se vingar dele. Então, ele não sairia e ficaria em casa por vários dias. Logo percebeu que aquele tipo de vida, porém, era extremamente monótona, pois era acostumado à vida livre na floresta.

— Ninguém sabe que fui eu quem matou o caranguejo! — disse por fim. — Tenho certeza de que a velha criatura deu o último suspiro antes de eu ir embora. Caranguejos mortos não têm boca! Quem estaria lá para dizer que sou o assassino? Já que ninguém sabe, de que adianta eu me trancar em casa e ficar remoendo esse assunto? O que aconteceu não pode ser desfeito!

Com isso, foi até o povoado dos caranguejos e andou por lá o mais sorrateiramente possível, perto da casa do caranguejo, tentando ouvir os rumores da vizinhança ao redor. Queria descobrir o que os caranguejos andavam dizendo sobre a morte de seu líder, pois o velho caranguejo era o líder da tribo. Mas não ouviu nada e concluiu:

— São tão idiotas que não sabem e não se importam em saber quem matou o seu líder!

Mal sabia ele, em sua denominada "sabedoria de macaco", que aquela aparente despreocupação era parte do plano do jovem caranguejo, que fingiu de propósito não saber quem havia matado o pai e fingiu acreditar que o pai tinha morrido por sua própria culpa. Dessa forma, o jovem poderia melhor manter em segredo a vingança contra o macaco.

O símio, portanto, voltou de sua caminhada bastante contente, convencido de que não havia mesmo nada a temer.

Certo dia, enquanto estava em casa, foi surpreendido pela aparição de um mensageiro enviado pelo jovem caranguejo. Enquanto se perguntava o que significava aquilo, o mensageiro lhe cumprimentou e disse:

– Fui mandado pelo meu senhor para te informar que o pai dele morreu há alguns dias, após ter caído de um caquizeiro enquanto tentava subir na árvore para pegar as frutas. Sendo hoje o sétimo dia, é o primeiro aniversário de sua morte, e meu amo mandou fazer uma pequena celebração em memória do pai; deseja que compareças, já que eras um dos melhores amigos do caranguejo. Ele espera que o prestigies com tua amável visita.

Quando o macaco ouviu aquelas palavras, regozijou-se em seu íntimo, pois todos os medos de ser suspeito haviam acabado. Mal sabia que havia um plano em andamento contra ele. Fingiu estar muito surpreso com a notícia da morte do caranguejo e disse:

– Lamento muitíssimo pela morte do teu líder. Éramos ótimos amigos, como sabes. Eu me lembro de que trocamos uma vez um bolinho de arroz por uma semente de caqui. Entristece-me muito pensar que aquela semente acabou sendo a causa da morte dele. Aceito o teu gentil convite com muitos agradecimentos. Será uma honra homenagear o meu velho amigo! – E apertou os olhos, chorando lágrimas falsas.

O mensageiro riu por dentro e pensou: "O macaco ímpio está chorando lágrimas de crocodilo agora, mas logo vai chorar de verdade". Em voz alta, porém, agradeceu educadamente ao macaco e voltou para casa.

Quando o mensageiro tinha ido embora, o macaco perverso riu alto do que pensava ser a inocência do jovem caranguejo e, sem sentir o menor remorso, começou a ficar ansioso pela celebração que aconteceria naquele dia e para a qual tinha sido convidado, em homenagem ao caranguejo morto. Trocou de roupa e partiu solenemente para visitar o jovem caranguejo.

Encontrou todos os membros da família do caranguejo e seus parentes o aguardando para lhe dar as boas-vindas. Assim que os cumprimentos foram trocados, levaram-no até um salão. Ali o jovem e enlutado líder apareceu para recebê-lo. Foram trocadas manifestações de condolências e agradecimentos entre eles e todos se sentaram para uma cerimônia luxuosa, entretendo o macaco como convidado de honra.

Assim que a festa acabou, o animal foi convidado para ir até a sala de cerimônia do chá. O jovem caranguejo conduziu o macaco até a referida sala, lá o deixou e saiu em seguida. O tempo passava, e o caranguejo não voltava. O macaco enfim ficou impaciente e pensou com seus botões:

— Esse negócio de cerimônia do chá é sempre uma coisa lenta. Estou cansado de ter de esperar tanto. Estou com muita sede depois de ter bebido tanto saquê no jantar!

Tinha se aproximado da lareira de carvão e começado a despejar água quente da chaleira que fervia ali, quando, de repente, algo surgiu das cinzas com um grande estalo e o atingiu bem no pescoço. Era a castanha, uma das amigas do caranguejo, que tinha se escondido na lareira. O macaco, pego de surpresa, pulou para trás e começou a correr para fora da sala.

A abelha, que estava escondida fora das portas corrediças, voou atrás dele e o picou na bochecha. O macaco sentia muita dor, pois seu pescoço fora queimado pela castanha e seu rosto ficara bastante inchado após a picada da abelha, mas continuou correndo enquanto gritava e resmungava de raiva.

Já o pilão de pedra se escondeu entre várias outras pedras, no topo do portão da casa do caranguejo e, bem quando o macaco estava passando por debaixo, o pilão e todas as pedras caíram em cima da cabeça do animal. Seria possível que o macaco aguentasse o peso do pilão caindo nele de cima do portão? Ele se estatelou no chão, sentindo muita dor e ficando incapaz de se levantar. Enquanto estava caído ali, indefeso, o jovem caranguejo deu as caras e, com as grandes garras em formato de tesoura sobre o macaco, disse:

— Tu te lembras agora de ter matado meu pai?

— Então quer... dizer que... és meu... inimigo? – gaguejou o macaco.

— Mas é claro – respondeu o jovem caranguejo.

— A... culpa... foi do... teu... pai... não... minha! – voltou a gaguejar o macaco sem remorso.

— Ainda consegues mentir? Logo darei cabo de ti! – E, em seguida, degolou o macaco com suas garras. Assim, o macaco vil teve o que mereceu, e o jovem caranguejo vingou a morte do pai.

Este é o fim da história do macaco, do caranguejo e da semente de caqui.

O coelho branco e os crocodilos

Há muito, muito tempo, quando os animais podiam falar, vivia na província de Inaba, no Japão, um coelhinho branco. Sua casa ficava na ilha de Oki, e do outro lado do mar estava a província de Inaba.

O coelho queria muito ir até Inaba. Todos os dias saía e se sentava à beira-mar e olhava durante um bom tempo para as águas na direção de Inaba, esperando encontrar alguma forma de atravessar o mar.

Certo dia, como de costume, o coelho estava na praia, olhando em direção do continente, do outro lado do mar, quando viu um enorme crocodilo nadando próximo da ilha.

— Que sorte! — pensou o coelho. — Agora posso conseguir realizar o meu desejo. Pedirei ao crocodilo para me levar pelo mar!

Mas tinha dúvidas se o crocodilo aceitaria fazer o que queria. Dessa maneira, pensou que, em vez de pedir um favor, tentaria conseguir o que queria com um truque.

Então, em voz alta, chamou o crocodilo e disse:

— Ah, senhor crocodilo! Que belo dia hoje, não?

O crocodilo, que tinha vindo sozinho naquele dia para aproveitar a luz do sol brilhante, estava começando a se sentir um pouco solitário quando ouviu o coelho o cumprimentando alegremente. Nadou para mais perto da praia, muito animado em ter ouvido alguém falando.

— Quem será que me chamou agora há pouco? Foste tu, senhor coelho? Deves estar te sentindo muito solitário aí!

Yei Theodora Ozaki

— Ah, não. Não me sinto nem um pouco solitário – respondeu o coelho –, mas, como está fazendo um dia tão bonito, vim aqui para me divertir. Não queres dar uma pausa e passar o tempo comigo um pouco?

O crocodilo saiu do mar e se sentou na praia, e os dois ficaram lado a lado por um tempo. Depois o coelho disse:

— Senhor crocodilo, vives no mar; e eu, nesta ilha. Não nos encontramos com frequência, então pouco sei a teu respeito. Diz-me, achas que há mais integrantes no teu grupo do que no meu?

— Claro. Há mais crocodilos do que coelhos. Não consegues ver? Moras nesta ilhazinha, enquanto eu vivo no mar, que se espalha por todos os cantos do mundo. Portanto, se eu chamar todos os crocodilos que habitam as águas, vós, coelhos, não seríeis nada se comparados a nós! – O crocodilo era muito convencido.

O coelho, que pretendia pregar uma peça no crocodilo, disse, então:

— Achas que é possível chamar crocodilos o suficiente para formar uma linha desta ilha até Inaba?

O crocodilo pensou por alguns instantes e logo respondeu:

— Claro que é possível.

— Então me mostra – disse o astuto coelho –, e eu contarei o número de crocodilos daqui!

O crocodilo, bastante ingênuo, não fazia a menor ideia de que o coelho pretendia lhe pregar uma peça, então concordou com o que o outro havia pedido e disse:

— Espera um pouco enquanto volto para o mar e reúno o meu grupo!

O crocodilo mergulhou no mar e desapareceu por um tempo. Enquanto isso, o coelho ficou aguardando pacientemente na praia, até que o outro animal voltasse enfim, trazendo consigo um grande número de crocodilos.

— Olha, senhor coelho! – disse o crocodilo. – Os meus amigos formarem uma linha daqui até Inaba não é nada. Há crocodilos o suficiente para ir daqui até a China ou à Índia. Já tinhas visto tantos crocodilos assim?

Então, todo o grupo de crocodilos se organizou nas águas para formar uma ponte entre a Ilha de Oki e o continente de Inaba. Quando o coelho viu a ponte de répteis, disse:

— Que magnífico! Eu não acreditava que isso era possível. Agora, deixai-me contar! Para fazer isso, porém, com vossa permissão, precisarei andar sobre as vossas costas até o outro lado, então, por favor, não vos movimenteis, senão cairei no mar e me afogarei!

Assim o coelho pulou da ilha para a estranha ponte de crocodilos, contando enquanto pulava das costas de um crocodilo para outro:

— Por favor, ficai bem parados, senão não conseguirei contar. Um, dois, três, quatro, cinco, seis, sete, oito, nove...

E foi dessa forma que o coelho sagaz conseguiu atravessar o mar até a província de Inaba. Não contente em realizar seu sonho, começou a ridicularizar os crocodilos em vez de agradecê-los e disse, enquanto saltava das costas do último:

— Ah! Como são tolos os crocodilos. Enganei todos!

Estava prestes a fugir o mais rápido que podia, mas não conseguiu escapar tão facilmente, pois, assim que entenderam que estavam sendo enganados pelo coelho para que este pudesse atravessar o mar e que o animal estava rindo deles por sua tolice, os crocodilos ficaram furiosos, muito zangados, e decidiram se vingar. Então, alguns deles correram atrás do coelho e o capturaram. Depois, todos cercaram o pobre animalzinho e lhe arrancaram todos os pelos. Ele berrava e implorava para que o poupassem, mas, com cada tufo de pelo que lhe arrancavam, eles diziam:

— É o que mereces!

Quando os crocodilos arrancaram o último tufo de pelos, jogaram o pobre coelho na praia e nadaram de volta para o mar, rindo do que tinham feito.

O coelho se encontrava agora em uma situação lamentável. Toda a sua bela pelagem branca havia sido arrancada, e seu corpinho nu tremia de dor e sangrava por toda parte. Mal conseguia se mexer, e tudo o que pôde fazer foi ficar deitado na praia, indefeso e chorando por aquele infortúnio. Apesar de ter sido sua culpa e ser ele o causador de toda aquela penúria e sofrimento, qualquer um que visse a pobre criaturinha não poderia deixar de sentir pena de sua triste condição, pois os crocodilos haviam sido muito cruéis na vingança.

Bem naquela hora, um grupo de homens que se pareciam com os filhos do rei estavam passando por perto e, ao ver o coelho chorando, caído na praia, pararam e perguntaram o que havia acontecido.

O coelho levantou a cabeça de entre as patas e lhes respondeu:

– Acabei brigando com alguns crocodilos, mas fui derrotado, e eles arrancaram todo o meu pelo e me deixaram aqui para sofrer. É por isso que estou chorando.

Um daqueles jovens tinha um caráter ruim e maldoso, mas fingiu ser bondoso e disse ao coelho:

– Lamento muito. Se quiseres, sei de um remédio que curará teu corpo dolorido. Basta tomar um banho de mar e depois ficar sentado ao vento. Isso fará teu pelo crescer novamente, e tu serás como era antes.

Depois, todos os homens passaram por ele. O coelho ficou muito satisfeito, pensando que havia encontrado uma cura. Ele foi se banhar no mar e em seguida se sentou onde conseguisse tomar vento.

Conforme o vento ia secando o coelho, porém, sua pele se enrijeceu, e o sal aumentou tanto a dor que ele começou a rolar de agonia na areia, berrando.

Bem na hora, estava passando outro filho do rei, carregando um grande saco nas costas. Viu o coelho, parou e perguntou por que estava gritando tanto.

O pobre coelho, lembrando-se de que havia sido enganado por outro homem muito parecido com o que lhe falava agora, não respondeu e continuou gritando.

Aquele homem, porém, tinha um bom coração e, olhando para o coelho com muita piedade, disse:

– Pobre coitado! Vi agora que o teu pelo foi todo arrancado e que a tua pele está em carne viva. Quem é que fez tamanha crueldade contigo?

Quando o coelho ouviu aquelas palavras afáveis, sentiu-se muito grato ao homem e, encorajado pelos modos gentis dele, contou tudo o que havia ocorrido. O animalzinho não escondeu nada do amigo e foi franco ao contar sobre como havia enganado os crocodilos; como tinha atravessado a ponte que haviam formado, deixando-os achar que ele apenas queria contar quantos havia; como zombou da tolice dos crocodilos; e como eles se vingaram. Depois, o coelho continuou, dizendo como havia sido enganado por um grupo de homens que se pareciam bastante com aquele gentil amigo. Assim, terminou de contar a longa história de infortúnios ao implorar para o homem lhe dar um pouco de remédio que pudesse curá-lo e fazer seu pelo crescer de novo.

Quando o coelho terminou de contar a história, o homem estava sentindo muita pena dele e disse:

— Sinto muito por tudo que passaste, mas lembra-te: isso foi apenas a consequência por ter enganado os crocodilos.

— Eu sei – respondeu o coelho, com pesar –, mas me arrependi e decidi que nunca mais enganarei ninguém. Por isso imploro para que me mostres como posso curar o meu corpo ferido e fazer meus pelos crescerem novamente.

— Então, vou te falar de um bom remédio – disse o homem. – Primeiro, vai e toma um banho naquela lagoa ali. Tenta lavar todo o sal do teu corpo. Depois, pega um pouco daquelas flores *kaba* que crescem próximas à margem das águas, espalha-as no chão e role sobre elas. Se fizeres isso, o pólen fará com que os teus pelos cresçam de novo, e tu ficarás bem em pouco tempo.

O coelho ficou muito contente ao ser instruído de forma tão gentil sobre o que precisava fazer. Ele rastejou até a lagoa que lhe havia sido indicada, banhou-se nela e depois pegou as flores de *kaba* que cresciam perto das águas e rolou sobre elas.

Para seu espanto, enquanto fazia isso, viu seus pelos brancos crescerem de novo. A dor também cessou, e ele se sentia da mesma forma como antes, antes de suas desventuras.

O coelho ficou exultante com a rápida recuperação e voltou saltitando alegremente em direção ao jovem que lhe havia ajudado. Ajoelhando-se aos pés dele, disse:

— Não sei como expressar meus agradecimentos por tudo o que fizeste por mim! Desejo sinceramente poder fazer algo em troca. Por favor, diz-me quem és...

— Não sou nenhum filho do rei como pensas. Sou um ser encantado, conhecido como Okuni-nushi-no-Mikoto – respondeu o homem. – Aqueles que passaram aqui antes de mim são meus irmãos. Ouviram falar de uma linda princesa chamada Yakami que vive nesta província de Inaba e estão em busca dela, para pedir para que ela se case com um deles. Nesta expedição, porém, sou apenas um ajudante, por isso estou indo atrás deles com esta enorme bolsa em minhas costas.

O coelho se colocou de forma humilde diante do grande

Okuni-nushi-no-Mikoto, a quem muitos naquela parte do país adoravam como um deus.

— Ah, eu sabia que o senhor era Okuni-nushi-no-Mikoto. Quanta bondade tiveste comigo! É impossível acreditar que aquele sujeito cruel que me mandou tomar banho no mar seja um dos teus irmãos. Tenho certeza de que a princesa atrás de quem seus irmãos foram vai se recusar a se tornar noiva de qualquer um deles e vai te preferir, pelo teu bom coração. Tenho certeza de que conquistarás o coração dela sem nem mesmo ter a intenção, e ela te pedirá para ser a tua noiva.

Okuni-nushi-no-Mikoto não prestou atenção ao que o coelho disse, mas se despediu do pequeno animal e continuou o percurso a passos velozes. Logo alcançou os irmãos. Ele os encontrou bem quando estavam passando pelo portão do palácio da princesa.

Assim como o coelho dissera, a princesa não quis se tornar noiva de nenhum dos irmãos, mas, quando ela olhou para o rosto daquele outro irmão gentil, foi diretamente até ele e disse:

— Eu me entrego a ti. — E assim se casaram.

Este é o fim da história. Okuni-nushi-no-Mikoto é venerado como deus pelo povo em algumas partes do Japão, e o coelho ficou famoso e recebeu a alcunha de "O Coelho Branco de Inaba". O que aconteceu com os crocodilos, porém, ninguém sabe.

*A história
do príncipe
Yamato Take*

A insígnia do grande
Império Japonês é composta de três tesouros que são considerados sagrados e que são protegidos com zeloso cuidado desde tempos longínquos. Eles são o Yata-no-Kagami, ou o Espelho de Yata, o Yasakani-no-Magatama, ou a Joia de Yasakani, e o Murakumo-no-Tsurugi, ou a Espada de Murakumo.

Desses três tesouros do Império, a Espada de Murakumo, que mais tarde passou a ser conhecida como Kusanagi-no-Tsurugi, ou a Espada Ceifadora, é considerada a mais preciosa e reverenciada, pois é o símbolo da força para essa nação de guerreiros e o talismã de invencibilidade do imperador, que o mantém como objeto sagrado no santuário de seus antepassados.

Há quase dois mil anos, a espada tem sido mantida nos santuários de Ise, os templos que se dedicam a venerar Amaterasu, a grande e bela Deusa do Sol de quem se diz que os imperadores japoneses descendem.

Existe uma história de aventura ousada que explica por que o nome da espada mudou de Murakumo para Kusanagi, que significa ceifar.

Há muitos e muitos anos, nasceu o segundo filho do imperador Keiko, o décimo segundo em descendência do grande Jimmu, fundador da dinastia japonesa.

Esse príncipe recebeu o nome de Yamato. Desde a infância, já demonstrava ter força, sabedoria e coragem notáveis, e seu pai constatou com orgulho que ele era muito promissor, amando-o ainda mais do que amava o primogênito.

Quando o príncipe Yamato atingiu a maioridade (nos tempos antigos da história japonesa, considerava-se que um menino atingia a maioridade aos 16 anos de idade), o reino estava em constante ameaça devido a um bando de malfeitores, cujos líderes eram os irmãos Kumaso e Takeru. Esses rebeldes pareciam se deleitar ao se rebelar contra o imperador, ao infringir as leis e desobedecer a qualquer autoridade.

Por fim, o imperador Keiko ordenou que o filho mais novo, príncipe Yamato, reprimisse os bandidos e, se possível, livrasse o país daquelas vidas nocivas. O príncipe Yamato tinha apenas 16 anos de idade – acabara de atingir a maioridade de acordo com a lei –, mas, apesar de ser tão jovem, possuía o espírito destemido de um guerreiro de idade mais avançada e não sabia o que era o medo. Mesmo assim, não havia homem que pudesse ser páreo para ele em coragem e ousadia, e assim recebeu as ordens do pai com grande alegria.

Imediatamente se preparou para partir, e grande foi a agitação nos recintos do palácio, já que ele e seus seguidores fiéis se reuniram e se prepararam para a expedição, polindo e vestindo as armaduras. Antes de sair da corte do pai, foi orar no templo de Ise e se despedir da tia, a princesa Yamato, pois estava um pouco apreensivo em pensar nos perigos que teria de enfrentar e sentiu que precisava da proteção da antepassada, Amaterasu, a Deusa do Sol. A princesa, sua tia, saiu para lhe dar as boas-vindas e o parabenizou por ter recebido uma missão tão importante do pai, o imperador. Ela então lhe deu uma de suas lindas vestes como lembrança para acompanhá-lo e dar boa sorte, dizendo que certamente seria útil para ele naquela aventura. Ela então desejou muito sucesso e sorte na empreitada.

O jovem príncipe fez uma reverência profunda diante da tia e recebeu o generoso presente com muito prazer e muitas mesuras respeitosas.

– Partirei imediatamente – disse o príncipe, que, ao retornar ao palácio, colocou-se à frente das tropas. Então, animado pela bênção da tia, sentiu-se pronto para tudo o que pudesse acontecer e, marchando pela terra, desceu até a Ilha de Kyushu, ao sul, onde residiam os bandidos.

Passados muitos dias, chegou à Ilha do Sul e, lentamente, mas com segurança, foi até o quartel general dos líderes Kumaso e Takeru. Ali enfrentou muita dificuldade, pois descobriu que aquela parte do território era extremamente selvagem e acidentada. As montanhas eram altas e íngremes, os vales eram sombrios e profundos, e enormes árvores e rochedos bloqueavam a estrada, impedindo o progresso do exército. Era quase impossível continuar.

Embora fosse jovem, o príncipe tinha a sabedoria de alguém com muitos anos de vida e, vendo que era inútil tentar continuar guiando os homens adiante, pensou com seus botões:

"Tentar travar uma batalha neste lugar intransponível, desconhecido para meus homens, só torna minha tarefa mais difícil. Não podemos desobstruir as estradas e lutar ao mesmo tempo. Será mais sábio que eu recorra a estratagemas e pegue os inimigos desprevenidos. Desse modo, talvez eu consiga matá-los sem grandes esforços."

Assim, deu ordens para que o exército parasse. Pediu à esposa, a princesa Ototachibana, que o acompanhava, para que lhe trouxesse o manto que a tia, a sacerdotisa de Ise, tinha dado, e contou com a ajuda de Ototachibana para se vestir como mulher. Assim, vestiu o manto e soltou o cabelo até que ele se espalhasse por sobre os ombros. Em seguida, a esposa trouxe o próprio pente, que ele colocou nas tranças negras e depois se enfeitou com fios de joias estranhas. Quando ele havia terminado a toalete incomum, Ototachibana lhe trouxe o espelho. Ele sorriu enquanto olhava para si mesmo: o disfarce estava perfeito.

Mal se reconhecia, de tão mudado que estava. Todos os traços do guerreiro desapareceram e, na superfície brilhante, olhava de volta para ele apenas uma linda mulher.

Embora estivesse completamente disfarçado, partiu para o campo do inimigo sozinho. Nas dobras das vestes de seda, ao lado de seu forte coração, estava escondida uma adaga afiada.

Os dois líderes, Kumaso e Takeru, estavam sentados na tenda, descansando ao frescor noturno, quando o príncipe se aproximou. Estavam conversando sobre as notícias que lhes haviam sido passadas recentemente, de que o filho do rei havia entrado no território deles com um enorme exército, determinado a exterminar o grupo. Os dois haviam ouvido falar da fama do jovem guerreiro e, pela primeira vez em suas vidas malditas, sentiam medo. Durante uma pausa na conversa, acabaram erguendo o olhar e avistaram, pela entrada da tenda, uma bela mulher trajando roupas suntuosas vindo na direção deles. Como uma aparição, cheia de encanto, ela chegou no suave crepúsculo. Mal podiam imaginar de que se tratava de seu inimigo, cuja vinda tanto temiam e que agora se apresentava diante deles com aquele disfarce.

— Que mulher linda! De onde ela veio? — disse Kumaso espantado, esquecendo-se da guerra, do conselho e de tudo o mais enquanto olhava para a delicada intrusa.

Acenou para o príncipe disfarçado e pediu para que este se sentasse e servisse vinho para eles. Yamato sentiu o coração se inundar com um contentamento feroz, pois agora sabia que seu plano lograria. Dissimulou de forma inteligente e, ao fingir ares inocentes de timidez, aproximou-se do líder rebelde a passos lentos, com um olhar que se parecia com o de um cervo assustado. Encantado com a beleza da garota, Kumaso bebeu taças e mais taças de vinho, apenas pelo prazer de vê-la servindo, até finalmente ficar bastante embriagado com a quantidade que havia bebido.

Aquele era o momento pelo qual o valente príncipe esperava. Arremessando a jarra de vinho, agarrou Kumaso, que estava bêbado e assustado, e rapidamente o apunhalou até a morte com a adaga que em segredo carregava no peito.

Takero, o irmão do revoltoso, ficou aterrorizado assim que percebeu o que estava acontecendo e tentou escapar, mas o príncipe Yamato foi muito rápido. Antes que ele pudesse alcançar a saída da tenda, o príncipe já estava em seu encalço. Suas vestes foram agarradas por uma mão de ferro, uma adaga passou diante de seus olhos em um lampejo, e ele caiu apunhalado no chão, moribundo, mas não morto ainda.

— Espera um pouco! — gaguejou o revoltoso, sentindo dor e agarrando a mão do príncipe.

Yamato relaxou um pouco e disse:

— Por que eu deveria parar, ó vilão?

O revoltoso se levantou apavorado e disse:

— Diz-me de onde vens e a quem tenho a honra de dirigir a palavra. Até então, eu acreditava que meu irmão morto e eu éramos os homens mais fortes na terra e que não havia ninguém que pudesse nos vencer. Sozinho tu te aventuraste a vir até nosso refúgio e sozinho nos atacaste e nos mataste! Com certeza és mais do que mero mortal!

O jovem príncipe respondeu, então, com um sorriso orgulhoso:

– Sou o filho do imperador e o meu nome é Yamato. Fui mandado pelo meu pai para derrotar o mal e para matar todos os rebeldes! Roubos e assassinatos não irão mais aterrorizar o meu povo! – E assim segurou a adaga que pingava sangue sobre a cabeça do rebelde.

– Ah – gaguejou o moribundo, com grande esforço –, sempre ouvi falar de ti. És realmente um homem forte para ter nos derrotado com tanta facilidade. Permite-me dar-te um novo nome. De agora em diante, deverás ser conhecido como Yamato Take. O nosso título lego a ti, já que és o homem mais corajoso de Yamato.

E, com aquelas nobres palavras, Takeru caiu para trás e morreu.

O príncipe, tendo assim conseguido dar cabo dos inimigos do pai, estava preparado para voltar para a capital. No caminho de volta, passou pela província de Idum. Lá encontrou outro fora da lei, chamado Idzumo Takeru, alguém que ele sabia que tinha causado muitos danos ao país. Novamente recorreu a um estratagema e fingiu amizade com o rebelde, usando um pseudônimo. Tendo feito isso, criou uma espada de madeira e a prendeu firmemente no cabo da própria espada forte. Ele a afivelou de propósito na sua lateral e a levava em todas as ocasiões em que esperava encontrar o terceiro ladrão Takeru.

Certo dia, convidou Takeru para que fossem até as margens do Rio Hinokawa e o persuadiu a nadar com ele nas águas geladas e refrescantes do rio.

Como era um dia quente de verão, o rebelde não relutou em dar um mergulho no rio. Enquanto o inimigo ainda estava nadando, o príncipe deu meia-volta e saiu das águas o mais rápido possível. Sem que o outro nada percebesse, conseguiu trocar de espadas, colocando a de madeira no lugar da afiada espada de aço de Takeru.

Sem saber de tudo aquilo, o revoltoso voltou para a margem do rio pouco depois. Assim que saiu e vestiu as roupas, o príncipe aproximou-se e pediu para cruzarem as espadas para que assim pudessem testar suas habilidades, dizendo:

– Vamos ver quem dos dois é o melhor espadachim!

O ladrão concordou com prazer, sentindo que a vitória era certa, pois era famoso como esgrimista em sua província e não sabia quem realmente era aquele adversário. Rapidamente pegou o que pensava ser a sua espada e ficou em posição de guarda para se defender. Para a lástima do rebelde, a espada era a de madeira, e foi em vão que Takeru tentou desembainhá-la: estava firmemente emperrada e, por mais que fizesse força, não conseguia movê-la. Mesmo que os seus esforços tivessem sido bem-sucedidos, a espada não lhe teria sido útil, pois era de madeira. Yamato Take viu que o inimigo estava em seu poder e, empunhando a espada que pegara de Takeru, desferiu um golpe com grande força e destreza, decapitando o assaltante.

Dessa forma, por vezes utilizando a sabedoria, outras vezes utilizando a força do corpo e, por vezes, recorrendo à astúcia, que era tão estimada naqueles dias, ao contrário dos dias de hoje, ele triunfou sobre todos os inimigos do imperador, um por um, e trouxe paz e sossego à terra e ao povo.

Quando retornou para a capital, o imperador o enalteceu por seus valentes atos e realizou um banquete no palácio em homenagem à sua volta em segurança, dando-lhe muitos presentes raros. Desde então, o imperador passou a amá-lo ainda mais do que antes e não deixava mais Yamato Take sair do seu lado, pois dizia que o filho agora era tão precioso para ele quanto os braços.

Mas o príncipe não conseguiu levar uma vida ociosa por muito tempo. Quando tinha cerca de trinta anos, chegaram notícias de que os Ainu, os aborígenes das ilhas do Japão, que haviam sido conquistados e forçados a se isolarem na região Norte pelos japoneses, rebelaram-se nas províncias orientais e, tendo deixado os territórios que haviam sido atribuídos a eles, andavam causando grandes problemas. O imperador decidira que era necessário enviar um exército para lutar contra eles e trazê-los à razão. Mas quem lideraria os homens?

O príncipe Yamato Take de imediato se ofereceu para subjugar os rebeldes recém-surgidos. No entanto, o imperador amava muito o príncipe e não suportava a ideia de que ele ficasse fora do alcance de sua vista nem mesmo por um dia. Claramente estava muito relutante em ter de mandá-lo para a perigosa expedição. Mas, em todo o exército, não havia um guerreiro tão forte ou corajoso quanto o príncipe, seu filho, de modo que sua majestade, sem ter o que fazer, concordou relutante com o desejo de Yamato.

Quando chegou o momento de o príncipe partir, o imperador lhe deu uma lança chamada Lança de Oito Braças de Azevinho (o cabo provavelmente era feito da madeira do azevinho) e deu ordens para que ele subjugasse os bárbaros do leste, como eram chamados os Ainu.

A Lança de Oito Braças de Azevinho daqueles tempos era apreciada pelos guerreiros, assim como hoje em dia o são o estandarte ou a bandeira por um regimento, quando entregues pelo imperador aos soldados na ocasião de partirem para uma guerra.

O príncipe, com respeito e grande veneração, recebeu a lança do rei e, deixando a capital, marchou com o exército para o leste. No percurso, visitou todos os templos de Ise para orar, e sua tia, a princesa de Yamato e alta sacerdotisa, apareceu para cumprimentá-lo. Foi ela quem lhe havia dado o manto que já havia provado ser uma bênção para ele ao tê-lo ajudado a vencer e a matar os bandidos do oeste.

Contou-lhe tudo o que tinha se passado com ele e o grande papel que o presente dela havia desempenhado no sucesso de sua empreitada anterior, agradecendo-lhe de coração. Quando soube que ele estava partindo novamente para a batalha contra os inimigos do pai, ela entrou no templo e reapareceu com uma espada e uma bela bolsa que ela mesma havia feito e que estava cheia de pederneiras (naqueles tempos, para fazer fogo, as pessoas as usavam no lugar de fósforos). Ela lhe deu aquilo como presente de despedida.

A espada era a de Murakumo, um dos três tesouros sagrados que compõem a insígnia da Casa Imperial do Japão. Não poderia ter dado ao sobrinho um talismã mais afortunado de sorte e sucesso. Disse para que ele a usasse quando mais precisasse.

Yamato Take se despediu da tia e mais uma vez se colocou à frente de seus homens, marchando em direção ao extremo leste, pela província de Owari, até chegar à província de Suruga. O governador de lá deu as boas-vindas ao príncipe de forma cordial e o recebeu de braços abertos, oferecendo inúmeros banquetes. Quando estes se encerraram, o governador contou ao visitante que o seu território era famoso por belos cervos, e propôs uma caçada para entreter o convidado. O príncipe fora totalmente ludibriado pela falsa cordialidade do anfitrião e aceitou de bom grado participar da caçada.

O governador, então, conduziu o príncipe até uma campina extensa e selvagem, onde o mato crescia em grande abundância. Sem nem desconfiar de que o governador tinha armado uma cilada com o desejo de matá-lo, o príncipe começou a correr bastante e a caçar cervos. De repente, para seu espanto, avistou labaredas e fumaça saindo de um arbusto à sua frente. Percebendo o perigo que corria, tentou recuar, mas, logo que deu meia-volta com o cavalo, viu que mesmo ali a pradaria estava em chamas. Ao mesmo tempo, o mato à esquerda e à direita começou a pegar fogo, e as chamas começaram a se espalhar rapidamente em direção a ele por todos os lados. Olhou ao redor em busca de uma chance de fuga. Não havia nenhuma. Estava cercado pelo fogo.

— Esta caça aos cervos era então apenas uma armadilha ardilosa do inimigo! – disse o príncipe, olhando em volta para as chamas e a fumaça que subia em sua direção por todos os lados. – Que tolo fui ao ser atraído para esta armadilha, como se um animal selvagem fosse! – E assim rangeu os dentes de raiva ao pensar na traição sorrateira do governador.

Mas, por mais perigosa que fosse a situação em que se encontrava naquele momento, o príncipe não estava nem um pouco perturbado. Mesmo sob aquelas condições extremas, lembrou-se dos presentes que a tia lhe dera quando se despediram e pareceu-lhe que ela devia ter profetizado aquele momento de dificuldade. Com calma, abriu a bolsa de pederneiras que havia ganhado e ateou fogo no mato próximo. Em seguida, desembainhando a espada de Murakumo, começou a cortar o mato dos dois lados, o mais rápido possível. Havia decidido morrer, se necessário fosse, lutando pela própria vida, e não parado e esperando que a morte chegasse até ele.

Por estranho que pareça, o vento começou a mudar e a soprar da direção contrária. Assim, a porção do arbusto em chamas que ardia mais ferozmente e até então ameaçara cair sobre ele foi levada para longe, e o príncipe, sem um arranhão no corpo sequer ou um único cabelo queimado, viveu para contar a história de sua maravilhosa fuga. Enquanto isso, o vento se transformou em vendaval e atingiu o governador, queimando-o até a morte nas chamas que ele mesmo havia ateado para matar Yamato Take.

O príncipe atribuiu a escapatória inteiramente à força da espada de Murakumo e à proteção de Amaterasu, a Deusa do Sol de Ise que controla o vento e todos os elementos e garante a segurança de todos aqueles que oram para ela em momentos de perigo. Ao erguer a preciosa espada, ele a levantou acima da cabeça muitas vezes como símbolo de enorme respeito e, enquanto fazia isso, a renomeou para Kusanagi-no-Tsurugi, ou a Espada Ceifadora. Já o local onde ateou fogo ao mato que o rodeava e do qual conseguiu escapar da morte na pradaria em chamas chamou de Yaidzu. Até hoje, existe um lugar ao longo da grande ferrovia Tokaido chamado Yaidzu, que dizem ser o lugar onde, de fato, o emocionante incidente ocorreu.

Foi assim, então, que o valente príncipe Yamato Take conseguiu escapar da armadilha preparada pelo inimigo. Tinha muito talento e coragem e finalmente conseguira derrotar todos os seus inimigos. Deixando Yaidzu, marchou para o leste e chegou até o litoral, em Idzu, de onde desejava partir para Kadzusa.

Durante aquelas aventuras perigosas, era sempre acompanhado por sua amada e fiel esposa, a princesa Ototachibana. Por causa dele, ela considerava o cansaço das longas viagens e os perigos da guerra como se nada fossem, e o amor que sentia pelo marido e guerreiro era tão grande que se sentia bem recompensada por todas as andanças se simplesmente pudesse entregar a espada quando ele partia para a batalha ou se se entregasse aos desejos dele quando ele voltava cansado para o acampamento.

O coração do príncipe, no entanto, só queria saber de guerra e de conquistas, e assim pouco se importava com a fiel Ototachibana. Devido à longa exposição das viagens, sem os devidos cuidados e com a tristeza que sentia por causa da frieza de seu senhor, a beleza dela desaparecera e a pele de mármore queimara-se em bronze pelo sol. O príncipe também lhe dissera, um dia, que o lugar dela era no palácio, atrás das portas corrediças, em casa, e não com ele em meio à guerra. Apesar da rejeição e da indiferença por parte do marido Ototachibana não conseguia deixá-lo. Mas talvez fosse melhor para ela se assim o fizesse, pois, no caminho para Idzu, quando chegaram a Owari, seu coração estava quase partido.

Ali, morava em um palácio sob as sombras de pinheiros e com portões imponentes a princesa Miyadzu, bela como a flor de cerejeira no amanhecer ensolarado de uma manhã de primavera. Suas vestes eram delicadas e brilhantes, e sua pele era branca como a neve, pois nunca soubera o que era estar cansada por causa do dever ou da caminhada ao calor do sol de verão. O príncipe sentia vergonha da esposa bronzeada pelo sol e vestida com roupas sujas de viagem, de modo que a fez ficar para trás enquanto ele ia visitar a princesa Miyadzu. Dia após dia, passava horas nos jardins do palácio da nova amiga, pensando apenas em seu deleite e pouco se importando com a pobre esposa, que ficara para trás, chorando na tenda pelo sofrimento que tinha se tornado a sua vida. Ainda assim, era uma esposa tão fiel e seu caráter era tão paciente que nunca permitia que a recriminação lhe escapasse pelos lábios ou que alguma expressão de desagrado arruinasse a tristeza doce de seu rosto, e estava sempre pronta com um sorriso para receber o marido de volta ou para acompanhá-lo para onde quer que fosse.

Até que finalmente chegou o dia em que o príncipe Yamato Take deveria partir para Idzu e atravessar o mar de Kadzusa. Pediu que a esposa o acompanhasse na comitiva enquanto ele se despedia cerimoniosamente da princesa Miyadzu, que veio o cumprimentar, trajando belos quimonos, e parecia ainda mais bela do que nunca. Quando Yamato Take a viu, esqueceu-se completamente da esposa, de suas obrigações e de todo o resto, exceto pela alegria do presente ocioso, e jurou que voltaria para Owari e se casaria com ela quando a guerra acabasse. Contudo, ao erguer o olhar, quando falou aquilo, deu de cara com os grandes olhos amendoados de Ototachibana, que o encarava fixamente, com tristeza e espanto inexprimíveis, e assim soube que havia cometido um erro. Todavia, endureceu o coração e partiu, pouco se importando com a dor que havia causado a ela.

Quando chegaram ao litoral, em Idzu, seus homens procuraram por barcos para poderem atravessar o estreito canal até Kadzusa, mas fora difícil encontrar barcos o suficiente para permitir que todos os soldados embarcassem. Então, o príncipe permaneceu na praia e, gabando-se da própria força, disse em tom de zombaria:

— Este não é o mar! É apenas um riacho! Por que quereis tantos barcos? Eu poderia atravessá-lo em um pulo se quisesse.

Quando, por fim, todos haviam embarcado e estavam a caminho para o outro lado do estreito, o céu ficou subitamente nublado e uma grande tempestade se formou. As ondas se elevaram como montanhas altas, o vento uivou, os relâmpagos lampejaram, e o trovão ribombou.

O barco que levava Ototachibana, o príncipe e seus homens foi lançado de um lado para o outro em meio às ondas revoltas, fazendo parecer que cada momento era o último e todos eles seriam engolidos pelo mar revolto. Rin Jin, o Rei Dragão do Mar, havia ouvido o insulto de Yamato Take e, zangado, havia criado aquela tempestade terrível para mostrar ao príncipe como o mar podia ser assustador, ainda que parecesse apenas um riacho.

A tripulação apavorada baixou as velas e cuidou do leme, trabalhando em prol de suas preciosas vidas, mas tudo em vão: a tempestade parecia ficar cada vez mais violenta, e todos acharam que já era causa perdida. Então, a fiel Ototachibana se levantou e, esquecendo-se de toda a tristeza que o marido havia lhe causado, esquecendo-se até mesmo de que ele havia se cansado dela, no grande desejo de seu amor para salvá-lo, decidiu sacrificar a própria vida para resgatá-lo da morte, caso fosse possível.

Enquanto as ondas caíam sobre o navio e o vento girava em torno deles com fúria, ela se levantou e disse:

— Sem dúvida tudo isso está acontecendo porque o príncipe, com seu gracejo, irritou Rin Jin. Se esse for mesmo o caso, eu, Ototachibana, irei apaziguar a ira do deus do mar que deseja nada mais do que a vida de meu marido!

Em seguida, dirigindo-se ao mar, disse:

— Tomarei o lugar de Sua Alteza, Yamato Take. Agora, vou me lançar em suas profundezas revoltas, dando minha vida pela dele. Portanto, ouve-me e leva-o em segurança até a costa de Kadzusa.

Com aquelas palavras, ela saltou rapidamente em direção ao mar turbulento, com as ondas logo a levando embora e todos a perdendo de vista. Por mais estranho que possa parecer, a tempestade parou de imediato, e o mar ficou tão calmo e tranquilo quanto as esteiras sobre as quais os espectadores espantados estavam sentados. Os deuses do mar estavam agora apaziguados, o tempo estava limpo, e o sol brilhava como em um dia de verão.

Yamato Take logo chegou até a outra margem e desembarcou em segurança, como a esposa Ototachibana havia pedido. A proeza dele nas batalhas fora maravilhosa, e o guerreiro conseguiu, após algum tempo, conquistar os bárbaros do leste, os Ainu.

Ele atribuiu seu desembarque em segurança inteiramente à fiel esposa, que havia se sacrificado com tanta dedicação e amor na hora do maior perigo.

Enquanto voltava para casa, chegou à passagem de Usui Toge, nas montanhas, e lá ficou contemplando a maravilhosa paisagem abaixo dele. O território, visto daquela grande elevação, estendia-se à sua vista. Era um vasto panorama de montanhas, planícies e florestas, com rios sinuosos que se pareciam com faixas de prata atravessando a terra. E, ao longe, viu o mar, que brilhava como uma névoa luminosa, onde Ototachibana havia dado a vida por ele. Ao se dirigir a ele, estendeu os braços, pensando no amor da esposa que havia desprezado e da infidelidade a ela. Seu coração irrompeu em um grito doloroso e amargo:

— *Azuma, Azuma, Ya!* (Ah! Minha esposa, minha esposa!)

— Desde então, existe um distrito em Tóquio chamado Azuma que homenageia as palavras do príncipe Yamato Take, e o local onde sua fiel esposa saltou no mar para salvá-lo ainda é bastante lembrado. Portanto, ainda que a vida da princesa Ototachibana tenha sido infeliz, a história mantém conservada a sua memória, e a sua abnegação e morte heroica nunca serão esquecidas.

Yamato Take tinha, então, cumprido todas as ordens do pai. Vencera todos os rebeldes e livrara a terra de todos os ladrões e inimigos da paz. Sua fama era grande, pois em todo o território não havia ninguém que pudesse fazer frente a ele, já que era tão forte nas batalhas e tão sábio no conselho.

Estava prestes a voltar direto para casa pela mesma rota em que tinha vindo, quando lhe ocorreu a ideia de que seria mais interessante tomar outro caminho. Assim, passou pela província de Owari para ir até a província de Omi.

Quando o príncipe chegou a Omi, encontrou o povo enormemente aflito e com medo. Em muitas casas, enquanto passava por lá, viu manifestações de luto e ouviu fortes lamentações. Ao questionar a causa daquilo, disseram a ele que um terrível monstro aparecera nas montanhas e, diariamente, descia de lá e fazia incursões pelas vilas, devorando qualquer um que estivesse ao alcance. Muitas casas foram arruinadas. Os homens estavam com medo de sair para fazer os afazeres diários no campo; e as mulheres, de ir até os rios para lavar o arroz.

Quando Yamato Take ouviu aquela história, sua ira despertou-se, e ele disse, furioso:

— Do extremo oeste de Kyushu ao leste de Yezo, subjuguei todos os inimigos do imperador: não há ninguém que se atreva a infringir as leis ou se rebelar contra ele. É realmente de se admirar que aqui, neste lugar, tão perto da capital, um monstro perverso tenha ousado tomar sua morada e aterrorizar os súditos do imperador. Mas ele não encontrará prazer em devorar pessoas inocentes por muito mais tempo. Vou partir e matá-lo imediatamente.

Com tais palavras, partiu em direção à Montanha Ibuki, onde se dizia que o monstro vivia. Já tinha escalado uma boa distância quando, de repente, em um caminho sinuoso, uma serpente monstruosa apareceu diante dele e o impediu de prosseguir.

— Este deve ser o monstro — disse o príncipe. — Não preciso usar a minha espada contra uma serpente. Posso matá-la com as minhas próprias mãos.

Ele, então, saltou sobre a serpente e tentou estrangulá-la até a morte com as próprias mãos. E não demorou muito para que sua força prodigiosa ganhasse, e a serpente estivesse morta a seus pés. Logo depois, escureceu repentinamente e começou a chover, de tal forma que, por causa da escuridão e da chuva, o príncipe mal conseguia enxergar qual caminho tomar. Em pouco tempo, no entanto, enquanto tateava o percurso pelo desfiladeiro, o tempo passou, e nosso valente herói conseguiu descer da montanha rapidamente.

Quando voltou, começou a passar mal e a sentir dores de queimadura nos pés e foi dessa maneira que soube que a serpente tinha o envenenado. Tão grande era a dor que sentia que mal conseguia se movimentar, muito menos andar. Assim, arrastou-se até um local nas montanhas famoso por suas águas termais, que surgiam borbulhantes da terra e quase fervendo por causa da lava vulcânica abaixo.

Yamato Take se banhava diariamente naquelas águas e pouco a pouco sentiu as forças se recuperarem e as dores cessarem, até que um dia percebeu, com grande alegria, que já havia se recuperado completamente. A partir de então, apressou-se para ir aos templos de Ise, onde, o leitor vai se lembrar, ele fez suas preces antes de realizar aquela longa expedição. Sua tia, a sacerdotisa do santuário que havia o abençoado antes de ele partir, fora recebê-lo de volta. Yamato Take lhe contou dos muitos perigos que encontrara pelo caminho e de como a sua vida fora incrivelmente preservada ao longo de tudo o que havia passado, e ela elogiou a coragem e a proeza de guerreiro. Depois, trajando as vestes mais magníficas, a sacerdotisa demonstrou gratidão à antepassada, a Deusa do Sol Amaterasu, que os dois acreditavam ser a responsável por ter salvado a vida do príncipe, graças à sua proteção.

E aqui acaba a história do príncipe Yamato Take do Japão.

*Momotaro,
ou a história do
filho do pêssego*

Há muito, muito tempo,
havia um casal de idosos.
Ambos eram camponeses
e trabalhavam duro para
conquistar o arroz de cada
dia. O ancião costumava ir cortar
mato para os fazendeiros da vizinhança,
e, enquanto ficava ausente, a mulher, sua esposa,
ocupava-se com os afazeres domésticos e trabalhava no pequeno arrozal dos dois.

Certo dia, o ancião foi até as colinas como sempre para cortar mato, e a anciã levou algumas roupas para lavar no rio.

Já era quase verão, e a terra estava muito linda de se ver em seu verdor revigorante, enquanto os dois iam para seus afazeres. A relva nas margens do rio parecia um veludo esmeralda, e os salgueiros ao longo da margem agitavam suas borlas macias.

A brisa soprava e fazia ondular a superfície calma da água ao mesmo tempo que tocava o rosto do casal de idosos, os quais, por alguma razão que não podiam explicar, sentiam-se muito felizes naquela manhã.

A mulher, por fim, encontrou um bom lugar na margem do rio e colocou a cesta no chão. Começou, então, a lavar as roupas. Tirou uma por uma da cesta, lavando-as no rio e esfregando-as nas pedras. A água estava cristalina, e ela conseguia ver os peixinhos nadando aqui e ali e os seixos no fundo.

Enquanto estava ocupada lavando as roupas, um grande pêssego caiu na correnteza do rio. A mulher ergueu a cabeça, parou o que estava fazendo e viu aquela enorme fruta. Ela tinha sessenta anos de idade, mas nunca havia visto na vida um pêssego tão grande como aquele.

"Este pêssego deve estar delicioso", pensou. "Com certeza preciso pegá-lo e levá-lo para casa, para o meu velho."

Esticou o braço para tentar apanhá-lo, mas o fruto estava fora do alcance. Procurou em volta por um pedaço de pau, mas não havia nenhum à vista e, caso fosse procurar por um, perderia o pêssego.

Parando por alguns instantes para pensar no que faria, lembrou-se de um antigo verso de encanto. Começou, então, a bater palmas para acompanhar o ritmo do pêssego passando pelo riacho, cantando a seguinte canção:

Águas distantes são amargas,
Águas próximas são doces
Passe pelas águas distantes
E venha para as doces.

E, por mais estranho que pareça, assim que começou a repetir aquela musiquinha, o pêssego começou a se aproximar cada vez mais da margem onde a mulher estava, até que parou bem em frente dela, permitindo que a senhora o pegasse. A mulher ficou encantada. Não conseguiria continuar trabalhando, de tão feliz e empolgada que estava. Dessa maneira, colocou todas as roupas de volta no cesto de bambu e, com o cesto nas costas e o pêssego em mãos, voltou correndo para casa.

Pareceu uma eternidade o tempo em que aguardava o marido voltar. Por fim, o ancião chegou, bem quando o sol estava se pondo, com um feixe de mato nas costas que, de tão grande, quase o escondia por completo e ela mal podia vê-lo. Parecia bastante cansado e estava usando a foice como bengala, apoiando-se nela conforme andava.

Assim que a anciã o viu, gritou, chamando por ele:

– *Ojiisan*[9]! (Ancião!) Fiquei esperando por tanto tempo hoje para que voltasses para casa!

– O que aconteceu? Por que tanta impaciência? – perguntou o velho, indagando-se do porquê de tanto anseio, pouco habitual. – Aconteceu alguma coisa enquanto estive fora?

---

9   No original, está grafado erroneamente. Não confundir também com *ojisan* (ojiisan = avô; ancião, homem velho – ojisan = tio) (N. T.).

– Ah, não! – respondeu a mulher. – Não aconteceu nada. Apenas encontrei um bom presente para ti!

– Que coisa boa – disse o ancião. Ele, então, lavou os pés em uma bacia e subiu na varanda.

– Olha para isso! Já viste um pêssego tão grande assim em tua vida?

Quando o ancião olhou para o pêssego, ficou muito impressionado e disse:

– É realmente o maior pêssego que já vi na vida! Onde o compraste?

– Não comprei – respondeu a mulher. – Eu o encontrei no rio quando estava lavando roupa. – E contou a história toda.

– Fico muito feliz que tenhas o encontrado. Vamos comê-lo agora, porque estou com fome – disse o velho.

Ele trouxe a faca de cozinha e colocou o pêssego sobre uma tábua. Quando estava prestes a cortá-lo, algo maravilhoso aconteceu: o pêssego se partiu em dois e uma voz clara disse:

– Espera aí, velho! – E do pêssego saiu uma linda criancinha.

Tanto o homem quanto a esposa ficaram tão espantados com o que presenciaram que acabaram caindo no chão. A criança falou novamente:

– Não tenhais medo. Não sou demônio nem duende. Contarei a verdade. Os céus tiveram compaixão de vós. Todos os dias e todas as noites, vós vos lamentáveis por não terdes filhos. Pois agora o vosso clamor foi ouvido, e fui mandado para ser o vosso filho!

Ao ouvir aquilo, o ancião e a esposa ficaram muito felizes. Tinham chorado noite e dia de tristeza por não terem nenhum filho para ajudá-los durante a velhice solitária e, agora que as preces dos dois haviam sido atendidas, estavam tão perdidos de alegria que não sabiam onde colocar as mãos ou os pés. A princípio, o homem pegou a criança no colo, e depois a mulher fez o mesmo, e eles deram a ela o nome de Momotaro, ou filho do pêssego, pois o menino tinha saído de um pêssego.

Os anos se passaram rapidamente e a criança completou quinze anos. Ele era mais alto e mais forte do que todos os outros meninos de sua idade, tinha um rosto bonito e um coração cheio de coragem. Além disso, era muito inteligente, apesar da tenra idade. A satisfação do velho casal era enorme quando olhavam para ele, pois o menino era exatamente como achavam que um herói deveria ser.

Yei Theodora Ozaki

Certo dia, Momotaro foi até o pai adotivo e disse solenemente:

— Pai, por um estranho acaso nos tornamos pai e filho. Tua bondade para comigo tem sido maior do que a relva da montanha que te dava trabalho diário para cortá-la e mais profunda do que o rio onde minha mãe lava as roupas. Não sei como te agradecer.

— Ora, é claro que um pai deve educar seu filho. Quando tu fores mais velho, será tua vez de cuidar de nós. Portanto, no fim não haverá ganhos ou perdas entre nós: todos seremos iguais. De fato, estou bastante surpreso que estejas me agradecendo dessa maneira! — E o velho pareceu preocupado.

— Espero que tenhas paciência comigo — disse Momotaro. — Mas, antes que eu comece a retribuir a tua bondade para comigo, tenho um pedido para fazer, o qual espero que me concedas.

— Deixarei que faças o que quiseres, pois és muito diferente de todos os outros garotos!

— Então me deixa partir agora mesmo!

— Como assim? Queres deixar teus pais e ir embora de tua velha casa?

— Obviamente voltarei, se me deixares ir agora!

— E para onde vais?

— Deves achar estranho que eu queira partir, porque ainda não te contei os meus motivos. Bem longe daqui, no nordeste do Japão, há uma ilha no meio do mar. Essa ilha é o reduto de um grupo de demônios. Sempre ouvi falar que eles invadem esta terra, matam e roubam as pessoas e levam embora tudo o que encontram. Não são apenas muito perversos como também são desleais ao nosso imperador e desobedecem às leis dele. Também comem gente, porque matam e devoram aqueles que têm o azar de cair em suas mãos. Esses demônios são seres muito detestáveis. Preciso ir derrotá-los e trazer de volta tudo aquilo que roubaram desta terra. É por isso que quero partir, apenas por pouco tempo!

O ancião ficou muito surpreso ao ouvir tudo aquilo de um mero garoto de quinze anos. Pensou que o melhor mesmo seria deixá-lo partir. Ele era forte e destemido. Além disso, o ancião sabia que ele não era uma criança comum, pois havia sido enviado como um presente dos céus, e tinha bastante certeza de que os demônios se sentiriam incapazes de feri-lo.

— Tudo o que dizes é muito interessante, Momotaro. Não vou impedir a tua decisão. Podes ir se assim o queres. Vai para a ilha assim que quiseres e destrói os demônios para trazer paz à terra.

— Agradeço por tua generosidade — respondeu o rapaz, que logo foi se preparar para partir naquele mesmo dia. Estava cheio de coragem e não sabia o que era o medo.

O casal de idosos imediatamente se pôs a moer arroz no pilão da cozinha para fazer bolinhos para a viagem de Momotaro.

Feitos os bolinhos, ele estava pronto para partir para sua longa jornada.

Despedidas são sempre tristes, assim como foi naquele momento. Os idosos estavam com os olhos cheios de lágrimas e as vozes trêmulas enquanto disseram:

— Vai com muito cuidado e que Deus te abençoe. Esperamos que tu voltes vitorioso!

Momotaro se lamentava muito por ter de deixar os velhos pais (embora soubesse que voltaria logo que pudesse), pois pensou em como eles ficariam solitários enquanto ele estivesse longe, mas disse um "Adeus!" bastante intrépido.

— Estou indo agora. Cuidai-vos bem enquanto eu estiver longe. Adeus! — E saiu a passos apressados da casa. Em silêncio, tanto os olhos de Momotaro quanto os dos pais se encontraram em despedida.

Momotaro então fez o percurso rapidamente até que fosse meio-dia. Começou a sentir fome, então abriu a bolsa, tirou um dos bolinhos de arroz e se sentou debaixo de uma árvore, na beira da estrada, para comer. Enquanto estava almoçando, um cachorro tão grande quanto um potro veio correndo do matagal. Ele foi direto até Momotaro e, arreganhando os dentes, disse, feroz:

— Tu és um homem rude por passar pelo meu campo sem antes me pedir permissão. Se me deixares todos os bolinhos que tens em tua bolsa, podes ir. Caso contrário, eu te morderei até te matar!

O menino apenas riu com desdém:

— O que é que estás dizendo? Sabes quem sou? Sou Momotaro e estou a caminho de subjugar os demônios em seu reduto no nordeste do Japão. Se tentares me impedir, vou te cortar em dois, da cabeça aos pés!

Yei Theodora Ozaki

O cachorro rapidamente mudou de atitude. Sua cauda caiu entre as pernas e, ao se aproximar, curvou-se de maneira tão inclinada que a testa tocou o chão.

— O que é que ouço? O nome de Momotaro? És realmente Momotaro? Sempre ouvi falar de tua grande força. Não sabendo quem eras tu, comportei-me de maneira muito estúpida. Podes perdoar a minha grosseria? Estás realmente a caminho de invadir a Ilha dos Demônios? Se aceitares um companheiro tão mal-educado como um de teus seguidores, serei muito grato.

— Acho que posso te levar comigo se assim o desejas.

— Obrigado! – respondeu o cão. – A propósito, estou muito faminto. Não poderias me dar um de teus bolinhos que levas na bolsa?

— Este é o melhor tipo de bolinho que há no Japão. Não posso te dar um inteiro. Darei metade de um.

— Muito obrigado – disse o cachorro, abocanhando o pedaço que lhe fora jogado.

Em seguida, Momotaro se levantou e o cão o seguiu. Andaram por um tempo sobre as colinas e pelos vales. Conforme avançavam, um animal desceu de uma árvore um pouco à frente deles. A criatura logo foi até Momotaro e disse:

— Bom dia, Momotaro! Tu és bem-vindo nesta parte do território. Será que posso ir convosco?

O cachorro respondeu enciumado:

— Momotaro já tem um cão para acompanhá-lo. De que adianta um macaco como tu durante uma batalha? Estamos indo enfrentar os demônios! Afasta-te!

O cachorro e o macaco começaram a brigar e trocar mordidas, pois aqueles dois animais sempre odiaram um ao outro.

— Ei! Não brigueis! – disse Momotaro, colocando-se entre eles. – Espera um pouco, cão!

— Não é nada digno para ti ter uma criatura como esta te seguindo! – disse o cachorro.

— E por acaso sabes o que é dignidade? – perguntou Momotaro, empurrando o cachorro para o lado e falando com o macaco:

— Quem és tu?

— Sou um macaco que vive nestas colinas. Ouvi falar de tua expedição para a Ilha dos Demônios e vim para ir contigo. Nada me agradará mais do que te acompanhar!

— Realmente queres ir até a Ilha dos Demônios e lutar ao meu lado?

— Sim, senhor.

— Admiro tua coragem. Toma aqui um pedaço de um dos meus ótimos bolinhos de arroz. Vem!

Assim, o macaco se juntou a Momotaro. O cão e o macaco não se davam bem, no entanto. Estavam sempre em um arranca-rabo enquanto prosseguiam e sempre queriam brigar mais, o que deixava Momotaro muito irritado. Por fim, o rapaz mandou o cachorro ir à frente, segurando uma bandeira, e colocou o macaco atrás, com uma espada, e ele mesmo ficou entre os dois com um leque de guerra feito de ferro.

Logo chegaram a um grande campo. Lá, uma ave voou e pousou, bem em frente ao pequeno grupo. Era a ave mais bela que Momotaro já havia visto. Em seu corpo, havia cinco camadas diferentes de penas, e a cabeça estava coberta com um penacho escarlate.

O cão correu imediatamente até a ave, tentando capturá-la e matá-la. Mas a ave bateu os esporões e voou em direção à cauda do cão, e a luta entre os dois foi intensa.

Momotaro, enquanto observava, não podia deixar de admirar o pássaro, que demonstrou bastante coragem durante a briga. Com certeza daria um bom lutador.

O menino foi até os dois combatentes e, segurando o cachorro, disse ao pássaro:

— Patife! Estás atrapalhando a minha viagem. Rende-te e eu te levarei comigo. Caso contrário, deixarei que este cachorro arranque tua cabeça!

Então, o pássaro se rendeu de imediato e implorou para que fosse aceito no grupo de Momotaro.

— Não sei como me desculpar pela briga com o cão, teu súdito, mas eu não tinha te visto. Sou uma ave infeliz chamada faisão. É muita generosidade tua perdoar a minha grosseria e me levar contigo. Por favor, permita-me vos acompanhar, indo atrás do cão e do macaco!

— Eu te parabenizo por te render tão rápido — disse Momotaro, sorrindo. — Vem e junta-te a nós em nossa incursão aos demônios.

– Vais levar esta ave contigo também? – interrompeu o cão.

– Por que fazes uma pergunta tão desnecessária? Não ouviste o que acabei de falar? Estou levando a ave comigo porque assim o desejo!

– Humpf! – bufou o cão.

Momotaro levantou-se, então, e deu a seguinte ordem:

– Agora vós todos deveis me ouvir. A primeira coisa de que um exército precisa é harmonia. Há um sábio ditado que diz: "Vantagem em terra é melhor do que vantagem nos céus!". A união entre nós é melhor do que qualquer ganho terreno. Quando não estamos em paz entre nós, não é fácil vencer um inimigo. De agora em diante, vós três, o cão, o macaco e o faisão, deveis ser amigos com uma só mente. O primeiro que começar uma briga será dispensado de imediato!

Todos os três prometeram não brigar. O faisão tornou-se, então, um membro da comitiva de Momotaro e recebeu metade de um dos bolinhos.

A influência de Momotaro era tão grande que os três se tornaram bons amigos e seguiram em frente, tendo-o como líder.

Avançando rapidamente a cada dia que se passava, chegaram enfim ao litoral do Mar do Nordeste. Não havia nada à vista no horizonte – nem um sinal de qualquer ilha. Tudo o que rompia a quietude era o movimento do quebrar das ondas na costa.

Até aquele momento, o cão, o macaco e o faisão tinham prosseguido de maneira muito valente, tendo passado pelos longos vales e pelas colinas, mas nunca tinham visto o mar antes e, pela primeira vez desde que haviam partido, ficaram desnorteados e se encararam em silêncio. Como atravessariam as águas e chegariam até a Ilha dos Demônios?

Momotaro logo percebeu que eles estavam intimidados ao verem o mar e, para testá-los, falou alto e de modo áspero:

– Por que hesitais? Estais com medo do mar? Ah! Que covardes vós sois! É impossível levar criaturas tão fracas como vós para lutar ao meu lado contra demônios. Será muito melhor se eu for sozinho. Estais dispensados!

Os três animais foram pegos de surpresa diante daquela admoestação e se agarraram às mangas do quimono de Momotaro, implorando para que ele não os mandasse embora.

– Por favor, Momotaro! – disse o cachorro.

– Chegamos tão longe! – afirmou o macaco.
– É desumano nos deixar aqui! – falou o faisão.
– Por favor, deixa-nos ir – completou o cão.

Como tinham agora ganhado um pouco de coragem, Momotaro disse, então:

– Bem, então, eu vos levarei comigo, mas tende cuidado!

Momotaro arrumou um pequeno navio no qual todos embarcaram. O vento e o clima estavam bons, e a embarcação prosseguiu como flecha pelo mar. Era a primeira vez que estavam nas águas e, assim, a princípio, o cão, o macaco e o faisão ficaram assustados com as ondas e a agitação do navio, mas aos poucos foram se acostumando e ficaram bastante contentes mais uma vez. Todos os dias percorriam o convés do pequeno navio, procurando avidamente pela Ilha dos Demônios.

Quando se cansavam disso, contavam uns aos outros histórias sobre todas as façanhas das quais tinham orgulho e depois se divertiam juntos. Momotaro muito se alegrava enquanto escutava as histórias dos três animais e observava as brincadeiras deles e, assim, esquecia-se de como o caminho era longo e do quanto estava cansado de viajar e de não fazer nada. Ansiava por estar em ação, matando os monstros que haviam causado tanto mal a seu país.

Enquanto o vento soprava a favor deles e não se deparavam com nenhuma tempestade, o barco fez viagem rápida. Certo dia, quando o sol estava brilhando intensamente, os quatro observadores que se encontravam na proa foram recompensados com a visão de terra firme.

Momotaro soube na mesma hora que o que viam era o reduto dos demônios. No topo do litoral íngreme, de frente para o mar, havia um enorme castelo. Agora que estava próximo de realizar sua missão, estava imerso em pensamentos, com a cabeça inclinada sobre as mãos, perguntando-se como deveria iniciar o ataque. Seus três seguidores o observavam, aguardando ordens. Por fim, chamou o faisão:

– É uma grande vantagem para nós que estejas conosco – disse Momotaro à ave –, pois tens boas asas. Voa imediatamente até o castelo e atrai os demônios para a luta. Nós te seguiremos.

O faisão obedeceu no mesmo instante. Alçou voo contente, batendo as asas. Não demorou muito para que chegasse até a ilha e se posicionasse no telhado, no meio do castelo, gritando em voz alta:

— Senhores demônios, escutai-me! O grande general japonês Momotaro veio para vos enfrentar e tomar o vosso reduto. Se quereis salvar vossas vidas, rendei-vos agora mesmo. Como prova de vossa rendição, deveis quebrar os chifres que crescem em vossa testa. Se não vos renderdes imediatamente e decidirdes lutar, nós, o faisão, o cão e o macaco, mataremos todos vós, mordendo-vos e dilacerando-vos até a morte!

Os demônios chifrudos, ao olharem para cima e verem que se tratava apenas de um faisão, riram e disseram:

— Um faisão selvagem! Que ridículo ouvir isso de uma coisinha má como tu. Espera até levares um golpe de uma das nossas barras de ferro!

Os demônios estavam realmente zangados. Balançavam os chifres e os cabelos vermelhos furiosamente e se apressaram para vestir suas calças de pele de tigre para parecerem ainda mais terríveis. Em seguida, pegaram as enormes barras de ferro e correram até onde o faisão havia se empoleirado, acima deles, tentando derrubá-lo. O faisão desviou para um dos lados e escapou do golpe. Primeiro, atacou a cabeça de um e depois a de outro demônio. Voou dando giros em volta deles, batendo as asas sem parar e com tanta força, que os demônios começaram a se perguntar se tinham de lutar com apenas uma ou várias aves.

Naquele meio-tempo, Momotaro havia levado o barco para a terra firme. Conforme se aproximava, viu que a costa era um precipício e que o enorme castelo estava cercado por muralhas altas e enormes portões de ferro, vigorosamente reforçados.

Momotaro desembarcou e, na esperança de encontrar alguma maneira de entrar no castelo, subiu em direção ao topo, seguido pelo macaco e pelo cachorro. Logo se depararam com duas belas donzelas, lavando roupas em um riacho. Momotaro viu que as roupas estavam manchadas de sangue e que, enquanto as duas as lavavam, lágrimas escorriam em seus rostos. Ele parou e falou com elas:

— Quem sois vós e por que chorais?

— Somos prisioneiras do Demônio Rei. Fomos raptadas de nossas casas e trazidas para esta ilha e, mesmo sendo filhas de *daimiôs*, somos obrigadas a ser as criadas dele, e um dia ele nos matará – as moças ergueram as roupas manchadas de sangue – e nos devorará. Não há ninguém para nos ajudar!

E, ao pensarem em algo tão terrível, começaram a chorar.

– Eu vos salvarei – disse Momotaro. – Não chorais mais. Apenas me mostrai como posso entrar no castelo.

As duas damas então seguiram à frente e mostraram a Momotaro uma portinha dos fundos na parte mais baixa da muralha do castelo, tão pequena que Momotaro mal conseguia atravessá-la.

O faisão, que até então tinha lutado arduamente, viu Momotaro e o pequeno bando entrando pelos fundos.

A investida de Momotaro foi tão furiosa que os demônios não conseguiram fazer frente a ele. A princípio, o inimigo era apenas uma ave, o faisão, mas, agora que Momotaro, o cão e o macaco tinham chegado, os demônios ficaram aturdidos, pois os quatro lutavam como se fossem cem, de tão fortes que eram. Alguns dos demônios caíram do parapeito do castelo e se despedaçaram sobre as rochas abaixo. Outros caíram no mar e se afogaram. Muitos foram espancados até a morte pelos três animais.

O líder dos demônios, por fim, foi o último a sobrar. Ele havia decidido se render, pois sabia que o inimigo era muito mais forte que um homem mortal.

Dirigiu-se a Momotaro de forma humilde, largando a barra de ferro, e, ao se ajoelhar diante dos pés do vencedor, quebrou os próprios chifres como prova de rendição, já que eram o símbolo de sua força e poder.

– Tenho medo de ti – disse ele de maneira submissa. – Sou incapaz de derrotar-te. Eu te darei todo o tesouro escondido neste castelo se poupares a minha vida!

Momotaro riu.

– Não é do feitio de um demônio implorar por misericórdia, não é mesmo? Não posso poupar a tua vida maldita, por mais que me implores, pois já mataste e torturaste muitas pessoas e roubaste nossa terra por muitos anos.

O cachorro e o faisão levaram de volta para casa o espólio, e Momotaro voltou triunfante, levando consigo o demônio líder como prisioneiro.

As duas pobres donzelas, filhas de *daimiôs*, e outras que os demônios malignos haviam levado para serem escravas, foram encaminhadas em segurança para os próprios lares e entregues aos pais.

O país inteiro fez de Momotaro um herói em seu regresso triunfante e se rejubilou com o fato de que agora estavam livres dos demônios ladrões que os aterrorizavam havia muito tempo.

A alegria do velho casal era maior do que nunca, e o tesouro que Momotaro levara para casa com ele lhes permitiu viver em paz e abundância até o fim de seus dias.

O ogro de Rashomon

Há muito, muito tempo,
a população da cidade
de Quioto estava sendo
aterrorizada pelos relatos
de um temível ogro que, diziam,
assombrava o Portão de Rashomon
durante o anoitecer e capturava qualquer
um que por lá passasse. As vítimas desaparecidas nunca mais eram vistas, por isso diziam por aí que o ogro era um canibal horripilante que não apenas matava as infelizes vítimas, como também as devorava. Agora, todos na cidade e nas cercanias sentiam muito medo, e ninguém ousava se aventurar perto do Portão de Rashomon depois do pôr do sol.

Naquela época, vivia em Quioto um general chamado Raiko, que havia se tornado famoso graças aos diversos feitos de coragem. Há algum tempo, ficou conhecido no país inteiro, pois havia atacado Oeyama, onde um bando de ogros vivia com o líder, o qual, em vez de beber vinho, bebia sangue humano. Ele tinha derrotado todos e degolado o monstro líder.

Esse valente guerreiro estava sempre acompanhado por um bando de cavaleiros leais. Naquele grupo, havia cinco guerreiros bastante valentes. Certa noite, enquanto os cinco cavaleiros estavam sentados em um banquete, bebendo saquê nas tigelas de arroz, comendo todos os tipos de peixe, crus, cozidos e assados, e brindando à saúde e às façanhas uns dos outros, o primeiro cavaleiro, Hojo, disse aos outros:

— Ouvistes o rumor de que todas as noites, após o pôr do sol, aparece um ogro no Portão de Rashomon que apanha qualquer um que por lá passa?

O segundo cavaleiro, Watanabe, respondeu:

— Não digas tamanha bobagem! Todos os ogros foram assassinados pelo nosso líder Raiko em Oeyama! Não pode ser verdade. Mesmo que algum ogro tivesse escapado daquela grande matança, não se atreveria a aparecer nesta cidade, pois sabe que o nosso valente senhor iria atacá-lo imediatamente caso ficasse sabendo que algum deles ainda estava vivo!

— Então não acreditas no que digo e achas que estou te contando falsidades?

— Não, não acho que estás contando uma mentira — disse Watanabe —, mas ouviste a história de uma velhota em quem não vale a pena acreditar.

— A melhor maneira de provar o que digo é que vás até lá para descobrir se é verdade ou não — desafiou Hojo.

Watanabe, o segundo cavaleiro, não conseguia suportar a ideia de que o companheiro pudesse pensar que ele estava com medo, então respondeu no mesmo instante:

— Claro! Eu mesmo irei e descobrirei!

Assim, Watanabe se preparou de imediato para partir: pegou a longa espada, vestiu a armadura e amarrou o capacete. Quando estava pronto para partir, disse aos outros:

— Dai-me algo para que eu possa provar que estive lá!

Um dos homens então pegou um rolo de papel e a caixa de tinta nanquim e de pincéis, e os quatro camaradas escreveram seus nomes em um pedaço de papel.

— Vou levar isto — disse Watanabe — e vou colocar no Portão de Rashomon, então amanhã de manhã todos deveis ir para lá. Até lá, serei talvez capaz de capturar um ou dois ogros! — Montou no cavalo e partiu com galhardia.

Era uma noite bastante escura, sem lua nem estrelas para iluminar o caminho de Watanabe. Para piorar as coisas ainda mais, uma tempestade surgiu: chovia forte, e o vento uivava como os lobos nas montanhas. Qualquer homem comum teria tremido de medo apenas por pensar em sair de casa, mas Watanabe era um guerreiro valente e destemido, e sua honra e palavra estavam em jogo. Dessa maneira, seguiu veloz pela noite, enquanto os companheiros escutavam o som dos cascos de seu cavalo desaparecendo no horizonte. Depois, fecharam as venezianas corrediças e se reuniram em volta da fogueira, perguntando-se o que iria acontecer e se o camarada encontraria um daqueles terríveis Oni[10].

Por fim, Watanabe chegou até o Portão de Rashomon, mas, por mais que perscrutasse pela escuridão, não havia nem sinal de ogro.

"É como eu pensava", pensou Watanabe, com seus botões. "Obviamente não há nenhum ogro por aqui. É apenas uma história de velhas. Vou colar este papel no portão para que os outros possam ver que estive aqui quando virem para cá amanhã e depois vou tomar o caminho de casa e rir de todos eles."

Fixou no portão o pedaço de papel assinado por todos os quatro companheiros e depois guiou o cavalo na direção de casa.

Assim que deu meia-volta, percebeu que alguém estava atrás dele, e, ao mesmo tempo, uma voz pediu para que ele esperasse. Depois seu capacete foi puxado por trás.

— Quem está aí? – perguntou Watanabe destemidamente.

Ele estendeu a mão e tateou para tentar descobrir quem ou o que era que o segurava pelo capacete. Ao fazê-lo, tocou em algo que parecia um braço: estava coberto de pelos e era tão grande quanto o tronco de uma árvore!

Watanabe soube no mesmo instante que se tratava de um braço de ogro, e assim sacou a espada e deu um golpe feroz.

Ouviu-se um berro de dor, e o ogro, então, correu do guerreiro.

Watanabe arregalou os olhos com espanto, pois viu que o ogro era mais alto do que o enorme portão. Os olhos da criatura brilhavam como espelhos à luz do sol, e a boca estava arreganhada; quando o monstro respirava, chamas saíam lá de dentro.

O ogro pensara em aterrorizar o inimigo, mas Watanabe nunca hesitava. Atacou o ogro com todas as forças, e assim lutaram, frente a frente, por um bom tempo. Por fim, o ogro, percebendo que não conseguiria nem assustar, nem derrotar Watanabe, e que ele mesmo poderia ser derrotado, acabou fugindo. Mas Watanabe, decidido a não deixar o monstro escapar, fez o cavalo correr e perseguiu a criatura.

---

10 "Demônio" ou "ogro". Criaturas da mitologia japonesa (N. T.).

Ainda que fosse muito rápido, porém, o ogro era muito mais veloz e, para a decepção do cavaleiro, percebeu que não seria capaz de alcançar o monstro, que estava ficando cada vez mais longe.

Watanabe voltou para o portão onde a luta acirrada havia se dado e apeou do cavalo. Assim que desceu, topou com alguma coisa caída no chão.

Inclinando-se para pegar o que quer que fosse, descobriu que era um dos enormes braços do ogro, que ele devia ter cortado durante a luta. Sentiu uma alegria imensa ao ter obtido tamanha recompensa, pois aquela era a melhor de todas as provas de sua aventura com o ogro. Então, o cavaleiro o pegou com cuidado e o levou de volta, como um troféu da vitória.

Quando retornou, mostrou o braço para os companheiros, que lhe chamaram de herói do bando e lhe ofereceram um grande banquete. Seu magnífico feito logo se espalhou por Quioto, e pessoas de longe e da vizinhança apareceram para ver o braço do ogro.

Watanabe passou a ficar apreensivo, pensando em como ele manteria o braço em segurança, pois sabia que o ogro a quem o membro pertencia ainda estava vivo. Tinha certeza de que, mais cedo ou mais tarde, assim que superasse o medo, o ogro voltaria para tentar recuperar o braço. Watanabe, portanto, mandou fazer uma caixa de madeira resistente, reforçada com ferro. Nela, colocou o braço e depois selou a tampa pesada, recusando-se a abri-la para qualquer pessoa. Deixou a caixa no quarto e ele mesmo tomava conta dela, nunca a deixando fora de sua vista.

Certa noite, porém, ouviu alguém batendo na porta, pedindo acolhida.

Quando o criado foi até a porta para ver quem era, havia apenas uma senhora, de aparência bastante respeitável. Ao ser questionada sobre quem era e o que queria, a mulher respondeu com um sorriso, dizendo que fora a cuidadora do senhor da casa quando ele era um bebê, e implorou para que pudesse vê-lo, caso estivesse em casa.

O criado deixou a senhora esperando na porta e foi dizer ao amo que a velha cuidadora tinha vindo para vê-lo. Watanabe achou estranho ela aparecer àquela hora da noite, mas, ao pensar na velha cuidadora, que tinha sido como uma mãe adotiva para ele e a quem ele não via havia muito tempo, um sentimento muito terno por ela despontou em seu coração e, assim, pediu ao criado que a deixasse entrar.

Yei Theodora Ozaki

A senhora foi conduzida ao aposento e, depois dos cumprimentos habituais, disse:

— Senhor, o relato de tua valente luta contra o ogro no Portão de Rashomon já está tão conhecido que até mesmo a tua pobre e velha cuidadora ouviu falar dela. É realmente verdade o que todos dizem, que cortaste fora um dos braços do ogro? Se sim, tua façanha é realmente louvável!

— Fiquei muito frustrado por não ter conseguido aprisionar o monstro, que era o que eu desejava fazer, em vez de apenas cortar um braço!

— Estou muito orgulhosa por pensar que o meu senhor foi tão corajoso a ponto de cortar fora o braço de um ogro. Nada pode se comparar à tua coragem. Antes que eu morra, é o grande desejo de minha vida ver esse braço. — A mulher continuou de modo suplicante.

— Não. Lamento, mas não posso atender ao teu pedido.

— Mas por quê? — perguntou a senhora.

— Porque ogros são criaturas muito vingativas e, se eu abrir a caixa, não há como saber se o ogro pode aparecer de repente e levar o braço. Mandei fazer uma caixa com uma tampa muito forte especialmente para isso e nesta caixa guardo em segurança o braço do ogro e nunca o mostro para ninguém, aconteça o que acontecer — respondeu Watanabe.

— Tua cautela é bastante sensata — disse a senhora. — Mas sou a tua velha cuidadora, então com certeza não te recusarás a me mostrar o braço. Acabei de ouvir o teu ato de bravura e, incapaz de esperar até a manhã, vim de uma vez te pedir para que o mostre para mim.

Watanabe ficou muito incomodado com a súplica da velha mulher, mas ainda continuou recusando. A senhora disse, então:

— Suspeitas de que eu seja uma espiã enviada pelo ogro?

— Não, é claro que não suspeito de que sejas uma espiã, pois és minha velha cuidadora — respondeu Watanabe.

— Então não podes obviamente te recusar a me mostrar o braço — instou a senhora —, pois trata-se do grande desejo do meu coração ver pela primeira vez em minha vida o braço de um ogro!

Watanabe não podia mais recusar e finalmente cedeu:

— Então vou te mostrar o braço do ogro, já que queres tanto vê-lo. Vem, acompanha-me! — E assim ele foi até o quarto, seguido pela senhora.

Quando estavam os dois lá, Watanabe fechou a porta com cuidado e, depois, indo até a grande caixa que ficava em um canto do quarto, tirou a tampa pesada. Em seguida, chamou a mulher para se aproximar e olhar, já que ele nunca tirava o braço da caixa.

— Como ele é? Deixa-me dar uma boa olhada nele — pediu a velha cuidadora, com o rosto sorridente.

Ela foi se aproximando cada vez mais, como se estivesse receosa, até ficar bem em frente à caixa. De repente, enfiou a mão na caixa e agarrou o braço, gritando com uma voz medonha que fez o quarto tremer:

— Ah, que alegria! Consegui meu braço de volta!

E, de senhora, ela repentinamente se transformou em um ogro gigantesco e assustador!

Watanabe deu um pulo para trás e ficou imóvel por um momento, tamanho era seu espanto. Mas, ao reconhecer o ogro que o havia atacado no Portão de Rashomon, decidiu, com a coragem costumeira, acabar com ele dessa vez. Pegou a espada, desembainhando-a em um piscar de olhos, e tentou abater o ogro.

Watanabe foi tão rápido que a criatura escapou por um triz. Mas o ogro saltou em direção ao teto e, estourando o telhado, desapareceu entre a névoa e as nuvens.

Foi assim que o monstro conseguiu escapar com o braço. O cavaleiro rangeu os dentes de frustração, mas era tudo o que podia fazer. Esperou pacientemente por outra oportunidade de despachar o ogro. Mas este tinha medo da grande força e ousadia de Watanabe e nunca mais voltou a perturbar Quioto. Então, as pessoas da cidade de novo podiam sair sem medo até mesmo à noite, e os feitos corajosos de Watanabe nunca foram esquecidos!

De como um velho perdeu seu cisto

Há muitos e muitos anos, havia um bom e velho homem com um cisto igual a uma bola de tênis crescendo na bochecha direita. Esse caroço deformava enormemente o rosto dele, e isso o incomodava tanto que, por muitos anos, ele gastou todo o tempo e dinheiro que tinha tentando se livrar daquilo. Tentara tudo o que se pode imaginar. Havia se consultado com muitos médicos, de longe e de perto, e tomado todos os tipos de remédios, tanto os de uso interno quanto os de uso externo. Mas foi tudo em vão. O caroço foi crescendo cada vez mais até ficar quase tão grande quanto o seu rosto, e, em desespero, ele acabou perdendo todas as esperanças de algum dia se livrar daquilo e se resignou com a ideia de ter de carregar o caroço no rosto pelo resto da vida.

Certo dia, acabou toda a lenha de sua cozinha e, como a esposa precisava de pelo menos um pouco imediatamente, o ancião pegou o machado e partiu para a floresta nas colinas não muito longe de casa. Era um ótimo dia de início de outono e, como o velho gostava de ar fresco, não tinha pressa alguma de voltar para casa. Então, a tarde passou rapidamente enquanto cortava madeira e já tinha conseguido uma boa pilha para levar para a esposa. Quando o dia estava chegando ao fim, decidiu retornar.

O velho não tinha ido muito longe na descida pela montanha quando o céu ficou nublado e começou a chover bem forte. Procurou algum abrigo em volta, mas não havia nem mesmo uma cabana de carvoeiro por perto. Por fim, avistou um enorme buraco em um tronco oco de uma árvore. O buraco ficava próximo ao chão, então conseguiu entrar com facilidade e ali se sentou, na esperança de que fosse apenas um aguaceiro, e o tempo logo ficasse limpo outra vez.

Para a decepção do homem, porém, em vez de o tempo limpar, chovia cada vez mais e por fim uma forte tempestade irrompeu sobre a montanha. Trovejava terrivelmente, e o céu parecia estar em chamas por causa dos raios. O homem mal podia acreditar que ainda estava vivo. Finalmente, porém, o céu se clareou, e a terra inteira foi iluminada pelos raios do sol poente. O homem se animou de novo quando olhou para o belo crepúsculo e estava prestes a sair do estranho esconderijo na árvore oca, quando o som do que pareciam vários passos de várias pessoas se aproximando chegou aos seus ouvidos. Imediatamente, pensou que os amigos tinham vindo procurá-lo e ficou contente com a ideia de ter alguns companheiros animados com quem pudesse voltar para casa. Ao olhar para fora da árvore, porém, qual não foi a sua surpresa ao ver não os amigos, mas centenas de demônios vindo em direção ao local. Quanto mais olhava, maior ainda era a sua estupefação. Alguns daqueles demônios eram grandes como gigantes, outros tinham grandes olhos desproporcionais em relação ao resto do corpo, outros tinham narizes absurdamente longos, e alguns tinham bocas tão grandes que pareciam abrir de orelha a orelha. Todos tinham chifres na testa. O ancião ficou tão surpreso pelo que via que acabou perdendo o equilíbrio e caiu da árvore oca. Por sorte, os demônios não o viram, já que a árvore estava nos fundos. Assim, ele se recompôs e voltou para dentro do tronco.

Enquanto estava sentado e se perguntando impacientemente quando conseguiria voltar para casa, ouviu sons de música alegre. E alguns dos demônios começaram a cantar.

"O que é que essas criaturas estão fazendo?", perguntou-se o velho. "Vou dar uma olhada. Parece bastante divertido."

Ao espiá-los, o homem viu que o demônio líder estava sentado com as costas apoiadas na árvore em que ele havia se refugiado, e todos os outros demônios estavam sentados em volta, alguns bebendo, outros dançando. Havia comida e vinho espalhados diante deles no chão, e era evidente que os demônios estavam se divertindo bastante.

Ver as excentricidades deles fez o velho rir.

"Que divertido!", pensou o homem, rindo. "Já estou muito velho, mas nunca antes tinha visto algo tão estranho em toda a minha vida."

Ficara tão interessado e empolgado em assistir a tudo o que os demônios estavam fazendo que se distraiu, acabou saindo da árvore e ficou olhando em volta.

Bem na hora, o demônio líder estava tomando uma enorme taça de saquê e vendo um dos demônios dançar. Depois de um tempo, disse com ar de tédio:

— Tua dança é um tanto monótona. Estou cansado de vê-la. Não há ninguém entre vós que saiba dançar melhor do que este indivíduo?

O ancião, que sempre tinha gostado de dançar e era um especialista e tanto nessa arte, sabia que poderia se sair muito melhor que o demônio e perguntou-se:

"Será que devo dançar diante desses demônios e mostrar o que um ser humano pode fazer? Pode ser perigoso, pois, caso eu não consiga agradá-los, eles podem querer me matar!"

O medo dele, porém, logo foi superado pelo amor que tinha pela dança. Em poucos minutos, já não conseguia mais se segurar, então apareceu diante do grupo inteiro de demônios e imediatamente começou a dançar. O velho, percebendo que sua vida provavelmente dependia de conseguir agradar ou não aquelas estranhas criaturas, esforçou-se ao máximo na habilidade e perspicácia.

A princípio, os demônios ficaram bastante surpresos por verem um homem tão destemido participar do entretenimento, e a surpresa deles logo deu lugar à admiração.

— Que peculiar! — exclamou o líder chifrudo. — Eu nunca tinha visto um dançarino tão habilidoso antes! Ele dança de forma admirável!

Quando o velho terminara de dançar, o grande demônio disse:

— Muito obrigado por nos entreter com tua dança. Agora, por favor, bebe uma taça de vinho conosco. — Dizendo aquilo, passou para o senhor a maior taça de vinho.

O ancião lhe agradeceu muito humildemente:

— Eu não esperava tamanha gentileza de Vossa Senhoria. Receio ter apenas perturbado a tua agradável festa com a minha dança desajeitada.

— Não, não — respondeu o demônio. — Deves sempre vir dançar para nós. Tua habilidade muito nos agradou.

O ancião lhe agradeceu e prometeu que assim o faria.
– Podes voltar amanhã de novo, velhinho? – perguntou o demônio.
– Com certeza, sim.
– Então deves deixar conosco alguma garantia de tua palavra.
– O que quiseres.
– Qual seria a melhor coisa que ele pode nos deixar como garantia? – perguntou o demônio, olhando em volta.

Um dos demônios presentes disse, então, ajoelhando-se diante do líder:
– A garantia que ele deve deixar conosco deve ser a coisa mais importante para ele e que esteja em sua posse. Vejo que o velhote tem um caroço na bochecha direita. E homens mortais consideram tal cisto algo de muita sorte. Meu senhor, podes pegar o caroço da bochecha direita do velho, que ele com certeza voltará amanhã, apenas para pegá-lo de volta.

– És muito esperto – disse o demônio líder, concordando com os chifres. Em seguida, esticou um dos braços peludos com a mão em garra e pegou o enorme caroço da bochecha direita do ancião. E, por mais estranho que pareça, ao toque do demônio, o caroço foi arrancado com a mesma facilidade com que se arranca uma fruta de uma ameixeira. Depois disso, a trupe alegre dos demônios desapareceu subitamente.

O velho ficou desnorteado com tudo o que havia acontecido. Até pouco tempo atrás, mal sabia onde estava. Quando conseguiu compreender o que havia acontecido com ele, ficou alegre por perceber que o caroço, o qual havia lhe desfigurado o rosto por tantos anos, realmente havia sido tirado sem causar nenhuma dor. Colocou a mão sobre o rosto para ver se havia ficado alguma cicatriz, mas percebeu que a bochecha direita estava tão lisa quanto a esquerda.

O sol tinha se posto já havia bastante tempo, e a lua crescente já havia se elevado no céu. De repente, o velho percebeu como estava tarde e começou a se apressar para voltar para casa. Tocava a bochecha direita o tempo todo, como se quisesse ter a certeza de sua boa sorte por ter perdido o cisto. Estava tão feliz que não conseguia simplesmente caminhar tranquilo – correu e dançou o caminho todo para casa.

Quando chegou, encontrou a esposa bastante preocupada, perguntando-se o que havia acontecido com ele para ter chegado tão tarde. Ele

contos de fadas japoneses

logo lhe contou tudo o que havia se passado desde que saíra de casa, naquela tarde. Ela ficou muito feliz quando o marido mostrou que aquele caroço horroroso havia desaparecido do rosto dele, pois, quando eram jovens, ela se orgulhava da beleza dele, e para ela era uma tristeza diária ter de ver aquele cisto horrendo.

Próximo ao velho casal, vivia um homem terrível e desagradável. Ele também tinha sido perturbado por muitos anos com o crescimento de um caroço na bochecha esquerda e também já tinha tentado se livrar dele de todas as maneiras, mas tudo em vão.

Não demorou muito para ouvir, por um criado, da boa sorte do vizinho em ter perdido o caroço do rosto. Então, naquela mesma noite, chamou o amigo e pediu para que ele lhe contasse tudo sobre a perda do cisto. O bom ancião contou ao vizinho desagradável tudo o que havia acontecido. Descreveu o local onde encontraria a árvore oca na qual poderia se esconder e o aconselhou a já ficar no local no fim da tarde, durante o horário do pôr do sol.

O vizinho partiu na tarde seguinte, então, e, depois de ter caçado por um tempo, foi até a árvore oca assim como o amigo tinha descrito. Ali se escondeu e esperou pelo crepúsculo.

Assim como lhe haviam dito, o bando de demônios apareceu naquela hora e fez um banquete com dança e canto. Quando isso já estava acontecendo havia algum tempo, o líder dos demônios olhou em volta e disse:

– Será que é agora a hora em que o velho virá, como nos prometeu? Por que não estou o vendo?

Quando o segundo ancião ouviu aquilo, saiu correndo do esconderijo na árvore e, ajoelhando-se diante do Oni, disse:

– Fiquei aguardando por um bom tempo até que me chamasses!

– Ah, és o velhote de ontem – disse o líder. – Obrigado por ter vindo. Agora deves dançar para nós.

O velho se levantou e abriu o leque, dando início à dança. Mas ele nunca tinha aprendido a dançar e não sabia nada sobre os gestos necessários e as diferentes posições. Pensava que qualquer coisa iria agradar os demônios, então ficou apenas pulando de um lado para o outro, balançando os braços e batendo os pés no chão, como se estivesse imitando qualquer dança que já tivesse visto antes.

Os Oni não ficaram nada satisfeitos com aquela apresentação e comentaram entre eles:

– Como ele está dançando mal hoje!

Então, o demônio líder disse ao velho:

– A tua performance hoje está bem diferente da de ontem. Não desejamos mais ver nada dessa dança. Vamos devolver a garantia que deixaste conosco. Deves ir embora imediatamente.

Com aquela afirmação, tirou de um dos bolsos do traje o caroço que havia tirado do rosto do ancião que havia dançado tão bem no dia anterior e o arremessou na bochecha direita do velho que estava diante dele. O caroço imediatamente se fixou na bochecha tão firmemente quanto se sempre tivesse crescido ali, e todas as tentativas de arrancá-lo eram inúteis. O velho mau, em vez de perder o caroço na bochecha esquerda como desejava, percebeu, para seu desespero, que, na tentativa de se livrar do primeiro, tinha ganhado outro na bochecha direita.

Colocou primeiro uma das mãos e depois a outra, uma de cada lado do rosto, para se certificar de que não estava tendo um pesadelo horripilante. É, com certeza havia agora um enorme caroço no lado direito de seu rosto, assim como no lado esquerdo. Os demônios haviam todos desaparecido, e não havia nada que ele pudesse fazer a não ser voltar para casa. Era de dar dó, pois seu rosto, com os dois caroços enormes, cada um de um lado, faziam a sua cabeça se parecer com uma cabaça japonesa.

As pedras de cinco cores e a imperatriz Jokwa, uma história da China Antiga

Há muito, muito tempo, havia uma grande imperatriz chinesa que sucedera o irmão, o imperador Fuki. Era a idade dos gigantes, e a imperatriz Jokwa, pois esse era o seu nome, tinha sete metros e sessenta centímetros de altura, quase tão alta quanto o irmão. Era uma magnífica mulher e uma governante hábil. Há uma história interessante de como ela remendou uma parte dos céus partidos e um dos pilares terrestres que seguram o céu; ambos haviam sido danificados durante uma rebelião instigada por um dos súditos do imperador Fuki.

O nome do rebelde era Kokai. Ele tinha quase oito metros de altura. Seu corpo era inteiramente coberto por pelos, e seu rosto era tão preto quanto ferro. Era um mago e de fato tinha um caráter bastante terrível. Quando o imperador Fuki morreu, Kokai foi tomado pela ambição de ser imperador da China, mas seu plano fracassou, e Jokwa, a irmã do imperador falecido, subiu ao trono. Kokai ficou tão furioso por seus planos terem sido frustrados que provocou uma revolta. Seu primeiro ato foi usar o demônio da água, causando uma grande enchente no país todo. Aquilo fez com que a população pobre deixasse para trás suas casas, e, quando a imperatriz Jokwa viu a situação dos súditos e soube que a culpa era de Kokai, declarou guerra contra ele.

Jokwa, a imperatriz, tinha às suas ordens dois jovens guerreiros chamados Hako e Eiko e indicou o primeiro ao posto de general da linha de frente. Hako ficou muito contente com a escolha da imperatriz e se preparou para a batalha. Pegou a lança mais longa que encontrou e montou em um cavalo vermelho. Estava prestes a partir quando ouviu alguém galopando vigorosamente atrás dele e gritando:

— Hako! Para! O general das linhas de frente deve ser eu!

Olhou para trás e viu Eiko, seu companheiro, vindo em um cavalo branco e desembainhando uma grande espada para lhe dar um golpe. A raiva de Hako fora despertada e, ao dar meia-volta para enfrentar o rival, gritou:

— Insolente desgraçado! Fui nomeado pela imperatriz para liderar a frente de batalha. Como te atreves a me deter?

— Sou eu quem deve liderar o exército — respondeu Eiko. — És tu quem deve me seguir.

Diante daquela resposta ousada, a ira de Hako, antes apenas uma centelha, tornou-se labareda.

— Como ousas me responder assim? Toma! — E se atirou em direção ao outro com a lança.

Mas Eiko desviou rapidamente para o lado e, ao mesmo tempo, erguendo a espada, feriu a cabeça do cavalo do general. Obrigado a descer do cavalo, Hako estava prestes a correr até o rival, quando Eiko, tão veloz quanto um relâmpago, arrancou de seu peito o distintivo de comandante e galopou para longe. Tudo aquilo foi tão rápido que Hako ficou zonzo, sem saber o que fazer.

A imperatriz tinha presenciado a cena toda e não pôde deixar de admirar a rapidez do ambicioso Eiko. Para apaziguar os adversários, decidiu nomear os dois ao comando das linhas de frente do exército.

Assim, Hako foi nomeado comandante da ala esquerda do exército; e Eiko, da direita. Cem mil soldados os seguiram e marcharam para derrotar o rebelde Kokai.

Em pouco tempo, os dois generais chegaram ao castelo onde Kokai havia se refugiado. Quando soube que estavam se aproximando, o mago disse:

— Vou acabar com essas duas pobres crianças em um piscar de olhos. — Mal sabia ele, porém, o quanto seria dura a batalha.

Ao afirmar aquilo, Kokai pegou um bastão de ferro e montou em um cavalo preto, apressando-se como um tigre bravo para encontrar os dois inimigos.

Quando os dois jovens guerreiros o viram descendo em direção a eles, disseram um para o outro:

– Não devemos deixá-lo escapar vivo – e o atacaram pela direita e pela esquerda com a espada e com a lança.

Mas não era fácil derrotar o todo-poderoso Kokai: ele girava o bastão de ferro como uma grande roda d'água, e durante um bom tempo lutaram assim, nenhum dos lados ganhando ou perdendo. Finalmente, para evitar o bastão de ferro do feiticeiro, Hako virou o cavalo muito rápido; os cascos do animal bateram contra uma grande pedra e, ao se assustar, o equino se ergueu tão reto quanto um biombo, atirando seu mestre ao chão.

Então, Kokai puxou a espada de três gumes e estava prestes a matar Hako, que se encontrava prostrado, quando, antes que o feiticeiro pudesse realizar sua vontade perversa, o valente Eiko empurrou o próprio cavalo na frente de Kokai e o desafiou a testar sua força contra ele, em vez de matar um homem caído. Kokai, no entanto, estava cansado e não se sentia inclinado a enfrentar aquele jovem soldado destemido. Assim, repentinamente, dando meia-volta com seu cavalo, fugiu da briga.

Hako, que tinha ficado apenas um pouco atordoado, já tinha se levantado àquela altura, e tanto ele quanto o companheiro correram atrás do inimigo em retirada, um a pé e o outro a cavalo.

Kokai, vendo que estava sendo perseguido, dirigiu-se ao que estava mais próximo, que era, é claro, Eiko, o qual estava montado a cavalo. Ao tirar uma flecha da aljava, encaixou-a no próprio arco e atirou em Eiko.

Tão rápido quanto um relâmpago, o cauteloso Eiko evitou a flecha, que apenas tocou as cordas de seu capacete e, de relance, foi de encontro à armadura de Hako sem lhe causar quaisquer danos.

O mago viu que os dois inimigos continuavam ilesos. Também sabia que não havia tempo para atirar outra flecha antes que os dois o alcançassem. Dessa maneira, para se salvar, recorreu à magia. Estendeu o bastão e imediatamente uma grande enchente surgiu, e o exército de Jokwa e seus corajosos jovens generais foram varridos como folhas caídas em um riacho durante o outono.

Tanto Hako quanto Eiko, com água até o pescoço, estavam em apuros e, olhando em volta, viram o feroz Kokai avançando em direção a eles através das águas com seu bastão de ferro erguido. Pensaram que a qualquer momento seriam mortos, mas corajosamente se esforçaram para nadar para o mais longe que pudessem do alcance de Kokai. De repente, eles se viram diante do que parecia ser uma ilha que emergia da água. Ergueram os olhos e avistaram lá um homem com cabelos tão brancos quanto a neve, sorrindo para eles. Gritaram por ajuda. O ancião fez um aceno e desceu para a beira d'água. Assim que seus pés tocaram a enchente, esta se dividiu, e uma boa estrada apareceu, para o espanto dos homens que estavam se afogando e agora estavam a salvo.

Àquela altura, Kokai já tinha chegado até a ilha que havia emergido das águas como que por milagre e, ao ver os inimigos vivos, ficou furioso. Correu pela água em direção ao ancião, que realmente parecia que seria morto, mas o ancião não dava a impressão de estar nem um pouco consternado e, com muita calma, aguardou o ataque do mago.

Conforme Kokai se aproximava, o ancião riu alto, alegre, e, ao se transformar em um grande e lindo grou branco, bateu as asas e voou para os céus.

Quando Hako e Eiko viram aquilo, souberam que o seu salvador não era apenas um mero ser humano – talvez fosse um deus disfarçado – e passaram a ter esperanças de encontrá-lo mais tarde e saber quem era o venerável ancião.

Naquele meio-tempo, eles haviam recuado e, como o dia já estava quase findo, pois o sol estava se pondo, tanto Kokai quanto os jovens guerreiros desistiram da ideia de continuar batalhando.

Naquela noite, Hako e Eiko decidiram que era inútil lutar contra o mago Kokai, pois, enquanto este tinha poderes sobrenaturais, aqueles eram apenas humanos. Dessa maneira, apresentaram-se à imperatriz Jokwa. Depois de uma longa conversa, a imperatriz decidiu pedir para o rei do fogo, Shikuyu, ajudá-la na batalha contra o mago rebelde e liderar o exército contra ele.

Shikuyu, o Rei do Fogo, vivia no Polo Sul. Era o único lugar seguro para ele estar, pois sempre acabava queimando tudo à sua volta em qualquer outro lugar, mas era impossível queimar gelo e neve. Era um gigante e tinha nove metros e quinze centímetros de altura. Seu rosto era como mármore; e seus longos cabelos e barba, brancos como a neve. Tinha uma força estupenda e era mestre do fogo, assim como Kokai era o das águas.

"Shikuyu com certeza pode derrotar Kokai", pensou a imperatriz. Assim, mandou Eiko até o Polo Sul para que implorasse a Shikuyu para lutar contra Kokai com as próprias mãos e o derrotar de uma vez por todas.

O Rei do Fogo, ao ouvir o pedido da imperatriz, sorriu e disse:

— Mas isso é fácil, com certeza! Fui eu quem apareceu em vosso socorro quando tu e teu companheiro vos afogavam na enchente provocada por Kokai!

Eiko ficou surpreso ao saber daquilo. Agradeceu ao Rei do Fogo por ter ido salvá-los quando mais precisavam e, em seguida, suplicou-lhe que voltasse com ele para liderar a guerra e derrotar o maligno Kokai.

Shikuyu atendeu ao pedido e retornou com Eiko até a imperatriz. Ela deu as boas-vindas ao Rei do Fogo com cordialidade e imediatamente contou por que tinha mandado buscá-lo: para pedir para que ele fosse o generalíssimo de seu exército. A resposta dele foi muito tranquilizadora:

— Não te preocupes. Com certeza matarei Kokai.

Shikuyu, então, colocou-se à frente de trinta mil soldados e, com Hako e Eiko lhe mostrando o caminho, marchou até o castelo do inimigo. O Rei do Fogo sabia o segredo dos poderes de Kokai e disse para todos os soldados juntarem certo tipo de arbusto, queimando-o em grandes quantidades. Cada soldado foi, então, ordenado a encher um saco com as cinzas obtidas.

Kokai, por outro lado, com presunção, pensava que Shikuyu tivesse poderes inferiores aos seus, e murmurou furioso:

— Ainda que sejas o Rei do Fogo, posso extingui-lo rapidamente.

Em seguida, repetiu um feitiço, e as enchentes se levantaram e chegaram à altura das montanhas. Shikuyu, nem um pouco assustado, deu ordens para que os soldados espalhassem as cinzas que os fizera guardar. Todos os homens fizeram o que lhes foi pedido, e tal era o poder da planta que tinham queimado que, assim que as cinzas se misturaram com a água, formou-se uma lama dura, e todos eles estavam a salvo do afogamento.

Kokai, o mago, ficou aturdido quando viu que o Rei do Fogo tinha uma sabedoria superior à sua, e estava com tanta raiva que correu de maneira impetuosa até o inimigo.

Eiko correu para encontrá-lo, e os dois lutaram um contra o outro por algum tempo. Os dois tinham a mesma força no combate corpo a corpo. Hako, que observava a luta com cuidado, viu que Eiko começou a se cansar e, temendo que o companheiro fosse morto, entrou no lugar dele.

Mas Kokai também estava cansado e se sentindo incapaz de continuar a luta contra Hako, então disse astutamente:

— És muito magnânimo, assim, para lutares por teu amigo e correres o risco de ser morto. Jamais ferirei um homem tão bom.

Fingiu recuar, dando meia-volta com o cavalo. Sua intenção era fazer Hako baixar a guarda e depois voltar e pegá-lo de surpresa.

Mas Shikuyu entendeu as intenções do mago ardiloso e falou imediatamente:

— És um covarde! Não consegues me enganar!

Ao dizer isso, o Rei do Fogo fez um sinal para o incauto Hako atacá-lo. Kokai tinha se voltado para Shikuyu furiosamente, mas estava cansado e incapaz de lutar bem, então logo recebeu um golpe no ombro. Assim, acabou desistindo da luta e tentou escapar de verdade.

Enquanto a luta entre seus líderes se dava, os dois exércitos tinham ficado aguardando ordens. Shikuyu, então, dirigiu-se aos soldados de Jokwa e lhes ordenou que atacassem as forças do inimigo. Eles fizeram aquilo e as derrotaram com grande matança. O feiticeiro por pouco escapou com vida.

Foi em vão que Kokai invocou o diabo da água para ajudá-lo, pois Shikuyu conhecia o contrafeitiço. O feiticeiro descobriu que a batalha estava perdida. Enfurecido pela dor, pois a ferida começou a incomodá-lo, e delirante com a frustração e o medo, acabou batendo a cabeça contra as rochas do Monte Shu e morreu na mesma hora.

Esse foi o fim do maligno Kokai, mas não o dos problemas do reino da imperatriz Jokwa, como o leitor verá. A força com que o mago caiu contra as rochas foi tão grande que a montanha explodiu, o fogo se espalhou de dentro da terra, e um dos pilares que carregava os céus acabou se quebrando, de maneira que um canto do céu caiu até tocar a terra.

Shikuyu, o rei do fogo, pegou o corpo do mago e o levou até a imperatriz Jokwa, que comemorou imensamente a derrota do inimigo e a vitória dos generais. Ela concedeu todo tipo de presentes e honrarias a Shikuyu.

Durante todo aquele tempo, porém, o fogo continuava irrompendo da montanha destroçada pela queda de Kokai. Aldeias inteiras foram destruídas, campos de arroz queimados, leitos de rios encheram-se de lava e os desabrigados estavam em grande perigo. Então, assim que havia recompensado o vitorioso Shikuyu, ela deixou a capital e viajou a toda velocidade para o local do desastre. Descobriu que tanto o céu quanto a terra haviam sofrido danos, e o lugar estava tão escuro que teve de acender a lamparina para descobrir a extensão do estrago que havia sido causado.

Tendo constatado aquilo, começou a se dedicar aos reparos. Para tanto, ordenou a súditos que coletassem pedras de cinco cores – azuis, amarelas, vermelhas, brancas e pretas. Quando as obteve, ela as ferveu com uma espécie de porcelana em um enorme caldeirão, e a mistura se tornou uma bela pasta, com a qual sabia que poderia consertar o céu. Agora tudo estava pronto.

Invocando as nuvens que estavam se movendo sempre tão alto acima de sua cabeça, embarcou nelas e foi para o céu, levando em mãos o vaso que continha a pasta feita com as pedras de cinco cores. Não demorou muito para que alcançasse o canto do céu que se encontrava quebrado, aplicasse a pasta nele e o remendasse. Depois disso, concentrou esforços no pilar quebrado e, com as pernas de uma tartaruga muito grande, ela o consertou. Quando estava tudo terminado, embarcou nas nuvens e desceu para a terra, com a esperança de que agora tudo estivesse certo, mas, para sua consternação, viu que ainda estava bastante escuro. Nem o sol brilhava durante o dia; nem a lua, à noite.

Muito perplexa, convocou, por fim, uma reunião com todos os sábios do reino e lhes pediu conselhos sobre o que deveria fazer.

Dois dos mais sábios disseram:

– As estradas dos céus foram danificadas pelo último acidente, e o Sol e a Lua foram obrigados a ficar em casa. Nem o Sol conseguiu fazer a sua jornada diária, nem a Lua a sua jornada noturna, por causa das estradas em péssimas condições. O Sol e a Lua ainda não sabem que vossa majestade já consertou tudo o que foi danificado. Dessa maneira, iremos informá-los de que já houve reparos e as estradas estão seguras.

A imperatriz concordou com o que os sábios sugeriram e deu ordens para que eles partissem em missão. Contudo, aquilo não era tarefa fácil, pois o palácio do Sol e da Lua estava a muitas e muitas centenas de milhares de quilômetros de distância ao leste. Se viajassem a pé, talvez nunca chegassem ao lugar; morreriam de velhice na estrada. Mas Jokwa recorreu à magia. Ela deu a seus dois embaixadores maravilhosas carruagens que podiam rodar pelo ar, através de um poder mágico, por quase dois mil quilômetros por minuto. Eles partiram de bom humor, sobrevoando as nuvens, e, depois de muitos dias, chegaram ao país onde o Sol e a Lua viviam felizes juntos.

Os dois embaixadores foram recebidos por suas Majestades da Luz e então lhes perguntaram por que haviam se isolado do Universo por tantos dias. Será que eles não sabiam que, ao fazer aquilo, lançavam o mundo e todo o seu povo na escuridão mais profunda, tanto de dia como de noite?

O Sol e a Lua responderam:

– Certamente é do vosso conhecimento que o Monte Shu explodiu repentinamente, e as estradas do céu foram muito destruídas! Eu, o Sol, achei impossível fazer minha jornada diária por estradas tão acidentadas, e a Lua não poderia sair à noite! Por isso, nós nos retiramos para a vida privada por um tempo.

Em seguida, os dois sábios se curvaram até o chão e disseram:

– Nossa imperatriz Jokwa já fez reparos nas estradas com as maravilhosas pedras de cinco cores, de maneira que podemos assegurar a Vossas Majestades que as estradas se encontram exatamente como estavam antes da erupção.

Mas o Sol e a Lua ainda hesitavam, dizendo que um dos pilares dos céus também havia se quebrado e receavam que, mesmo que as estradas tivessem sido refeitas, ainda fosse perigoso para eles seguirem adiante em suas viagens habituais.

– Vossas Majestades não precisam se preocupar quanto ao pilar quebrado – disseram os dois embaixadores. – Nossa imperatriz o consertou com as pernas de uma grande tartaruga, e está tão firme como sempre foi.

O Sol e a Lua pareciam ter se dado por satisfeitos, e ambos se dispuseram a testar as estradas. Descobriram que o que os representantes da imperatriz lhes haviam dito estava correto.

Depois da avaliação das estradas celestiais, o Sol e a Lua voltaram a levar luz para a terra novamente. Todo o povo comemorou muito, e a paz e a prosperidade foram asseguradas na China durante muito tempo sob o reinado da sábia imperatriz Jokwa.

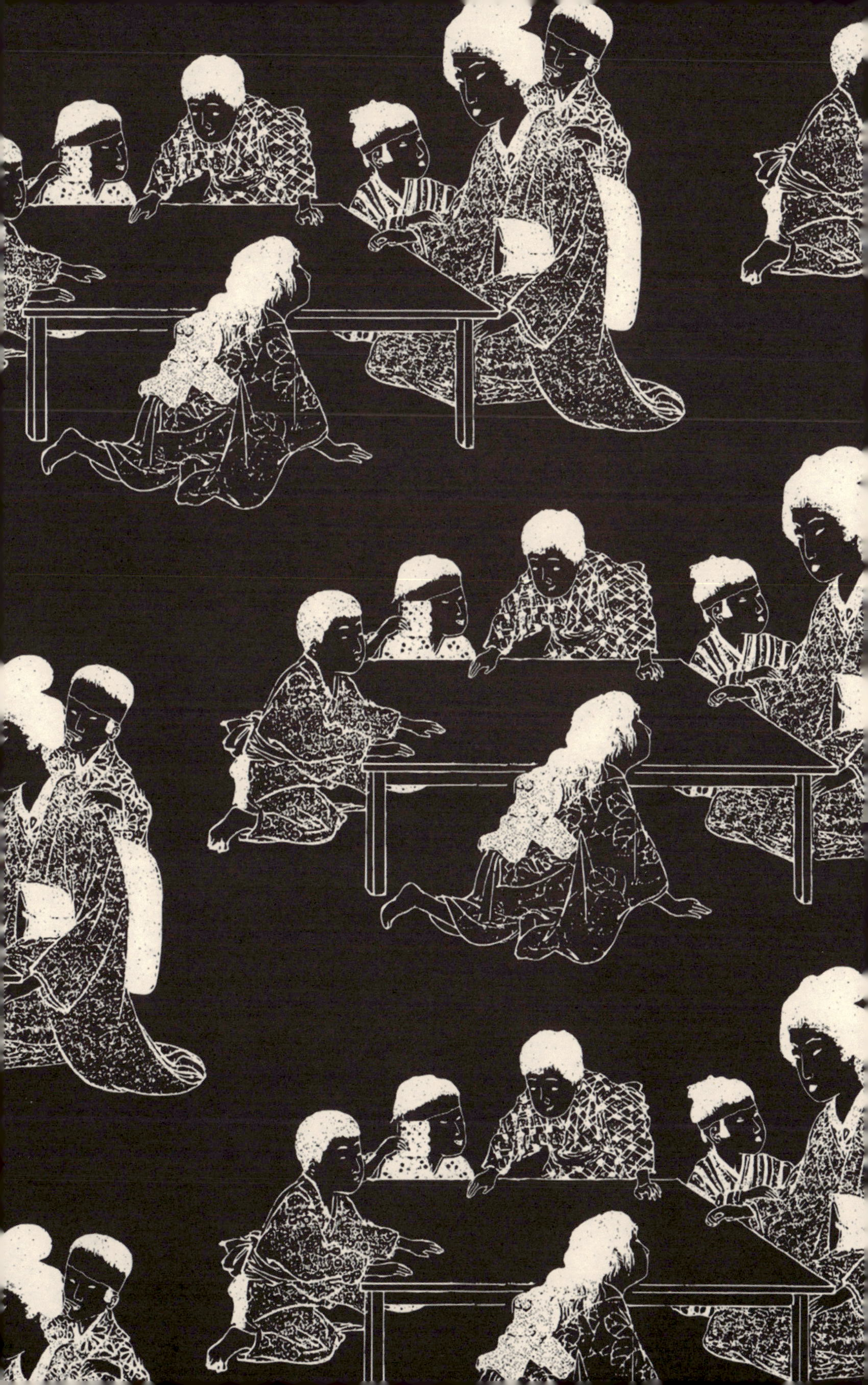

sumário

Prefácio
[06]

Senhor saco de arroz
[08]

A pardaleja de língua cortada
[16]

*A história de Urashima Taro,
o jovem pescador*
[26]

O camponês e o texugo
[38]

*O "shinansha" ou a carruagem
que apontava para o sul*
[45]

**As aventuras de Kintaro,
o menino de ouro**

[50]

**A história da princesa Hase,
uma história do Japão Antigo**

[60]

**A história do homem
que não queria morrer**

[69]

**O cortador de bambu
e a criança da lua**

[77]

**O espelho de Matsuyama,
uma história do Japão Antigo**

[92]

O duende de Adachigahara

[106]

O macaco astuto e o javali

[112]

O Caçador Feliz e o Hábil Pescador

[116]

*A história do ancião que
fazia árvores secas florescerem*

[132]

A água-viva e o macaco

[141]

*A desavença entre o macaco
e o caranguejo*

[151]

O coelho branco e os crocodilos

[159]

A história do príncipe Yamato Take

[166]

Momotaro, ou a história do filho do pêssego

[181]

O ogro de Rashomon

[194]

De como um velho perdeu seu cisto

[201]

*As pedras de cinco cores
e a imperatriz Jokwa,
uma história da China Antiga*

[208]

grupo novo século

Compartilhando propósitos e conectando pessoas
Visite nosso site e fique por dentro dos nossos lançamentos:
www.gruponovoseculo.com.br

‹ns

facebook/novoseculoeditora
@novoseculoeditora
@NovoSeculo
novo século editora

gruponovoseculo.com.br

Edição: 1
Fonte: Crimson Pro